컴팩트
임팩트

일러두기

- 이 책의 본문은 크게 1부와 2부로 구성되어 있으며, 1부는 정용환이, 2부는 이상복이 나누어 집필했다.
- 따라서 본문 속에 나오는 '필자'는 특별한 주석이 없는 경우 해당 분야 필자를 뜻한다.

기자처럼 글쓰고 **앵커**처럼 **말하라**

컴팩트
임팩트

COMPACT IMPACT

이상복·정용환 지음

한 줄로 승부하라.
짧아야 꽂힌다.

더봄

컴팩트
임팩트

제1판 1쇄 인쇄   2024년 2월 21일
제1판 1쇄 발행   2024년 2월 23일

지은이   이상복·정용환
펴낸이   김덕문
책임편집   손미정
디자인   블랙페퍼디자인
마케팅   이종률
펴낸곳   더봄
등록일   2015년 4월 20일
주소   서울시 노원구 화랑로51길 78, 507동 1208호
대표전화   02-975-8007 ‖ **팩스**   02-975-8006
전자우편   thebom21@naver.com
블로그   blog.naver.com/thebom21

ISBN 979-11-92386-22-5 03800

신문기자의 글쓰기 비법
방송앵커의 말하기 전략

이 책을 구상한 건 꽤 오래전이다. 공저자 둘 다 약 30년간 신문사와 방송사를 두루 거친 이색적인 경험을 나누고 싶었다. 신문기자에서 방송인으로 변신하면서 얼마나 다양한 시행착오를 겪었던가. 에피소드만으로도 책 한 권이 될 판이다. 생방송에서 더듬거리던 시절을 거쳐 이젠 여유롭게 말하는 단계까지 올라섰다. 필자들은 나이와 관계없이 연습의 힘이 위대하다는 걸 보여주는 산 증인이다.

신문과 방송을 다 겪어보니 말과 글의 본질에 어느 정도 눈을 뜨게 됐다. 글쓰기와 말하기는 함께 훈련할 때 가장 효율적이다. 글쓰기와 말하기 중 한 곳에만 집중하는 건 반쪽짜리 접근이란 확신이 들었다. 깨달음은 나누고 싶은 법이다. 책을 써야겠다는 마음이 갈수록 커졌다.

씨앗은 2020년 코로나가 한창이던 때 말과 글에 대한 잡담 속에서 뿌려졌다. 본격적인 작업은 필자 이상복이 '정치부회의' 진행을 마친 2023년 7월부터 시작됐다. 여러 번의 논의를 거쳐 큰 틀을 만들고, 신문(정용환)-방송(이상복) 편을 나눠 집필했다. 이후 토론을 거쳐 구성과 내용을 계속 수정했다. 무엇보다 필자들의 생생한 경험을 최대한 책 속에 녹이고자 했다. 경험하지 않고 느껴보지도 못한 얘기는 과감하게 들어냈다.

글쓰기와 말하기에 왕도는 없다. 30년 가깝게 써 왔지만, 여전히 글쓰기는 어렵다. 시사 프로그램을 오래 진행했어도 말하기를 정복한 건 아니다. 말과 글은 꾸준히 다듬는 게 최선이다. 우직한 걸음이 답이다. 이 발걸음이 독자들의 말과 글을 높은 수준으로 안내해 줄 것이다.

책 중간 중간 강조했지만 결국 말과 글을 잇는 건 사고력이다. 생각하는 힘이 있어야 한 차원 높은 말하기, 글쓰기를 구현할 수 있다. 독서와 메모, 질문과 생각 훈련 등 여러 방안을 제안했는데, 꼭 실천해보길 바란다.

사회생활의 성공과 실패를 결정하는 가장 중요한 게 소통인 세상이다. 그러므로 이 책이 소통에 고민하는 사회 초년생 또는 취업 준비생들에게 길라잡이가 될 수 있기를 바란다. 각급 기관과 다양한 기업의 홍보 담당자들에게는 원 포인트 레슨이 될 수 있기를 기대한다. AI가 인간이 할 일을 잠식해가는 세상에서, 여전히 기자는 대체불가라고 믿는 언론인 지망생 후배들에게도 실질적인 가이드가 됐으면 좋겠다.

독자 여러분의 성원을 바라며 기회가 된다면 사고력과 질문법에 초점을 맞춘 후속작에 도전해보고 싶다.

2024년 2월 상암동에서

이상복·정용환

차례

1부
기자의 글쓰기

2부
앵커의 말하기

1부

기자의 글쓰기

1장

기자의
글쓰기 비법

"이문열(작가), 김훈(작가)처럼 쓰는 건 아무나 할 수 있는 일이 아니다. 다만 신문에 쓰는 글은 각고의 노력이 따른다면 못 오를 산이 아니다."

기자 생활 8년 차를 막 지나고 있을 때, 저녁 자리에서 선배가 했던 말이다. 기자들은 글쓰기에 대한 부담과 압박감 속에서 산다. 연차가 높다고 해방되는 것은 아닌 것 같다. 이 얘기도 대화 맥락상 후배들뿐 아니라 선배 자신에게도 해당한다는 의미였던 걸로 기억된다. 기자라고 해서 꼭 글 잘 쓰는 작가가 된다는 법은 없다. 반대는 어떨까. 글 잘 쓰는 작가 중 기자 출신들을 종종 만날 수 있다. 일반인들은 잘 모르는 기자들만의 글 잘 쓰는 기법, 노하우가 있다면 어떤 게 있을까. 백인백색의 주장이 있을 것이다. 이를 관통하는 한 가지 철학이 있다. '효율 지상주의'다. 기자들의 글에는 글의 기능에 맞게 효율 극대화의 사고가 배어 있다.

신문에는 여러 형식의 글들이 실린다. 사회적 이목을 끄는 사건 사고 또는 각종 정치, 경제 사안의 최신 소식을 전달하는 스트레이트 기사, 이 스트레이트 기사의 함의나 향후 전망 등을 담는 해설 기사가 있다. 뉴스 당사자 또는 관련인의 목소리로 생생한 현장 분위기와 메시지를 전하는 인터뷰 기사도 있다. 현장에서 한 발짝 비켜서 생각거리를 담는 글도 있다. 사안의 본질과 핵심을 고민하고 통찰에 이르려 노력하는 취재기자의 현장 칼럼이다.

글은 쓰는 사람의 개성과 감수성, 사안을 보는 가치관에 따라 여러 무늬와 단층이 생긴다. 글 쓰는 사람과 분리되기 어려운 글의 속성상 당연한 얘기일지 모른다.

다만 신문에 쓰는 글은 좀 다르다. 사실 전달을 대명제로 쓰는 글이다. 곡해 가능성을 최대한 줄이고, 전달력을 최대한 확보하는 게 존재 이유인 글이다. 신문의 글은 남녀노소, 지역·계층을 불문하고 대중에게 사실관계를 전하기 위해 쓴 글이다. 정형화된 일정한 프레임에서 쓴다는 점에서 속성상 규격품에 가깝다. 합의된 표준 또는 규격에 맞춰 쓰는 글이기 때문에 '배가 산으로 가는' 좌충우돌식 전개를 피할 수 있다. 글에 들어갈 요소들을 충분히 확보하고 적절히 배치하는 훈련만 잘 받으면 말이다.

다시 한 번 강조하는데 기자의 글은 정형화돼 있다. 이 말은 틀에 맞춰 쓰는 훈련을 거듭하면 향상된다는 뜻이다. 규격화된 글이기 때문에 반복된 훈련이 정도^{正道}다. 글의 프레임과 글감의 배치를 숙지해 나가면서 여러 형식의 글을 반복적으로 쓰는 연습이 왕도다. 물론 다양한 문체와 형식의 글쓰기 차원에서 보면 단점일 수 있다. 반면 글쓰기가 어렵다고 생각해 글 앞에서 주저하는 사람에게는 기자처럼 써보는 연습은 권해볼 만하다. 이문열·김훈 작가처럼 쓸 수는 없어도 기자들이 신문에 쓰는 글처럼 일정한 퀄리티에 이를 수는 있다.

기자들의 글에 미덕이 있다면 뭐니 뭐니 해도 전달력이라고 말할 수 있다. 조금 단순화시켜 강조하자면 처음과 끝을 전달력에 매달려 쓴다는 얘기다. 전달력이 좋은 글은 쉽게, 술술 읽힌다. 쉽게 읽히는 글은 뭘까. 메시지가 명징하고 일목요연하면서도 곡해의 여지가 없게 짧아야 한다. 주어와 서술어 사이가 길면 쓰는 사람의 의도와 다르게 여러 해석의 여지가 생길 수 있다. 긴 문장을 무작정 단문으로 끊어 쓰자는 얘기가 아니다. 적절히 끊어주면서 이따금 '그런데', '그럼에도' 같은 접속사를 곁들여 쓰면 읽는 맛과 리듬이 생긴다. 이런 걸 유의하면서 쓰는 글이다. 이왕이면 구어체 중심의 일상 표현을 적절히 배치하면 좋다. 실감 나게 현장의 한 장면을 사진 찍은 듯 묘사할 때 글 읽는 맛이 생긴다.

이 전달력은 스트레이트·해설·인터뷰 기사와 칼럼 등 다양한 형식에 맞추어 특장점이 있다.

스트레이트 기사

말 그대로다. 목적지까지 에둘러 가지 않고 팔을 쭉 뻗듯이 스트레이트^{straight}, 단도직입적으로 메시지를 전달하는 유형의 기사다. 스트레이트는 신문 1~2면에 주로 등장하는 기사 형식이다. 스트레이트를 발화점 삼아 해설과 분석을 담은 기사가 3면 이후부터 주로 실린다.

스트레이트 기사에는 '이 기사가 왜 뉴스가 되는지'에 대한 기자의 인식이 담긴다. 어떤 게 뉴스일까. 시간, 장소, 상황, 독자가 누구냐에 따라 뉴스의 정의는 달라진다. 신문 기사가 아니더라도 누구든지 '내가 쓰는 글이 독자들에게 뉴스로 인식되길 바라는 마음'은 글을 쓰는 큰 동기 중의 하나일 것이다.

뉴스가 들어 있는 글을 쓰기 위해선 판단의 기준이 명확해야 한다. 육하원칙(who, when, where, what, how, why)이 기준선이다. 누가·언제·어디서·무엇을·어떻게·왜?와 얼마나$^{how\ much}$에 해당하는 육하원칙의 각 요소들이 뉴스냐, 아니냐의 기준이 된다.

예를 들어 아주 작은 사건이라 해도 그 사건이 30년 만에 처음 일어난 일이라면 곰곰이 생각해 볼 만한 실마리가 담겨 있다. 왜 다시 일어났을까. 어떤 특정한 환경 요인 때문일까, 아니면 사건의 주인공이 특수한 전력의 소유자일까. 이렇게 육하원칙을 기준으로 업데이트된 팩트를 반영하는 게 스트레이트 기사다.

육하원칙을 축으로 함의를 찾아내는 건 글 쓰는 사람의 역할이

다. 스트레이트에서는 왜, 얼마나 중요한 사안인지 명료하게 짚어야
한다. 불특정 다수의 독자가 읽었을 때 남녀노소, 지역·계층 차이에
도 불구하고 일정한 수준의 이해에 도달하도록 쓰는 글이 스트레이
트이기 때문이다.

　필자 머릿속에 세모 또는 네모가 있다면 글을 통해 독자가 무난
하게 세모 또는 네모로 인식하게 만드는 게 신문 글쓰기의 요체다.
간결하게 제3자 입장에서 객관적으로 쓰려고 노력하는 이유가 여기
에 있다.

　스트레이트 기사는 우회하지 않고 직선으로 메시지를 도달시키
는 게 목적인 글이다. 따라서 첫 줄에 글을 쓰는 의도, 즉 메시지가
명확하게 드러나야 한다. 스트레이트 기사를 해부해보면 역피라미
드 구조다. 역삼각형처럼 핵심을 첫 줄에 쓰고 순서대로 첫 줄을 보
충, 보완하는 내용을 덧붙이면 된다. 예를 함께 보자.

　중국 경제 당국은 올해 경제운용 기조로 '수도꼭지를 푸는' 조절에 무
게를 뒀다. 긴축을 강조한 지난해의 경제운용과 결이 사뭇 다르다. 안
정보다 부양책에 방점이 찍힌 이유는 미·중 무역전쟁의 불확실성 때
문이다.
　중국은 다급하다. 중국 화징증권은 미국이 올해부터 2500억 달러 규
모의 중국산 수출품에 25% 관세를 매길 경우 약 0.8%포인트의 국내
총생산(GDP) 하락이 불가피할 것으로 예상했다. 시장에선 미·중 갈등

이 장기화하면서 수출이 둔화하고 경기하강 압력은 커질 것이란 전망이 커지고 있다.

의지는 뚜렷하다. 시진핑 중국 국가주석은 지난달 19~21일 베이징에서 중앙경제공작회의를 열고 2019년 경제정책 기조와 과제를 확정했다.

당국은 올해 감세 규모를 지난해보다 확대하는 한편 인프라 건설용 지방정부의 특수목적 채권 발행을 늘리는 등 적극적인 재정 정책으로 경기둔화 흐름에 대처하겠다고 밝혔다.

_2019.1.2. 중앙일보 2면 「다급한 중국 '재정 수도꼭지' 풀어 경착륙 차단 안간힘」

기사의 첫 줄을 읽고 나면 메시지를 파악할 수 있다. 새해 벽두 중국 경제의 운용 기조가 뭐냐는 건데, 결론은 재정 풀기다. 재정 조이기냐 아니냐를 놓고 중국 경제와 연결된 글로벌경제가 요동친다. 세계의 이목이 쏠릴 수밖에 없다. 첫 줄에 답이 있다. '푼다'는 것이다. 긴축을 강조했던 직전 해와 반대다. 강력한 정보다. 그다음 줄에는 두 가지 중 하나를 쓸 수 있다. 결정하게 된 이유 또는 얼마나 풀 것이냐는 것이다. 지적 호기심 차원에서 궁금한 독자들은 이유를 먼저 알고 싶어 할 것이다. 금융이나 수출입 관련 업계에서 일하는 독자라면 규모가 더 먼저 궁금할 것이다.

이 기사에선 배경 설명에 초점을 맞췄다. 경제운용 기조가 감지된 것이 연말·연초라는 점에서 구체적 규모 언급은 이른 시점이었다. 글의 구성을 보자. ①경제운용 기조는 재정 풀기를 통한 부양책 카드를 쓴다는 핵심 메시지, ②미·중 무역분쟁 때문에 경제 상황이 불투명하기 때문이라는 이유 설명, ③구체적으로 감세와 재정 확대를 쓸 것이라는 후속대책 예상으로 짜졌다. What-Why-How 순으로 구성됐다.

팩트가 힘 있고 파괴력이 있을 땐 첫 줄 핵심 메시지가 글 전체를 책임지는 경우가 많다. 이럴 땐 팩트의 신뢰도를 높이도록 구성을 짜야 한다.

북한 변수 때문에 속도를 내지 못하고 있는 러시아~북한~한국 가스관 연결 사업의 대체 노선으로, 중국이 러시아~중국 산둥山東반도~한국 서해 노선을 제안했다. 중국석유천연가스CNPC 장제민蔣潔敏 회장은 지난달 16일 베이징에서 한국석유공사 강영원 사장을 만나 러시아 천연가스 도입 사업과 관련해 중국을 경유해 서해를 지나는 해저 노선 방안을 타진한 것으로 22일 확인됐다. 중앙일보·JTBC가 단독으로 입수한 두 사람 간 회의록에 따르면 CNPC 장 회장은 "산둥반도 웨이하이威海에서 한국으로 해저 가스관을 부설해 러시아산 가스를 공급받는 것이 북한을 경유하는 방식보다 안정적이고 경제적일 것으로 생각된다"고 말했다. 이 제안은 외교통상부와 지식경제부 등 관련 부처에 전달된 것으로 알려졌다. 러시아 천연가스 도입의 한국 측 사업 파트너인 한국가스공사도 CNPC 측과 접촉하고 타당성 검토에 들어갔다. 웨이하이에서 백령도까지는 174㎞이며, 서울까지는 380㎞다. 현재 논의

_중앙일보 2012.3.13. 「"한·러 가스관, 북한 빼고" 中 파격 제안」

러시아와 한반도 종단 가스관 사업이란 것이 있었다. 러시아 연해주에서 끌어온 천연가스를 북한을 경유해 한국과 연결하는 프로젝트다. 거대한 에너지 프로젝트였지만 아이디어 차원에서 더 나가지 못했다. 북한 변수 때문이다. 에너지를 통해 남북 안정을 꾀하자는 아이디어였으나 실현 가능성이 낮아 제자리를 맴돌 뿐이었다.

이런 뉴스 배경에서 중국이 '그럼 우리를 경유하면 어때'라고 제안한 것이다. 러시아~중국 산둥반도~서해안으로 연결되는 천연가스관을 건설하자는, 당시로선 꽤 신선한 발상이었다.

이 노선의 장점은 많다. 북한을 경유하는 노선보다 거리가 짧다. 무엇보다 북한 리스크가 없다는 점에서 경제성만 입증되면 실현 가능성이 상당하다는 평가도 나왔다. 물론 안보 전략상 경쟁 관계인 중국과 에너지 운명을 같이 할 수는 없는 일이라는 점에서 한계는 있다.

우리의 사정과 별개로 중국의 제안은 그 자체로 의미가 있다고 봤다. 러시아~북한~한국 노선에서 북한의 위상은 높다. 러시아와 한국을 연결하는 중요한 위치를 점하고 있기 때문이다. 반면 러시아~중국~한국 노선은 북한을 배제한다. 북한의 가치를 제로로 만들어버린다. 북한과 중국 관계에 미묘하고도 치명적인 균열을 일으킬 수 있는 복합 카드였다.

이제 기사의 신빙성을 높이는 게 관건이다. 우선 사안의 당사자로 중국의 국영기업 대표가 나온다. 우리 측에선 한국석유공사 사장이 등장한다. 신뢰도 높은 인사들이 만나 중국 측 제안을 둘러싼 대화를 나눴다. 필자는 회의록을 확보해 기사에 담았다. 또 외교통상부와 지식경제부에 중국 측 제안을 전달했다는 전언도 덧붙였다. 정부가 타당성 검토를 하고 있다는 것을 추론해볼 수 있는 정황이라는 점에서 기사에 신빙성을 더해주는 지렛대였다. 이 스트레이트 기사는 힘 있는 팩트 한 줄과 팩트의 신뢰성을 뒷받침하는 요소들로 구성했다. 중국 측 제안의 타당성 분석과 함의 등은 해설 기사에서 다뤘다.

해설 기사

해설 기사는 스트레이트 기사에 담긴 뉴스의 함의를 풀어주는 기사다. 스트레이트 기사에서 이 뉴스가 왜 뉴스가 되는지, 왜 중요하고 의미가 있는지를 다뤘다면 해설 기사에서는 앞뒤 맥락을 설명해 준다. 즉 스트레이트 뉴스의 원인이 어디에 있는지, 이 뉴스가 발생하기 전 어떤 저간의 사정이 있었는지 등을 짚어주면서 스트레이트 뉴스의 이해를 돕는 기능을 수행한다. 뉴스 이면의 사정을 폭넓게 발굴해 뉴스를 보는 안목과 지평을 넓혀주는 게 해설박스 기사의 본질이다. 「"한·러 가스관, 북한 빼고"中 파격 제안」의 해설 기사를 함께 보자. 북한 노선이 가망이 없이 표류하자 중국이 산둥반도~서해 노선을 제안했다는 스트레이트 기사의 해설이다.

중국은 러시아 동부 시베리아 이르쿠츠크 천연가스전과 중국과의 접경인 부랴트를 잇는 가스관을 중국 내로 연결하는 사업에 관심을 갖고 있다. 러시아와 천연가스 가격 협상이 완료되면 3~4년 안에 이 가스관을 베이징까지 연장할 계획이다. CNPC 장 회장의 제안은 이르쿠츠크~베이징 가스관 노선을 웨이하이까지 연장한 뒤 서해를 통해 한국까지 연결하겠다는 것이다.

업계 소식통은 "중국이 한국과 함께 공조를 이뤄 러시아와 천연가스 가격 협상에서 우위를 점하겠다는 구상에서 나온 제안으로 보인다"고 분석했다. 이 때문에 중국이 한·중 가스관 사업 제안을 주도하며 한국 측에 협력을 요청하게 됐다는 것이다.

중국 측에서 산둥반도~서해 노선을 제안하게 된 배경을 설명하고 있다. 러시아와 벌이는 천연가스 가격 협상에서 우위를 점하기 위한 착상이었다. 한중 공조로 구매력을 더 키워 가격을 낮춰보겠다는 발상이었던 것이다.

해설기사는 구조상 전반부 스트레이트 뉴스가 나온 맥락을 충분히 설명해 준 뒤 이를 분석한다. 배경 설명 뒤에는 이 뉴스의 타당성 또는 함의가 얼마나 되는지 짚어줘야 한다. 단순 아이디어 차원의 제안에 호들갑 떨 수는 없는 일이기 때문이다. 후반부에선 이 뉴스로 인한 향후 영향과 파급이 어디까지 이를지 심층적으로 전망한다.

CNPC는 중국 국무원(행정부) 석유공업부에서 분리된 국영기업이다. CNPC의 회장은 정부 부처 장관급에 준하는 위상을 인정받고 있다. 공산당을 이끌고 있는 정치국 상무위원 9명 가운데 한 명인 저우융캉 周永康 중앙정법위원회(공안 담당) 서기도 CNPC 회장을 역임했다. 공산당·정부 부처와 긴밀히 연결된 거대 국영기업 측이 웨이하이라는 구체적인 입지까지 거론하며 사업 구상을 밝혔다는 점에서 비상한 관심을 끌고 있다. 중국 정부 기관과 사전 검토를 거쳐 새 노선을 제안했을 가능성이 크기 때문이다. 중국 경유 노선은 북한 리스크가 없기 때문에 앞으로 타당성 조사 결과에 따라 사업이 급진전될 수도 있다.

안보 전략상 서해 해저 가스관은 한국에도 의미가 작지 않다. 북한 변수에 발목이 잡혀 있는 남북·러시아 가스관 사업이 속도를 내도록 간접적으로 압박하는 효과를 기대할 수 있다. 서해를 통해 한·중 양국이 에너지 인프라로 연결되는 만큼 양국 관계도 더욱 긴밀해질 전망이다. 베이징 외교 소식통은 "서해상에서 천안함 폭침·연평도 포격 같은 북한의 도발 리스크를 중국과 함께 분담하는 효과도 있다"며 "그러나 중국에 대한 에너지 의존도가 높아지는 문제까지 종합적으로 고려해야 할 것"이라고 말했다.

해설박스 기사에선 이 뉴스가 얼마나 현실화 가능성이 있는지 타당성에 대한 분석도 곁들였다. 추진 주체인 CNPC가 어떤 기업인지, 위상은 어떻게 되는지, 당국의 에너지 관련 의사결정 과정에서 얼마나 입김이 센지 등을 짚었다. 에너지 지정학적 측면도 고려해야 한다. 북한의 서해 도발을 억제하는 효과가 있는가 하면 중국이 에너지 주도권을 쥐고 흔들 수 있다는 위협 요인도 동시에 고려해야 한다는 전문가들의 조언을 배치해 균형을 잡으려 노력했다.

심층 해설을 한다고 하면서 지엽말단적인 내용이 골격을 이뤄선 안 된다. 신문에 쓴다는 점에서 해설 기사는 스트레이트 기사에 비해 지면을 좀 더 넉넉하게 배정받을 뿐 기사의 정체성은 같다. 해설에서도 마찬가지로 간결하고 드라이하게 그리고 객관적 시야를 확보하기 위해 힘써야 한다.

인터뷰 기사

사건·사고의 당사자 또는 화제를 낳은 뉴스 인물을 찾거나 연락해 그로부터 뉴스를 둘러싼 여러 맥락과 사정을 듣는 기사 형식이다. 인터뷰 기사는 기자와 뉴스 인물 간의 대화다. 독자가 이 대화에 관심을 기울이게 하는 원동력은 뭘까. 상식과 기정사실을 뒤집는 발상이다. 이때 팽팽한 긴장이 생긴다. 서두에서 왜 이 인물을 인터뷰하게 됐는지를 설명하면서 충분히 공감대를 형성한 뒤, 느슨해진 줄을 팽팽하게 잡아당기듯 허를 찌르는 질문을 한다. 이정재 기자(전 중앙일보 칼럼니스트)가 쓴 인터뷰 기사를 함께 보자.

> 주가 1400포인트. 이게 국내 증시에서 얼마만 한 의미인지 아는 사람은 안다. 1989년 처음 주가가 1000을 돌파했을 때 전국은 주식 광풍에 휩싸였었다. 그리고 세 차례, 주가는 1000 문턱을 넘기 무섭게 곤두박질했다. 그 뒤 16년간 1000포인트는 '마의 벽'으로 불렸다. 그 마의 벽이 지난해 깨졌다. 아니, 단순히 깨졌다는 말로는 곤란할 정도로 주가는 급상승했다. 언제 다시 주저앉을까 걱정하는 사람들을 비웃기라도 하듯 거침없었다.
> 급등한 주가는 전국을 펀드 열풍에 몰아넣었다. 펀드 열풍은 장기·간접투자가 국내 증시에 뿌리내리는 신호탄이기도 했다. '널뛰기' 증시를 원망하며 떠났던 투자자들도 다시 돌아왔다. 2005년 1월 3일 893.71로 출발한 코스피 지수는 12월 29일 1379.37로 한 해를 마감했다. 증권가에선 이런 기록들을 남긴 2005년을 '한국 증시의 재평가 원년'으로 부른다. 2005년은 통합 증권선물거래소가 출범하고, 그 사령탑에 이영탁 이사장이 취임한 해이기도 했다.
> _중앙일보 2006.1.9. 「'주가 1400시대' 증권선물거래소 이영탁 이사장」

2005년 주가가 1000포인트 고지를 넘었다. 직전 세 차례 1000포인트 때와 다르다. 그때는 넘자마자 미끄러졌다. 2005년 결과는 달랐다. 1000포인트 고지를 훌쩍 넘어 안착했다. 진짜 안착한 걸까.

걱정하는 사람들이 많을 수밖에. 세 차례나 희망 고문을 당했으니 말이다. 달라진 결과에는 달라진 이유가 있을 터. 2005년은 통합 증권선물거래소가 출범한 해다. 기자는 거래소 사령탑을 통해 답을 구했다.

- 코스피 지수가 1400을 돌파했다. 증시 상승세가 무서워 걱정스러울 정도다.

"사실이다. 지난해 주가는 세계 최고의 상승률을 기록할 만큼 많이 올랐다. 과거 같으면 주가가 오를 때마다 온갖 지저분한 일이 생겨났다. 내부자 거래며 주가 조작이며 시장을 어지럽히는 못된 일들이 벌어졌고, 이를 감시하는 증권거래소 직원들의 손발이 바빠졌다. 그러나 지금은 주가가 크게 올랐는데도 증시 상황은 차분하다. 시장이 그만큼 성숙해졌다는 얘기다. 시장이 흥분하지 않는다는 것은 주가가 더 올라갈 여지가 있다는 의미로도 볼 수 있다."

- 올해도 더 오른다는 것인가.

"(이 자리가) 주가가 딱 잘라 얼마가 될 것이라고 얘기하기는 곤란하다. 그러나 지난해에 이어 상승 기조가 계속될 것이라고는 말할 수 있다. 올해 실물경제가 살아나면서 주가도 더 좋아질 것이다."

- 흔히 주가는 실물경제에 선행한다고 한다. 그런 점에서 최근 주가가 이미 올해 좋아질 실물경제를 반영했다는 시각도 있다. 말하자면 지금이 '상투'란 얘기인데…….

"실물경제의 바닥을 어디로 보느냐에 따라 달라질 것이다. (나는) 지난해 3분기가 저점이라고 본다. 주가가 실물경제에 선행한다지만 경제가 계속 좋아지면 주가 상승도 오래 이어질 것이다. 또 많이 올랐다고는 하지만 아직 주가 수준이 다른 나라에 비해 상대적으로 낮다. 경제 실력 외에 정치나 사회 문제 때문에 한국 주식이 상대적으로 덜 평가받는 '코리아 디스카운트' 탓이 크다. 지난해 기업 지배구조가 좋아지고 투명성이 높아지면서 많이 해소됐지만 아직도 제 평가를 못 받고 있다. 그런 만큼 올해도 주가가 제 가치를 찾아가는 상황이 이어질 것이다." (중략)

– 증시 과열 우려가 있다. 투자자들의 불안도 커지고 있다.

"고령화와 저금리가 대세다. 국민의 여유자금 운용도 은행 위주에서 벗어나 앞으로는 유가증권의 비중이 커질 것이다." (하략)

_중앙일보 2006.1.9. 「'주가 1400시대' 증권선물거래소 이영탁 이사장」

인터뷰는 가장 궁금한 지점부터 시작한다. 증시 상승세가 가팔라 무서울 정도라며 1000포인트 안착이 진짜인지 아닌지, 진짜라면 이유가 뭔지를 내포하는 질문을 던졌다. 때론 인터뷰 상대를 불편하게 만드는 질문도 해야 한다. 우회적으로 할 것이냐, 그냥 직진할 것이냐는 상황이 얼마나 긴박하냐에 따라 달라진다.

기자는 이 이사장이 '시장이 성숙돼 상승세를 더 이어갈 것'이라 답변하자 '상투 잡은 거 아니냐?'며 한 번 더 사실 확인에 들어간다. 어떤 대답이 나올지 독자가 긴장하고 보게 만드는 질문이다. 한국 증시가 저평가됐다가 제 가치를 찾아간다는 답변이 나오자 주가가 어느 정도 돼야 저평가가 해소됐다고 볼 수 있는지 되묻는다. 주고받는 대화가 군더더기 없이 속도감 있게 전개된다. 상세한 답변을 들으면서도 불안이 쉽게 가라앉지 않는 사안이다. 기자는 핵심 문제로 돌아가 다시 한 번 묻는다. '증시가 과열이 아닌지 걱정들 많다'라고.

이렇게 독자들의 호기심을 자극하면서 1000포인트 시대 개막에 대한 전문적 시각과 분석을 자연스러운 대화에 녹인다. 잘 된 인터뷰에는 공감과 상식을 뒤집는 문제 제기, 긴장감 형성, 조목조목 궁금증을 풀어가는 친절함이 녹아 있다. 이와 함께 인터뷰를 전후해 주변 인물 또는 관련 사건에 대한 취재를 더해주면 입체감이 살아 더욱 생생한 인터뷰가 된다. 전달력을 높이기 위해선 시간과 공을 들여야 한다.

필자가 쓴 기사 한 가지를 더 소개한다. 앞서 인용했던 기사와는 문체가 다르다.

북한은 최근 잠수함발사탄도미사일SLBM을 시험 발사하는 한편 탄두 소형·경량화를 겨냥한 7차 핵실험을 준비하는 움직임을 보이고 있습니다. 긴장 수위가 올라가는 시점에 윤 대통령이 북핵 대응 노선과 원칙을 천명한 겁니다.

현시점에서 이 대응법은 실효성이 있는 것인지, 무엇보다 북한의 비핵화가 가능한 것인지 혼란스럽다는 반응도 나옵니다.

2.13 합의의 산파이자 6자회담에서 북한과 치열한 막후협상을 이끌었던 당시 우리 정부의 수석대표는 현 상황을 어떻게 보고 있을까요. 또 북핵 개발과 저지 협상의 기승전결을 지켜봤던 현장의 목격자로서 어떤 관점과 대응법을 고민하고 있을지 궁금했습니다. 천영우 한반도미래포럼 이사장을 만난 이유입니다.

지난 (2022년 5월) 6일과 10일 서울 종로 사무실과 전화를 통한 인터뷰에서 천 이사장은 "아직도 비핵화의 시간은 있다"라면서 "그 시간을 소중하게 활용하는 방법은 핵심 이해 당사국이 최고의 공조로 북한이 스스로 대화의 자리에 나오도록 유도하는 것"이라고 말했습니다. 그러면서 천 이사장은 "비핵화가 가능성은 희박하지만, 평화적 해결 노력을 포기할 때는 아니다"라고 재차 강조했습니다.

이를 위해 천 이사장은 "북핵 해결의 능력을 갖춘 미국이 의지로 해결하도록 설득하고 제재의 실효성 확보에 결정적 역할을 하는 중국의 전략적 셈법이 달라지도록 우리 정부가 견해를 분명히 밝혀야 한다"라고 강조했습니다.

천 이사장은 "중국이 북한 체제의 안정과 비핵화 가운데 우선순위를 체제 안정에 두는 한 제재는 한계가 있고 북한엔 시간만 벌어주는 꼴"이라며 "북한의 체제 안정을 위해 비핵화가 뒤로 밀리면 중국의 핵심 이익도 타격받을 수 있는 지경에 이를 수 있다는 것을 각인시켜야 한다"라고 말했습니다.

※ 여담이지만 2020년 1월 타계한 고故 김영희 중앙일보 대기자는 생

전에 "외교는 천영우, 통일은 이봉조가 당대 최고"라고 했습니다. 천 이사장은 2006년부터 2년여간 노무현 정부에서 북핵 6자회담의 한국 수석대표로 협상단을 이끌었습니다. 천 이사장이 대표로 있던 시점은 지금까지 진행된 북핵 개발과 협상 과정에서 중요한 길목에 해당하는 시간이었습니다. 북핵 국면에서 논리와 경험, 축적된 협상 노하우를 종합해 천 이사장을 표현한 거겠죠. 천 이사장은 이명박 정부에서 청와대 외교안보수석을 지냈습니다.

_2022.5.11. JTBC 「[중국은, 왜] 천영우 "中, 北 비핵화 선택 안 하면 핵심이익 타격 받는다고 믿게 해야"」 중

칼럼

칼럼은 사실과 의견, 주장을 함께 쓰는 신문 글쓰기의 대표 형식이다. 팩트에 근거한 판단과 논리 전개를 하는 글이라는 점에선 신문 기사와 크게 차이가 없다. 차이점은 필자 저마다의 개성이 드러나는 감성적 접근, 다양한 글쓰기 스타일에서 찾아볼 수 있다. 기사의 정형적 느낌과 질감이 다르다. 드라이하게 쓰는 기사보다 유연하고 자유로운 접근법이 더 어울리는 소재들은 칼럼으로 소화한다.

중국 국영 석유천연가스[CNPC]가 서해 해저에 가스관을 묻어 한국에 러시아산 가스를 공급하겠다는 제안을 했다는 보도(본지 3월 23일자 2면)

가 나오자 군軍과 학계·독자들로부터 e-메일이 쏟아졌다. 반응의 대부분은 놀라움 반, 호기심 반이었지만 물밑에 깔린 중국의 의도를 경계해야 한다는 목소리도 적지 않았다.

"우리 영해에 대해 중국 측이 가스관 보호를 이유로 관할 권리를 주장할 수 있으므로 안전장치를 마련해야 한다."

"천안함 폭침, 연평도 포격 같은 북한의 도발이 있을 경우 중국이 가스관 안전을 들어 우리 해군의 대응을 막아서지 못하도록 확실히 선을 그을 필요가 있다."

전문가들도 중국이 북한을 제외하는 파격적인 제안을 한 배경에 경제 외적인 요인들이 더 크게 자리 잡고 있다고 입을 모은다. 러시아와 남북을 연결하는 가스관을 통해 러시아의 한반도 영향력이 커지는 것을 좌시할 수 없다는 안보 전략적 이해가 작용했다는 것이다.

중국은 러시아를 자극하지 않기 위해 기업을 통해 가능성을 타진하는 모양새를 취했지만 CNPC의 비중과 책임자의 면면을 들여다보면 정치·외교적 고려가 물씬 풍긴다.

_2012.3.29. 중앙일보 「한국으로 넘어온 중국 가스관」 중

일선 기자들이 취재일기나 기자칼럼 등의 문패를 달고 쓰는 글들도 칼럼의 일종이다. 신문사마다 전문 필자들이 쓰는 칼럼을 주력 상품으로 내세운다. 경쟁사들과 일합을 겨루는 최종병기로, 칼럼을 집중 배치하곤 한다. 칼럼은 문체를 자유롭게 골라 쓸 수 있다는 점에서 글마다 개성이 뚜렷하게 드러난다. 두터운 팬덤층을 형성

한 필자들이 나오는 이유다. 칼럼에선 주장이 선명해야 한다. 독자에게 생각거리를 줄 필요는 있지만 결론을 개방형으로 끝내서는 안 된다. 필자의 주의·주장을 독자가 공감하도록 논지를 분명하게 전개해야 한다. 적확한 예시도 부족하지 않게 제시해야 독자들이 수긍한다. 화려한 문체보다 담백한 글 전개가 더 환영받는다.

칼럼에선 도입부가 승부처다. 논문처럼 쓰면 안 된다. 독자의 눈길을 사로잡을 수 있는 못 들어본 얘기나 결정적 장면들로 흥미를 끌어야 한다. 바람을 잡아 줘야 한다는 얘기다. 연극이나 개그 프로그램에서 본무대가 시작하기 전 무대에 올라 객석의 호응을 끌어내고 분위기를 띄워주는 일종의 '바람잡이' 역할이다. 발상의 전환을 이끄는 신선한 문제 제기도 좋다. 어찌 됐든 도입부에서 승부를 내겠다는 각오로 임해야 한다. 전문 지식이나 대중적 공감이 어려운 예화는 독자로부터 외면 받는다. 생각해보자. 칼럼 하나를 다 쓰기 위해 얼마나 각고의 노력을 기울였겠는가. 첫 줄 도입부에서 독자가 흥미를 잃으면 말짱 헛수고다. 낮은 자세로 최대한 쉽게, 재밌게 써 줘야 하는 게 칼럼 도입부다.

며칠 전 홍콩섬 한복판에 있는 특급 호텔에서 중국 자본이 세운 홍콩 방송사의 만찬 겸 강연 행사가 열렸다. 실속 있는 강연과 중국 소수민족 노래를 즐기면서 우아한 저녁 시간을 보내리란 기대를 안고 행사장을 찾았다. 300여 명이 들어선 행사장. 만찬과 공연이 시작되자 순식간에 시장통으로 변했다. 무대에선 혼을 빼놓는 사회자의 고음이 쉴 새 없이 쏟아졌고 코스 음식이 나오는 테이블 주변은 자리를 옮겨 다니며 인사와 건배를 나누는 사람들로 정신이 없었다. 옆자리의 외국 총영사관 정무 영사는 큰 소리로 귀에 대고 "전형적인 중국식 행사"라고 말했다.

무대와 만찬 자리가 따로 놀며 왁자지껄한 광경. 중국 본토에서 자주 볼 수 있는 행사의 전형이라는 것이다. 주변을 돌아보니 구석의 홍콩인들이 모인 테이블이나 외국 손님들이 있는 좌석은 공연이 끝날 때마다 박수를 치며 다음 음식을 기다리는 모습이었다. 전통의 특급 호텔 연회장에서 맛본 호떡집 같은 행사 분위기는 묘했다. 행사장의 이방인들은 '이렇게 홍콩도 중국이 돼 가는구나' 하는 느낌을 지울 수 없었을 것 같다. 돈주머니를 푸는 중국의 힘이 홍콩의 특급 호텔 문화까지도 중국식으로 바꾸고 있는 것이다. 홍콩의 쇼핑몰·식당가에서도 이렇게 중국 본토를 연상시키는 상황이 종종 벌어진다. 쇼핑가 어딜 가도 보통화(중국 표준어)가 통하고 홍콩인 택시·버스 기사와도 보통화로 대화가 된다. 홍콩은 중국 다 된 것 같다.

홍콩이 중국에 반환된 지 14년이 됐다. 빠르게 중국화 되어 가는 홍콩. 과연 이곳 사람들은 중국을 자신의 조국으로 받아들이며, 기꺼이 자신을 차이니즈Chinese라고 생각할까. 지난해부터 중국은 G2의 존재감을 유감없이 발휘해왔다. 경제 규모는 일본을 제치고 미국 다음 자리로 올라섰고, 하늘과 바다에서 스텔스 병기들이 속속 모습을 드러내고 있다. 핵잠수함 전력에 올해엔 항공모함까지 띄운다고 한다. 아편전쟁 이후 중국인들의 꿈인 부국강병富國强兵이 현실화되고 있다.

그런데, 과연 홍콩인들은 중국의 이런 부상에 자긍심과 함께 조국애를 느낄까. 아직은 아닌 듯하다. 지난해 연말 홍콩대학의 시민의식 조사를 보면 응답자의 63%가 자신을 '중국인'이라기보다 '홍콩인'으로 생각한다. 이 수치는 2009년에 비해 6% 포인트가 더 늘어났다. 중국 정부는 국가이미지 관리에 열중하고 있지만 홍콩인들에게 자부심을 주기엔 미흡한 대목이 많기 때문이다. 지난해 12월 홍콩 명보明報에 보도된 10대 폭소爆笑 뉴스 가운데 1위가 '공자상'孔子賞이었다. 류샤오보의 노벨평화상 수상에 반발하는 중국이 급조한 평화상인데 수상자도 거부하고 시상 주체도 묘연해 놀림거리가 됐다. 중국은 또 북한의 김정일 세력을 비롯해 전 세계 불량정권의 바람막이 역할을 자처한다. 홍콩인들은 이런 중국의 국격에 자신을 맞추기를 거부하고 있는 것이다. 홍콩의 겉모습과 달리 홍콩인들은 속으로 '아직 차이니즈 아닌데요'라고 말하고 있다.

_2011.1.22. 중앙일보 「'아직 차이니즈 아닌데요'」

당시 홍콩 사람들은 자신의 정체성을 중국인으로 규정하는 것에 거부 반응을 보였다. 그런 시대 특성을 호텔 연회장 에피소드로 시작한 칼럼이다. 홍콩의 특급 호텔에서 열리는 홍콩방송사의 신년회 만찬장. 품격 있는 강연과 우아한 공연을 예상했던 기대는 산산조각 났다. 고급스러운 분위기의 연회장에서 벌어진 시장통 같은 중국 특유의 만찬 행사를 묘사했다. 귀에 거슬릴 정도로 고음을 내뿜는 사회자와 북새통 같은 테이블 주변 광경을 세밀하게 그렸다.

그날 '홍콩 좋은 시절 다 갔구나' 탄식했다. 이제 본격적으로 차이나 물결이 덮칠 것이란 직감은 현실이 됐다. 10여 년이 지난 요즘, 제도와 사회 분위기 등에서 빠르게 중국화하고 있는 홍콩의 현주소를 그날 연회장의 왁자지껄한 분위기가 예고하고 있었는지 모른다.

유상철 기자(중앙일보 중국연구소장·차이나랩 대표)의 칼럼도 신선한 정보로 도입부를 이끌었다. '논쟁하지 말라'는 부쟁론이 나온 배경을 소개하며 중국 특유의 말과 행동이 다른 현실을 분석했다.

"좌회전 깜박이를 켜고 우회전한다." 덩샤오핑鄧小平의 개혁개방 정책을 가리켜 많이 쓰는 말이다. 사회주의를 한다고 말은 하지만 실제 행동은 자본주의의 시장 시스템을 도입하고 있다는 이야기다. 이게 말이 되느냐고 반기를 드는 이가 생기자 덩은 "토 달지 말고 2년만 해보자"는 이른바 "논쟁하지 말라"는 부쟁론不爭論으로 입을 막았다. 2년이 지나니 반대하는 이가 거의 없어졌다. 효과가 좋았던 것이다.

두 해만 해보자던 개혁개방은 덩샤오핑 사후에도 장쩌민江澤民과 후진타오胡錦濤로 이어지며 40여 년 넘게 지속하고 있다. 그동안 중국이 엄청 몸집을 불렸음은 물론이다. 한데 시진핑習近平 집권 이후엔 다른 말이 나온다. "우회전 깜박이를 켜고 좌회전하고 있다"는 것이다. 시진핑은 지난 3월 "민영기업은 우리 편"이라고 말했다. 그러나 중국을 대표하는 민영 기업가 마윈馬雲을 몰락시켜 해외를 떠도는 존재로 만들었다.

_2023.8.9. 더중앙플러스 「우회전 깜빡이 켜고 좌회전… 마윈 몰락시킨 시진핑 가면」 중

중국의 개혁개방 초기 정치적 반대와 저항을 덩샤오핑이 어떻게 으르고 달래며 돌파했는지 보여주는 에피소드를 소개했다. 이 에피소드를 통해 중국을 대표하는 민영 기업가 마윈의 갑작스러운 퇴진 등 그의 몰락 배경을 이해하기 쉽게 설명하고 있다. 이 칼럼은 중국을 이해하기 어렵고 시진핑의 속내를 가늠하기 힘든 이유가 뭔지 묻는다. 결론은 말과 행동이 다르기 때문이라는 것. 칼럼에서 첫 도입부는 이렇게 글 전체를 아우르는 장악력을 갖는다.

2장

기자의 글쓰기
7가지 원칙

'글을 잘 쓴다'라는 말은 글에 전달력이 있다는 의미다. 잘 읽히고 술술 읽힌다는 뜻이다. 이런 글은 어떻게 쓸까. 왕도는 없다. 논문을 쓰는 교수·연구자들 중에 잘 읽히고 메시지가 잘 전달되는 글을 쓰는 사람이 있다. 작가 중에도 한정된 신문 지면에 잘 구성된 메시지 있는 글을 쓰는 사람도 있다. 기자들은 기사체를 쓴다. 글이 요리라면 솜씨를 살리는 기사체의 레시피가 있다. 이를 7개로 압축했다.

리듬을 살리는 글쓰기

신문기자의 글, 기사나 칼럼은 전달을 목적으로 하는 대표적인 글이다. 글의 본질에서 전달 기능을 빼놓고 무슨 얘기를 할 수 있을까. 전달력 있는 글을 쓰겠다는 의지와 다짐이 글쓰기의 출발점이다. 아무리 강조해도 모자람이 없다. 조사 하나만 바뀌어도 의미가 달라지는 게 우리말이다. SNS 대화에선 말하는 분위기나 톤을 들을 수 없다. 대화를 하다 예상치 못했던 상대 반응에 당혹감을 느껴본 적이 있을 것이다. 피차 의사 전달과 소통이 제대로 안 됐기 때문에 일어나는 일이다. 전달력을 높이기 위해 꼭 숙지해야 할 원칙이 있다. 문장을 가급적 짧게 쓰는 게 좋다. 문장을 짧게 쓰는 건 잘 읽히게 만든다는 점에서 신문 기사체의 정수다. 가급적이라고 단서를 단 이유가 있다. 짧게만 쓰자는 게 아니다. '초등학생 일기체'를 쓰자는 말이 아니다.

'문장을 짧게 쓴다'. 전제가 있다. 메시지를 명료하게 표현할 수 있는가이다. 메시지가 엉키거나 난삽하면 짧게 쓰기도 어렵다. 짧게 끊어 쓰기 어렵다는 이유로 길고 거창하게 써봤자 혼란만 가중시킨다. 따라서 생각을 정리하고 한 문장에서 다음 문장으로 넘어갈 때 메시지가 자연스럽게 흐르고 있는지 살펴야 한다. 이런 작업에선 짧은 문장이 대응하기 편하다.

짧은 문장 쓰기가 잘 되려면 어떻게 해야 할까. 표현이 정확해야 한다. 잘된 표현은 상황에 맞는 단어가 적확하게 자기 자리를 잡고 있을 때 가능하다. 신문 기사에서 첫 문장(리드)을 호흡 짧고 적확하게 쓰도록 힘쓰는 이유다. 짧은 문장들을 써봤다면 소리 내어 읽어봐야 한다. 조사라든가 굳이 필요 없는 형용사, 부사 때문에 문장이 어색하게 느껴지는지, 입에 걸리는 게 없는지 확인하는 과정이다.

유상철 기자의 칼럼이다. 리듬과 호흡을 느껴보길 바란다.

뜻밖이다. 27일 날아든 리커창李克强 전 중국 총리의 부고 소식이 놀라움을 안긴다. 1955년 7월 출생으로 이제 68세다. 중국 최고위층 지도자들이 철저한 건강관리를 통해 장수하는 것과 비교할 때 너무 빠르다. 그보다 앞서 총리를 지낸 81세의 원자바오溫家寶는 물론 더 앞서 총리를 역임한 95세의 주룽지朱鎔基 역시 건재한데 60대의 그가 먼저 세상을 떴다.

_2023.10.28. 중앙선데이 「시진핑에 실권 빼앗긴 2인자 "하늘이 보고 있다" 남기고…」 중

필자는 글 전체를 아우르는 한 가지 감정을 건드린다. 깜짝 놀랐고 너무 의외였다는 것이다. 생경한 느낌의 부고. 당의 철저한 건강관리 덕분에 장수를 누렸던 역대 최고위층 지도자들과 달랐다. 이 글은 초반부를 속도감 있게 짧은 호흡으로 처리하면서 긴장감을 끌어올렸다.

그렇다고 굳이 짧은 호흡만 고집할 필요는 없다. 단문만 쓰는 게 능사는 아니라는 얘기다. 짧다가 좀 호흡 길게 가는 복문도 미덕이 있다. 짧은 문장만 연타로 나오는 글과 긴 호흡의 복문이 섞인 글은 느낌이 다르다. 전자는 긴박한 분위기와 속도감 있는 전개가 느껴진

다. 후자는 어떨까. 읽을 때 여유가 생긴다. 진지하게 독자를 사고의 영역으로 유도한다.

복문을 쓰는 이유는 뭘까. 상황을 꿰뚫고 있다는 자신감과 연관해 생각해 볼 수 있다. 복문이 중언부언으로 흐르거나 좌충우돌하는 느낌이 든다면 사안을 명료하게 파악하지 못한 것이다. 생각에 대한 확신이 관통하는 복문은 메시지 전달 방법으로 더할 나위 없다. 논리 구조가 탄탄한 복문일수록 글 전개가 수월하고 흡입력 있게 메시지를 전할 수 있다.

잘 된 복문은 사안 또는 상황을 공중에 떠 있는 새의 위치에서 보듯 조망하는 관점에서 파악한다. 이러면 현상과 본질, 소음과 신호가 선명하게 갈라진다. 생각을 가다듬어 글 전개에 확신이 든다면 복문을 마다할 이유가 없다. 단문과 복문을 배치하는 비중에 답은 없다. 3대1 정도 비율로, 초반부는 긴박하게, 중후반은 복문 비율을 늘려주고 말미를 속도감 있게 단문으로 처리하는 것도 글을 리듬 있게 만드는 요령 중 하나다.

한우덕 기자(전 차이나랩 대표)의 글을 소개한다. 단문과 복문을 어떻게 배치했는지 살펴보길 바란다.

"지금 이 시각, 중앙아시아의 어느 초원에는 컨테이너를 가득 실은 화물열차가 굉음을 내며 달리고 있을 터다. 중국과 유럽의 주요 도시를 잇는 '중국-유럽 화물 열차'다. 낙타가 오가던 실크로드를 열차가 달리고 있다. (중략) 일대일로 10주년이다. 베이징에서는 17일 '제3회 일대일로 정상 포럼'이 열린다. 중국의 올해 최고 외교 이벤트로 시진핑習近平 주석이 주재한다. 그런데 유럽 대표가 없다. 2019년 제2회 포럼에는 정부 대표단을 파견했던 유럽 각국이 이번에는 발을 빼는 모습이다. G7 중 유일하게 일대일로에 남았던 이탈리아마저 탈퇴 수순을 밟는다. 열차는 활발하게 오가지만, 정치적 교류는 끊기는 이유가 뭘까. 일대일로에 숨겨진 중국의 의도를 볼 필요가 있다. 중국은 미래 문제의 해법을 과거에서 찾곤 한다. 일대일로가 그렇다. 실크로드가 만들어진 건 한나라 때다. 그 길을 타고 동서양 문물이 가장 왕성하게 오간 건 당唐 시기였다. 한나라는 강국이었고, 당나라는 흥성했다[強漢盛唐]. 세계 최강의 그 역사를 오늘 재연하겠다는 게 시진핑 주석이 주창하는 '중국몽'中國夢이다. 일대일로는 그 실현 방안이었던 셈이다.

_2023.10.16. 중앙일보 「'실크로드 화물 열차' 공허한 기적 소리」 중

이렇게 짧은 문장과 호흡 긴 복문을 섞어주면 글에 리듬이 생긴다. 리듬감은 파도처럼 길고 짧은 문장이 일정한 비율로 반복될 때 생긴다. 그렇다고 처음 써 내려갈 때부터 리듬감을 너무 의식할 필요는 없다. 글 전개에 초점을 두고 글이 산으로 가지 않도록 메시지의 경중과 완급을 조절해 쓰는 것만도 벅찬 일이다.

리듬감 관리는 퇴고 단계에서 한다. 문장이 너무 길면 과감하게 단문으로, 때때로 초超단문으로 바꿔주면 글에 전에 없던 속도가 붙는다. 서너 문장쯤에서 한 번씩 복문을 쓰거나 조금 호흡 긴 문장을 배치하면 강조의 효과도 낼 수 있다. 짧게 휘몰아치듯 읽어나

가다 유장한 글을 만나면 일단 멈추고 '이 말이 맞나?' 또는 '그럴 수도 있구나' 같은 반추의 시간을 끌어낼 수 있기 때문이다.

한 가지 주제로 명확하게

필자가 외교부에 출입하던 때의 일화다. 지금도 가끔 잠자다 식은땀을 흘린다. 아찔한 일이었다. 어느 날 마감을 5분 앞둔 시점이었다. 1,400자짜리 해설박스 기사가 갑자기 날아갔다. 노트북 작동이 정지했다. 화면에 입력이 안 됐다. 시간 없어 피가 마르는 거 같은 시점에 이게 웬 날벼락이란 말인가. 이것저것 누르다 화면이 꺼졌다. 문제는 저장부터 했어야 했는데 써야 하는 압박감이 크다 보니 깜박했다. 결과는, 다 지워졌다. 황망했다. 바닥이 꺼질 때 느낌이 이렇지 않을까, 싶어질 정도였다.

머릿속이 하얘졌다. 데스크와 연락했다. 이실직고하고 10분을 벌었다. 다시 자리에 앉았다. 하얀 화면을 보며 정신을 가다듬었다. 우선 키워드부터 나열했다. 마감까지는 총 12분 남짓. 절박했다. 기사 마감 시간을 '데드라인'^{dead line}이라고 부르는 이유가 실감 났다. 죽을 수는 없으니 정신을 수습하고 있는 힘껏 달릴 수밖에 없었다. 눈을 비볐다. 따가웠다. 충혈된 눈으로 키워드를 응시했다.

울 수도 없고 소리를 지를 수도 없는, 혼자 해결해야 하는 비통한 상황이었다. '대형사고 나겠다' 싶어 눈앞이 가물가물했다. 5분 전 상황이 딱 그랬다. 그런데 웬일인가. 상상도 못한 반전이 기다리고 있었다. 복원 작업에 들어가자 거짓말처럼 글들이 풀려나가기 시작했다. 비록 다 날렸지만 쓸 때 한 줄 한 줄 누에고치에서 실을 뽑듯 썼다 지웠다를 반복하며 고민했던 보람이 있었다. 첫 줄을 회복하니 다음 줄도 대기하고 있었던 듯 이어받아 써졌다. 그렇게 미친 듯이 써 내려가 연장된 마감을 3분 남기고 기사를 모두 넘길 수 있었다.

어떻게 이게 가능했을까. 외워 쓴 것도 아니었다. 곰곰이 생각해 보면 답은 하나였다. 제작 시스템이었다.

신문에 쓰는 글은 데스크의 검수와 편집회의를 통해 게재 여부가 결정된다. 따라서 글의 핵심 주제·메시지와 개요, 전개 등을 글쓰기에 착수하기 전에 조율한다. 전체 그림을 그려놓고 시작한다는 말이다. 일종의 청사진인 그 그림에는 글의 핵심이 압축된 제목과 이 글을 왜 써야 하는지, 어떻게 쓸 것인지에 대한 개략적 구상이 들어간다.

글로 구현되지는 않았지만, 개요만으로 사내 독자들(국장 이하 제작 시스템의 기자들)에게 전달력 있는 콘텐츠라는 것을 입증해야 한다. 글이 신문에 실릴지 말지는 개요에서 승부가 난다.

글의 관건인 개요. 이 개요의 골격은 어떻게 구성하면 될까.

우선 키워드가 선명해야 한다. 완전한 문장까지 갈 필요 없이 키워드가 딱 떠오르면 그 글은 일단 출발은 한 셈이다. 키워드를 중심으로 핵심들을 정리하고 한 줄로 요약해본다. 그 다음은 글을 쓰기 위한 소재들을 긁어모으고 나열한다. 이 과정에서 핵심 메시지를 관통하는 문장 하나를 찾아내야 한다. 보통 남들이 모르는 새로운 뉴스 소재를 건졌을 경우 그 팩트를 중심으로 문장이 만들어진다. 팩트만 있는 게 아니다. 상식의 허를 찌르는 관점이나 인사이트, 새로운 해석 또는 참신한 이름 붙이기가 떠오를 때 이것도 핵심 메시지를 구성하는 골격이 될 수 있다. 핵심 주제가 녹아 있는 한 문장. 기자들은 이를 '야마'(신문 제작의 일본 문화 영향)라고 부른다.

편집회의에서 최빈출 어휘, 야마다. 야마가 선명하면 설득도 쉽고 글 전개도 일사천리다. 명료하게 떠오른 야마에 살을 붙이는 게 신문의 글이다. 이렇게 핵심 메시지가 조탁이 됐다면 사실상 글은 반 이상 써진 것이나 다름없다. 이 메시지가 있느냐 없느냐에 따라 글의 가독성이 결정된다. 가독성 확보라는 첫 단추를 잘 채웠다면 논지가 야산을 헤맬 가능성은 줄어든다.

요컨대 애써 쓴 글이 전부 지워졌음에도 짧은 시간에 원상복구가 가능했던 건 글의 구조가 잡혀 있었기 때문이다. 필자가 핵심 메시지를 띄우고 이를 집단 지성으로 조탁하는 과정에서 글의 개요와 골자가 정리됐다. 중간 중간에 세워둔 키워드들이 이정표가 됐다. 글이 산으로 가지 않도록 길잡이 역할을 했던 작은 팻말(이정표)들이 기억을 쉽게 되살리도록 이끌어줬던 셈이다.

여기까지 쓰고 보니 핵심 주제를 잡기만 하면 순탄하게 글을 쓸수 있는 것처럼 보인다. 뭔가 아쉽다. 야마 잡는 게 글 쓰는 것의 절반 이상이라고 했는데도 여전히 아쉽다. 그만큼 핵심 주제 잡는 게 어렵고 골머리를 싸매고 짜내야 하는 지난한 과정이라는 얘기다.

잘 된 핵심 주제는 초점이 단순하고 직관적이다. 듣고 나면 단번에 "정말!", "재밌는데?" 같은 호응이 나온다. 확실한 피드백이다.

데스크나 선배들의 검수 과정에서 그들의 경험과 노하우 덕에 '엣지' 있는 야마가 발굴된다면 다행이다. 그러나 그런 멘토들을 만나기 전엔 어떻게 해야 하나. 감 떨어지기만 기다릴 수는 없는 노릇이다. 스스로 찾아내는 과정에서 글도 성장한다.

여러 방법을 써봤다. 결론부터 말하자면 자가 검증으로 '엘리베이터 스피치'만 한 게 없었던 거 같다.

내가 쓰고자 하는 게 핵심 주제다. 짧게 설명할 수 있어야 한다. 극단적으로 압축해 한 줄로 말할 수 있어야 한다. 엘리베이터를 타고 이동하는 1분 안 되는 시간의 한계 속에서 상대에게 핵심 주제를 전달하는 것을 말한다. 엘리베이터 안에서 주절주절 서론, 본론, 결론 순으로 말할 순 없다. 관건은 얼마나 핵심 키워드와 아이디어를 결합해 간단명료하게 전달하느냐는 것이다.

신문에 쓰는 글은 대중적인 글이다. 전달력이 생명이다. 엘리베이터 스피치를 통해 스스로 핵심 주제가 설득력이 있는지 검증해보는 과정을 반복 훈련하면서 무엇을 쓰고 싶은지에 대한 착상이 다듬어진다.

엘리베이터 스피치로 연습한다고 늘 콘셉트가 잡히는 게 아니다. 잘 안 잡히는 경우가 더 많다. 뭔가 새로운 착상이 떠오르거나 기존에 알고 있는 내용보다 업데이트가 된 사실을 써야 하는데 눈길 가는 핵심 주제가 잡히지 않는다. 그럴 때가 종종 있다. 한 손에 잡히는 핵심 주제를 조탁하려고 애쓰다 포기 일보 직전까지 가는 때가 많았다. 경험상 이럴 땐 글을 잠시 뒤로 물리되 손을 놔서는 안 된다. 써야 할 글은 써진다. 키워드가 착상을 일으켰기에 다시 글 앞에 돌아와야 한다. 전달력을 기치로 내걸고 왜 써야 하는가, 왜 독자들이 관심을 가질 것인지 되물으며 나아가야 한다.

다시 한 번 강조하지만 핵심 주제가 나오면 큰 산을 넘은 셈이다. 사례를 붙이고 담담하게 설명해도 핵심 주제가 갖고 있는 힘 때문에 글이 탄탄해진다. 설사 글이 만족스럽지 않다고 해도 소득이 없는 건 아니다. 결과만 놓고 평가하지 말고 경험이 쌓여 가는 과정에 방점을 뒀으면 좋겠다. 훈련이라고 생각하면 평가의 기준이 달라진다. 당장 오늘 글이 성에 차지 않아도 포기하지 않고 결론까지 갔다면 한 걸음 앞으로 간 것이다. 아무튼 엘리베이터 안이라고 생각하고 30초~1분의 시간 한계 속에서 스피치 구조를 짜보는 거다. 글의 핵심 주장을 조탁하는 연습을 반복하면서 글 쓰는 감을 키워가야 한다. 핵심 키워드를 믿고 살을 붙여나가는 훈련을 꾸준히 하는 게 관건이다. 김현기 기자의 칼럼을 사례로 핵심 키워드가 어떻게 만들어지고 있는지 살펴보자.

#1 "아주 걸레질을 하는구먼. 걸레질을 해."

4년 전 일이다. 당시 자유한국당 한선교 사무총장이 당 회의실 문을 열고 나오면서 복도에 앉아 있던 기자들에게 던졌던 말이다.

문이 열릴 때마다 정치인의 목소리를 더 가까이서 듣기 위해 엉덩이를 움직여 이동하는 걸 '엉덩이 걸레질'에 비유한 것이다.

현장 후배 기자들은 "의자도 충분히 없고, 취재원 말을 노트북에 받아쳐 바로 속보로 보내려면 어쩔 수 없다"고 한다. 지금도 이 관행은 진행형이다.

하지만 '라떼 선배'를 감수하며 말하자면, 이렇게 해선 안 된다. 아무리 다리가 아프고 힘들어도 말이다. 기자와 취재원의 대등한 관계가 무너진다.

그냥 앉아서 받아치는 건 속기사이지 기자가 아니다. 어떤 취재원이건 늘 같은 눈높이에서 대해야 하는 게 기자의 의무이자 숙명이다.

_2023.8.23. 중앙일보 「국회의원이세요? 활동가세요?」

정치인은 서서 말하고 기자들은 앉아서 받아 친다. 위계와 서열이 느껴지는 구도다. 이래선 대등한 관계에서 질문하고 의문을 제기하기 어렵다. 편하다고 주저앉지 말자는 메시지가 읽힌다. 칼럼을 계속 읽어보자.

#2 "오염수 투기 반대한다. 울라 울라~."
지난달 한국 야당 의원 10명은 도쿄 참의원 의원회관 앞 인도 바닥에 앉아 깃발을 흔들며 열심히 노래를 불러댔다. 모르는 사람들이 보면 딱 시민단체 운동가였다.

양이원영 의원의 선창으로 "울라 울라~"를 시작하자 법무부 장관 출신인 박범계 의원은 활짝 웃으며 "이거 좋다!"고 했다.

이들은 "후쿠시마 오염수 방류의 문제점을 일본 야당과 함께 널리 알렸다"고 자랑했다.

실상은 전혀 달랐다. 제1 야당 입헌민주당의 오카다 간사장은 최근 이들과 공동회견에 참석했던 아베 도모코 의원을 구두 경고했다. 제2 야당 일본유신회의 후지타 간사장은 "(한국의) '일부 활동가'에게 일본의 국회의원이 휘말려서야 되겠느냐"고 했다. 이들은 일본에서 민폐를 끼친 '일부 활동가'가 돼버렸다.

한 달 후 장소는 다시 바뀌어 한국. 박범계 의원 등 민주당 의원 네 명은 이번에는 수원지검 검찰청사 입구에 앉았다. 이화영 전 경기부지사에 대한 검찰수사에 항의차 갔는데 검사장이 안 만나줬다는 게 이유였다. (하략)

일본에 간 한국의 야당 의원들이 길바닥에 앉아 시위를 했다가 시민단체 활동가로 인식됐던 일화를 다뤘다. 항의성 검찰청 방문이 뜻대로 안 되자 입구 바닥에 앉아 불만 표시를 한 의원들 사례도 덧붙였다. 세 사례를 관통하는 메시지가 있다. 격에 맞게 행동하고 처신하자는 얘기다. 기자는 단순 명확한 이 한 가지 주제로 글을 맺는다. 흐름에서 벗어나는 얘기가 없다. 사례부터 스토리텔링까지, 일관성 있게 글을 끌어가니 주제가 선명해졌다.

제목이 나오면 술술 풀린다

수면 근처까지 올라온 민물고기가 있다. 햇살이 비늘에 날아와 꽂힌다. 비늘에 반사된 햇빛의 찬란함. 그렇게 강렬하게 머릿속에 박히는 것이 제목이다. 이런 제목이 떠오른다면 글은 신나게 술술 써진다. 선명한 제목이 글을 이끌어주기 때문이다. 이쯤 되면 영감의 위상까지 상승한다. 제목은 그런 것이다. 제목 한 줄에서 글의 의도를 읽어내는 고급 독자가 아니라고 하더라도 제목을 달았다면 중학생도 무슨 뜻인지 알 만해야 한다.

전달력 있는 글을 써야 하는 사람이라면 이런 접근법으로 시작했으면 한다. 이정재 기자의 칼럼에서 제목의 힘을 느껴보길 바란다.

내 이름은 예비타당성 조사, 줄여서 '예타'야. 왜 사람 흉내냐고? 내 탓이 아냐. 필자 탓이지. 가끔 필자가 사람도 아닌 것을 사람처럼 꾸밀 때는 다 이유가 있어. 대놓고 자기 입으로 말하기엔 겁나거나, 껄끄럽거나, 재미없거나 중 하나야. 아무래도 내 경우엔 셋 다인 것 같아.

나는 1999년 3월생이야. 그때 무슨 일이 있었는지 다들 기억하지? 외환위기 직후야. 공적자금을 많이 쓴다고 국민 걱정이 컸어. 게다가 95년 본격 시작된 지방자치제로 전국에 우후죽순, 삽질 광풍이 불었지. 지자체 공사라도 일단 시작되면 나랏돈이 끌려들어 가게 돼 있어. 내가 없던 시절엔 '타당성 조사' 혼자 북 치고 장구 쳤어. 1994~1998년 33건의 타당성 조사 사업 중 울릉공항 1건을 제외한 32건이 '타당성 있음'으로 결론 났어. 말이 돼? 정부 스스로 자기반성을 했어.

이래선 안 된다, 허루루 나랏돈을 쓰지 않게 하자. 나라 살림을 맡은 기획예산처가 총대를 멨어. 그래서 나온 게 '공공건설사업 효율화 종합대책'이야. 주요 낭비 사례로 경부고속철도를 꼽았어. 6조원이면 된다더니 결국 20조원을 쏟아부어야 했지. 그런 낭비를 다시는 하지 말자. 대책의 핵심은 '500억원이 넘는 사업엔 먼저 예비타당성 조사를 거쳐야 한다'야. "나라 살림을 지켜야 한다"는 우국충정이 나를 만들어낸 거지. (중략)

_2021.3.4. 중앙일보 「'예타'살해사건의 전말」

제목부터 강렬하다. 예비타당성 조사, 줄여서 예타로 불리는 공공사업 효율화 대책이 정치적 이해타산의 개입으로 어떻게 무력화됐는지 의인화 기법으로 풀었다. 유명무실화된 예타의 운명에 쐐기를 박은 사건을 빌어 예타 살해사건이라고 명명했다. '누가 예타를 죽였나'라는 착상 자체에 직관적인 제목이 잉태돼 있다. 제목이 글의 절반 이상이라는 걸 인상 깊게 보여줬던 글이었다. 칼럼을 쓸 때 제목이 어딘가에서 날아와서 머릿속에 꽂힐 때가 있다. 영감이 찾아왔고 통찰과 직관이 씨줄과 날줄이 돼 잘 짠 옷감을 본 날이다. 그런 날은 잠을 쉽게 청하기 어렵다. 착상이 꼬리에 꼬리를 물고 이어지곤 했다. 잊을까 걱정돼 머리맡 메모지에 키워드만 써놓고 자거나 아니면 그냥 일어나 펜을 잡곤 했다.

제목이 날아와 꽂히면 좋지만 안 그럴 때가 더 많다. 제목을 뽑아내기 위해 키워드를 정리해보고 핵심 문장도 써보지만, 제목까지 떠오르지 않는 경우가 더 많다는 말이다.

키워드나 핵심 문장을 적당히 결합하는 제목을 달면 어떨까. 메시지 전달은 된다. 문제는 독자의 시선을 잡아채는 제목이 아니면 좀처럼 독자의 관심을 붙잡아 두기 어렵다는 것이다. 글에 착수하지 못하고 주변만 빙빙 돌면서 쓸까 말까를 고민하곤 한다. 특히 신문 지면이 아니라 온라인을 통해 글을 접하거나 PC의 큰 화면이 아니라 휴대폰을 통해 글을 보게 되는 경우 더더욱 제목이 1차 승부처가 된다. 이 때문에 '섹시한'(기자 집단에서 많이 쓰는 은어) 제목을 달기 위해 글의 내용을 과장하는 경우를 종종 보게 된다. 이뿐 아니다. 본질을 벗어나는 '제목 장사'의 유혹에 빠지거나 '간 크게' 낚시성 제목을 붙여 모바일 세계로 내보내는 경우도 다반사다. 글 쓰는 입장에서 선을 넘지 않도록 경계해야 한다.

2021~2023년 JTBC 온라인에 연재한 칼럼 [정용환의 중국은, 왜]는 제목의 격전장이었다. 짧은 순간 포털 등 제한된 공간에, 제목만 노출되기 때문에 클릭이 들어오게 하려면 제목에서 승부를 걸어야 한다. 제목이 찰지게 잡히면 글은 술술 풀린다. 몇 가지 기억나는 것만 추려본다.

「새장보다 큰 새는 용납 못한다…… 빅테크 군기 잡는 중국(2021.08.05)」은 빅테크에 대한 압박을 가하기 시작한 중국 당국의 속내를 엿본 기사인데 밀물 썰물처럼 때가 됐다 하면 등장하는 규제 경제의 속성을 '새장 경제' 프레임으로 풀어봤다. 친근감을 높이기 위해 경어체로 썼다.

디디추싱(차량 공유 서비스)·텐센트(게임과 SNS)·알리바바(핀테크와 전자
상거래)·신둥팡교육(온라인교육)…… 등은 중국이 '인터넷+'정책 드라이
브를 걸고 육성했던 인터넷 플랫폼 기업들입니다. 경쟁 극심한 중국
시장을 장악한 스타 기업들이죠. 승승장구할 것만 같았던 플랫폼 스
타들이 요즘 죽을 맛입니다. 당국의 군기 잡기가 본격화되면서 글로벌
증시에서 바닥 모를 폭락을 하고 있습니다. 이른바 세계 2위의 경제권
이라는 나라에서 공산당 규제 리스크가 엄습하면서 시장이 흔들리고
있습니다. 인터넷 창업 신화를 쓴 기업들을 향해서 린치급 언어폭력
도 서슴지 않는 분위기입니다. 중국 최대 게임·소셜 미디어 회사 텐센
트를 향해 "온라인 게임은 정신적 아편"이라고 관영 매체가 비판하기
도 했습니다. (중략)
이쯤 되면 중국은 왜 이러는 걸까, 궁금하지 않을 수 없습니다.
이번 사태의 저변에 깔린 이른바 규제리스크·공산당리스크라는 말은
'중국 특색 사회주의 시장경제'의 궁극적 진면목이 무엇인지 보여줍니
다. 인터넷과 스마트폰 등 통신·기기 혁명을 통해 무지막지한 규모와
화려한 성과 등으로 포장됐지만 인수분해 해보면 결국 '새장경제'입니
다. 새장은 당·국가의 사회주의적 통제를 상징합니다. 새는 경제 특히
민영 사이드의 경제를 일컫습니다. 새장경제는 사회주의적 경제 통제
의 완급과 강약을 둘러싸고 다양한 변주를 거듭했습니다. (하략)

평범한 뉴스 속에서 불현듯 솟아오른 제목도 있다. 「감당할 수 있겠나…… 중앙아시아에서 시험대 오른 중국(2021.07.17.)」은 '제국의 무덤'으로 통하는 아프가니스탄에서 미군이 황급하게 떠나자 힘의 공백을 노리고 눈독을 들이는 중국의 행보에서 뽑아낸 제목이다. 칼럼에선 중국의 계산이 얼마나 허무맹랑한 일인지를 지적했다.

「산아제한 푼 중국…… 셋 낳게 하면 뭐하나. 둘도 안 낳는데」 (2021.06.01.)는 인구절벽의 위기감에 휩싸인 중국의 인구정책에 대한 글이었다. 강압적인 한 자녀 정책을 폐지하고 급기야 셋까지 낳아도 된다며 규제를 풀었는데, 부동산 양극화로 먹고살기 팍팍한 사람들로부터 외면당하는 현실을 다뤘다. 한 자녀 산아제한은 만물의 섭리에 반하는 정책이었다. 전면 해제 시점을 놓쳐 만시지탄이 됐다.

뉴스에 숨겨진 함의에 초점을 맞춰 길어 올린 제목도 있다. 「루소폰 닫히나…… 포르투갈, 화웨이 손절」(2023.05.30.)은 중국 일대일로 정책의 첨병, 화웨이가 포르투갈 시장에서 배제되는 뉴스를 보고 떠오른 제목이었다. 포르투갈은 서유럽의 변두리에 위치한 나라로 알았는데 진가는 딴 데 있었다. 포르투갈어를 공용어로 채택한 브라질·앙골라 등 10개 국가·지역을 일컫는 루소폰 세계의 관문인 나라였다. 이런 나라에서 밀려났으니 화웨이, 더 나아가 중국의 일대일로 구상이 찬물을 뒤집어쓴 꼴이 됐다는 걸 지적했다.

"루소폰Lusophone. 포르투갈을 비롯해 브라질·모잠비크 등 포르투갈어를 공용어로 쓰는 10개 국가·지역의 2억 7000만 명을 일컫는 말입니다. 포르투갈어권은 대항해시대 개막기 포르투갈 함대가 훑고 지나갔던 아프리카 동서 해안의 교역 거점과 남미, 그리고 동남아시아와 중국의 마카오에 형성돼 있습니다. 루소폰의 심장이자 정서적 본향인 포르투갈은 루소폰 2억 7000만 소비시장에 진입하는 관문입니다. 중국이 유럽과 아프리카 시장 공략의 거점으로 포르투갈에 주목한 것은 우연이 아닙니다. 육·해상 실크로드 구상인 일대일로는 중국에서 시작해 유라시아 대륙을 관통하거나 동남아~인도양~홍해~지중해 바닷길을 거쳐 서유럽의 관문인 로테르담까지 물류망을 연결하는 목표로 추진하고 있습니다. 일대일로가 남미 경제 대국인 브라질까지 시야를 넓히려면 대서양 동부 연안에 거점이 있어야 합니다. 루소폰이 눈에 들어올 수밖에 없습니다. 포르투갈과 적도 기니, 앙골라, 그리고 대서양 한복판의 포르투갈령 아조레스 제도는 루소폰 국가 또는 지역으로 일대일로 해상 물류망의 중간 기착지 역할을 수행하기에 최적 위치에 있습니다. 중국이 2008년 세계 금융 위기로 재정 위기에 처한 포르투갈의 백기사로 등장해 에너지·건설 분야 투자를 주도하고 포르투갈의 일대일로 동참을 끌어낸 것은 루소폰의 잠재력과 이 세계의 관문으로서 포르투갈의 위상을 크게 평가했기 때문입니다."

문제는 이런 제목이 늘 따라다니는 게 아니라는 것이다. 글감의 윤곽은 나왔는데 시선을 잡아채는 '섹시한' 제목이 안 떠오르는 경우가 많다. 이때가 중요하다. 기자들은 마감이 있기에 뭐라도 쓴다. 근사하고 멋진 제목이 안 떠오른다고 안 쓸 수 있나. 그게 일인데.

기자들은 그래서 일단 쓴다. 표준화되고 정형화된 프레임에 맞춰 사실들을 나열하고 살을 붙이고 맥락을 찾아 꿰맞춘다.

　적어도 열 번이면 대여섯 번 이상 겪는 일이다. 이런데도 글이 된다. 제목이 밋밋하고 평범해서 머릿속 청사진은 안 그려졌는데 글이 풀려나간다. 정말 신기하고 신나는 일이다. 백미는 마감에 맞춰 글의 양을 채우고 제목이나 구성을 맞춰 놓고 나서 퇴고할 때다. 한 번 더 읽는다. 또 읽는다. 소리 내서 읽어보고 단어들이 입에 거슬리거나 리듬이 안 나오면 바꾼다. 그런 과정에서 처음 제목을 궁리하던 단계에선 만나지 못했던 단어가 날아와 꽂힌다. 거기서 제목이 나온다. 정말 신명 난다. 3,000자 가까이 쓰는 동안 머릿속을 맴돌기만 했던 어떤 빛깔의 착상이 직관을 통로 삼아 불쑥 떠오른다. 늘 그런 건 아니지만 이런 경험을 하게 될 땐 벅찬 성취감이 온몸을 휘감는다(※이 책을 쓰게 된 동기도 이런 경험에서 맛본 희열을 공유하기 위해서다).

　「메이지 유신의 산실 조슈와 朝鮮의 제로썸 운명」(2023.05.15.)」은 일본 개화기 인재들이 쏟아져 나온 특정 지역(조슈번)이 조선 침탈의 본진이었다는 역사적 사실이 기반이 됐다. 조슈번의 정치적 입지가 강해질수록 정한론의 희생양이 될 수밖에 없었던 조선의 운명을 조슈와 조선의 조·조 운율에 맞춰 뽑은 제목이었다.

　이 답사기를 앞두고 제목이 떠오르지 않아 고심했다. 글의 프레임을 침탈의 본진을 찾아가 봤더니 곳곳에 극우적 잔재가 보였다는 식으로 잡을까 생각했다. 뉴스에서 자주 다루던 주제였기에 손이 나가지 않았다. 답사 다녀오고 한 주가 지났다. 약효가 떨어지고 있던 시점이었다. 쫓기는 심정이었다.

일단 쓰기 시작했다. 조슈가 어떤 곳이고 여기서 어떤 일들이 있었고 어떤 인재들이 배출됐는지 써나갔다. 글감 자체에 숨겨진 지도가 있는 것일까. 글이 풀려나가는데 자연스럽게 조선 침탈의 본진에서 느낀 착잡한 심경을 향해 나아가고 있었다. 개화기 역사의 격랑 앞에서 극과 극의 대응을 보였던 조슈와 조선. 역사의 갈림길에서 한쪽은 식민지가 됐고 한쪽은 침략자의 길을 가게 됐는데 어디서부터 격차가 벌어지게 됐는지를 탐색하는 프레임 쪽으로 글이 자리를 잡아 갔다. 조슈와 조선을 양쪽에 세우는 제목이 나왔다.

260개 번 가운데 하나에 불과했던 조슈가 막부와 일대일로 내전을 벌이고 막부체제를 뒤집어 메이지유신을 거머쥐었던 성공 스토리는 우리의 치욕과 통한의 역사와 포개집니다. 정말 동전의 양면 같았고 제로썸 관계였던 조슈번과 조선의 운명이었습니다. 일개 번의 성공이 어떻게 조선 합병과 식민통치 전체를 아우를 수 있었을까요. 어떤 인과관계가 저변에 흐르고 있는 걸까요. (중략) 시대의 잠재력이 팽창하고 그렇게 역동적이었던 변화의 시대에, 그 흐름에 올라탔던 국가·민족 공동체는 근대국가로 올라섰고 그 반대는 치욕의 나라를 헤맸습니다. 평지에서 보면 단면만 보이지만 고지에서 보면 입체적으로 조망적 시점을 거머쥘 수 있습니다. 일본은 문명의 우열이 엇갈리는 시점을 포착했고 봉건 시스템을 뒤집어 새 시대의 물살에 올라탈 수 있는 체질로 국가 시스템을 바꿨습니다. 내전이 벌어졌고 혼돈의 강을 건넜습니다. 기민하게 포착한 변혁의 기세를 안으로 끌어들여 기술과 과학의 토대를 구축했고 이를 기반으로 제국주의 강국으로 올라섰지만 너무 나가 '지옥맛'을 보기도 했습니다. 소련 공산주의 본진의 붕괴로 냉전이 해체되고 40년 중국의 도광양회 탐색전이 끝났습니다. 신냉전이 현실이 되고 있습니다. 크다면 크고 작다면 작은 패러다임 전환이 시작된 겁니다.

일본의 패망으로 갑자기 찾아온 해방과 소련·중국·북한 조합의 남침으로 시작된 전쟁, 그리고 70년의 산업화·민주화의 절치부심 끝에 맞은 패러다임 전환기입니다. 이번 주 열리는 일본 히로시마 G7 회의는 이제 '근대화 지각생'의 지평선 안에 들어와 있습니다.

역사의 수레바퀴가 다시 돌기 시작했습니다. 역사의 패턴은 반복될 텐데, 시대가 결단을 요구할 때 우리는 메이지유신을 이끈 '젊은 그들'처럼 시대의 흐름을 꿰뚫는 통찰을 보여줄 수 있을지, 다다미 8장짜리 초라한 시골 학숙이 분화구가 되어 마그마 같은 인재들을 폭발적으로 쏟아냈듯이 우리도 그런 인재풀을 준비하고 있는지, 패기 있는 리더십으로 공동체를 단합시켜 패러다임 전환의 안갯속으로 이끌고 나갈 수 있을 것인지……

_2023.5.15. JTBC [정용환의 중국은, 왜] 「'메이지유신의 산실' 조슈와 조선의 제로썸 운명」 중

안 써진다 하더라도 뭐라도 쓰기 시작하라는 것을 그래서 힘주어 강조하고 싶다. 글쓰기 고수들도 적극 공감하는 대목이다. 강준만 교수는 『글쓰기가 뭐라고』에서 생각이 있어 쓰는 게 아니라 써야 생각한다고 강조한다. 책에서 한 대목만 인용한다.

글을 쓰는 사람이라면 누구든 경험했겠지만, 어떤 생각을 갖고 글을 쓰더라도 글을 쓰면서 생각이 달라지는 경우가 있다. 이는 글쓰기를 함으로써 깊이 있는 생각을 하게 되었다는 걸 의미한다. 뭘 알아서 쓰는 게 아니라 쓰면서 알게 된다. 이건 내가 매일 겪는 경험이라 자신 있게 말할 수 있다. 글을 쓰기 전 이미 어떤 구상을 해놓고 써내려간다. 그런데 글을 쓰다 보면 중간에 막힌다. 머릿속에선 전혀 문제가 없는 멋진 아이디어였다. 그런데 글을 쓰다 보면 중간에 막힌다. 내 주장의 근거가 부실하다는 걸 깨닫기도 하고, 더 중요한 건 이게 아니라 저게 아닌가 하는 생각을 할 때도 있다. 그러면 다시 고쳐 써야 한다. 나는 뭘 알아서 쓴다고 생각했지만, 정반대로 쓰면서 알던 것과는 다른 걸 알게 된 셈이다.

글을 쓰려면 일단 한 발 들여놓는 게 중요하다는 강원국 작가의 지적도 귀담아들을 만하다. 『강원국의 글쓰기』 중 동감해 마지않는 한 대목이다.

일단 써야 하는 결정적 이유는 바로 이것이다. 쓸거리는 써야 나온다.

머리로 쓰는 것은 보이지 않는다. 손으로 써야 보인다. 그리고 보이는 것은 새로운 생각을 만든다. 쓸거리가 있어서 쓰는 게 아니고 쓰면 쓸거리가 생각난다. (중략) 일단 한 줄을 쓰면 그다음 줄이 만들어진다. 쓰면 써지는 게 글이다.

쓰면 써지고 써지면서 눈으로 보이는 글을 통해 새로운 콘셉트나 프레임이 머릿속에 자리를 잡는다. 제목은 여기서 나오는 것이다. 스스로 마감을 설정하고 압박감을 갖고 쓰기 시작하면 뭐라도 쓰게 되고 거기서 기술적으로 틈을 메워가며 마무리하게 된다.

모든 글이 홈런이고 3루타였으면 얼마나 좋을까만, 그런 건 타고난 작가들의 세계려니 생각하자. 우리는 전달력 있는, 잘 쓴 글을 쓰는 데 집중했으면 한다. 마감에 임박해 일단 쓰고 보자는 심정으로 시작했다가 무난하게 제목을 건져 올린 글을 하나 더 보고 가자. 관점을 바꿔 화두가 떠올랐고 거기서 제목을 찾아낸 사례다.

이달 초 북한의 장성택 국방위원회 부위원장의 목숨이 경각에 달리던 그즈음, 장성택계 인사로 잘 알려져 거취가 주목을 받던 지재룡 주중 북한대사가 공식 석상에 모습을 드러냈다. 왕이王毅 중국 외교부장이 주최한 주중 외교사절 송년 만찬회장이었다. 부인을 동반하고 행사장에 나타난 지 대사. 참석자 대부분 부부 동반 없이 왔기에 지 대사 내외는 눈에 잘 띌 수밖에 없었다.

그날 행사에 참석한 동아시아 국가의 한 외교관은 지 대사의 얼굴에서 초췌하고 지친 기색이 역력했다고 전한다. 지 대사는 북한 보위부로부터 감시의 눈길을 받고 있던 상태였던 것으로 알려졌다. 지 대사 부인은 고개를 거의 들지 않은 채 식기만 바라보고 있었고, 지 대사도 가끔 허공에 눈길을 줄 뿐 거의 입을 열지 않았다. 주변 외교사절들도 북한에 불어 닥친 정치 격변을 알기에 그의 눈치만 살필 뿐 누구하나 찾아가 말을 걸 엄두를 못 냈다고 한다.

반면 권영세 주중 대사가 앉아 있던 테이블은 떠들썩한 송년 분위기가 물씬 풍겼던 모양이다. 양제츠楊潔 외교담당 국무위원이 축사를 하자 부인이 그와 영국에서 함께 수학했다는 몰타 대사가 에피소드를 풀어내며 왁자지껄한 분위기를 이끌었다고 한다. 수없이 건배 제의가 오가고 통역 없이 이어지는 감성적 대화로 웃음꽃이 터졌다.

베이징 외교가의 송년 파티였지만 핵 보유와 자력갱생만 부르짖으며 국제사회로부터 스스로 소외시킨 북한의 현주소는 이런 자리라고 예외는 아니었다. 연회장의 화려한 불빛에 녹아들지 못하는 애물단지 같은 존재감. 그런 북한 대사를 의식하지 않는 외교사절이 얼마나 있었을까. 북한을 그간 혈맹이라고 끌어안고 특수 관계 논리로 허물을 덮어 줬지만 외교적으로 G2(미국·중국 양강체제)의 위상을 가다듬고 있는 중국은 이제 북한 때문에 심리적으로 쫓길 수밖에 없는 입장이 되고 있다.

_2013.12. 중앙일보 「마음에서 멀어지는 북중관계」

2013년 말 장성택 처형 사건 이후 베이징 외교가의 풍경을 취재했다. 마침 중국 외교부가 주최하는 송년회 자리가 있었다. 이 자리에 참석한 여러 대사관 관계자들로부터 팩트를 취합했다. 장성택이 누군가. 김정일 사망 후 권력 기반이 취약한 김정은의 고모부이자 정치적 후견인 역할을 하던 실세 중의 실세였다. 그런 장성택을 가차 없이 처형한 권력의 무자비함에 국제사회가 치를 떨었다. 그런 북한을 전략 가치라는 이유로 끼고 도는 중국의 처신은 어렵게 쌓아 올린 국제적 위상이라는 측면에선 정신분열이자 자해행위였다. 속내가 복잡한 중국 당국, 그리고 장성택 처형과 처형 방식에 격앙하는 중국 여론을 섞어 써야 했다.

문제는 핵심 메시지였다. 팩트는 새로웠으나 메시지에 불이 붙지 않았다. 연말 송년회 분위기에 녹아들지 못하고 겉도는 주중 북한대사 부부의 에피소드는 이미 여러 언론을 통해 보도됐다. 북한을 대상으로 쓴 기사들이었다. 관점을 중국으로 바꿔봤다. 행사 주최자인 중국 당국자들 눈에 북한대사 부부는 어떤 존재였을까. 특수 관계인 중국과 북한 관계를 고려해 자리 배치 등은 세심하게 배려했을 것이다. 그다음은 중국도 어찌할 수 없는 단계다. 주빈 처지에서 주변과 섞이지 못하고 겉도는 외톨이 손님은 여간 신경 쓰이는 게 아닐 것이다. 그런 중국 당국자들의 심경을 여러 각도로 후속 취재하고 여론 동향을 곁들이면서 갑자기 대로가 뚫리는 기분이 들었다.

전략 가치가 있는 북한과 떠안고 가자니 체신을 깎아 먹는 북한. 이해득실 계산으로 복잡한 중국의 외교적 현실과 그 빈틈을 공략

하자는 메시지로 이어졌다. 이런 때 쓰려고 메모해뒀던 '별을 볼 준비가 됐나'라는 표현도 써봤다. 2022년 대선을 앞두고 한 해 전 김종인 국민의힘 비상대책위원장이 윤석열 검찰총장을 향해 "인생을 살면서 별의 순간은 한 번밖에 안 온다. 지금 별의 순간이 보일 것"이라고 말했었다. 계속 읽어보자.

전광석화 같은 장성택 처형 사실이 알려지자 중국의 인터넷 여론은 경악의 목소리로 가득했다. '문화대혁명의 광기를 보는 것 같다. 북한에 질렸다'는 중국의 젊은 네티즌들. 집단 광기의 후유증을 몸소 겪었던 중장년층에선 '당시의 상처에 소금을 뿌리는 것 같아 불쾌했다'고 토로한다.

중국 학계에선 북한은 이미 한참 전에 '실패 국가'로 각인됐다. 물론 표면적으로 북·중 관계는 큰 변화를 맞지 않을지도 모른다. 동북아에서 해양세력의 북진을 막아 주는 전통적인 북한의 전략 가치가 여전하다고 판단할 수 있다. 그러나 국가의 체면과 6억 네티즌 시대의 대중 여론을 살펴야 하는 중국 외교안보 당국의 고심은 깊어질 수밖에 없게 됐다.

구름에 가려진 별도 잠깐 구름 사이로 빛을 발하는 순간이 있다. 독일은 그때 별을 잡아채 통일을 이뤘다. 우리는 별을 볼 준비가 됐는가. 마음에서 멀어지는 북·중의 현실 변화를 놓쳐서는 안 된다.

위트가 실린 제목은 딱딱한 글에 맵시를 더해준다. 주제를 선명

하게 부각시키는 적확한 비유가 있다면 제목감으론 금상첨화다. 공유경제와 같이 ICT기술에 기반해 혜성과 같이 등장하는 신산업은 독자들에게 생소하다. 친근하고 익숙한 소재를 제목에 배치하는 게 친절한 접근법이다.

이정재 기자의 칼럼이다. 제목이 조탁되는 과정을 함께 보자.

지난주 검찰이 타다를 기소했을 때, 나는 이 정부의 불통과 무능도 함께 기소됐다고 생각한다. 타다는 '한국형 우버'로 불리지만, 언감생심이다. 우버처럼 개인 차량을 공유해 쓰는 게 아니라, 렌터카와 대리기사를 결합해 서비스를 제공하는 기형적 형태다. 현행법에서 할 수 있는 최대치, 불법과 합법 사이에서 줄타기한 결과다. 다종다양한 서비스와 빅데이터의 산실로 불리며 기업가치 100억 달러를 넘어선 우버·디디추싱·그랩에 비하면 창피한 수준이다. 이걸 우리는 한국형 우버, 공유경제의 씨앗이라고 부른다. 검찰의 기소는 그 씨앗마저 '밥그릇 사수' 택시업계와 '표가 우선' 정치권, '눈치 보기' 정부의 연합 십자포화에 말라죽게 됐다는 의미다. (중략) 뉴욕타임스 칼럼니스트 토머스 프리드먼이 "말들에게 투표권을 줬다면 자동차는 없었을 것"이라고 했을 때, 그건 그냥 멋진 비유였을 뿐이다. 19세기 영국뿐 아니라, 현실에선 결코 일어날 수 없는 일이라서다. 하지만 21세기 대한민국에선 그 말을 웃어넘길 수 없게 됐다.

_2019.11.7. 중앙일보 「말들에게 물어봐야 하나」

내용을 한 줄로 압축 요약해주는 제목의 힘. 그런 힘을 느낄 수 있는 글도 있다. 월간중앙 박성현 기자의 기사다. 제목을 길어 올리는 솜씨를 엿볼 수 있다.

엉뚱한 차를 탔는데, 가서 보니 목적지였다는 인생의 또 다른 섭리를 가리키는 인도의 속담이다. 지역균형발전의 관점에서 보자면 김포를 서울에 편입하자는 '메가서울' 논란이 여기에 해당할 수도 있다. 잘못 탄 기차(메가서울)가 목적지(지역균형발전 여론 환기)에 데려다 주리라고 기대하는 이들이 있기 때문이다.

대통령 직속 지방시대위원회 위원으로 활동하는 마강래 중앙대 교수 같은 경우다. 그는 "김포시의 서울시 편입 문제가 이렇게 국민적 관심을 받게 될 줄 몰랐다"고 놀라움을 표했다. 다분히 정치적 계산에서 출발한 메가서울 논의가 역설적인 결과를 낳았다. 바로 '균형발전'에 대한 사람들의 '이해'와 '관심'이다.

마 교수는 "국민이 메가시티를 이해하기 시작하면서 균형발전이 중요하다는 걸 알아가는 것 같다"면서 "지역균형발전 어젠다가 대중에게 더 가까이 가게 됐다는 측면에서는 (메가서울 논란이) 오히려 다행이라는 생각마저 든다"고 관전 소감을 밝혔다.

정략적 공약인 메가서울 어젠다가 어떻게 지역균형발전 여론을 환기하게 되는 걸까? 이슈를 추적하면 그 맥락이 드러난다. (하략)

_월간중앙 2023년 12월호, 「잘못 탄 기차가 목적지에 데려다준다?」

서로의 이익이 상충하는 사건이 예기치 않은 반전을 가져올 때 구구절절 설명하려들면 피로감을 줄 수 있다. 사건의 전모를 직관적으로 관통하는 속담, 격언, 경구를 잘 활용한 예다.

팩트의 중요성

메시지를 전달하려면 팩트가 있어야 한다. 주장과 메시지를 강조하고 반복한다 한들 팩트가 뒤에서 받쳐주지 않으면 독자의 인식 속에 안착하지 못한다. 그냥 표류할 뿐이다. 좋은 글은 팩트가 많다. 뭔가를 주장하자고 쓰는 글 아닌가. 잘 나열된 팩트는 글을 쓴 목적지까지 자연스럽게 독자를 이끈다.

팩트에 대한 취재와 관찰 없이 글이라는 구조물을 세울 수 없다. 기자들은 사실관계와 상황을 알려주는 팩트를 모으고 분류한다. 어떤 사안이 뉴스가 되는지, 된다면 왜 되는지에 대한 자가 검증과 집단사고를 반복한다. 뉴스의 함의와 중요성을 판단하는 일을 매일 한다. 이런 반복된 루틴을 통해 팩트에 대한 이해가 깊어지고 통찰이 생긴다. 상황이 어떻게 전개될지 예상하는 역량이 훈련된다.

전달력을 높이는 글을 쓰기 위해서는 글의 완성도를 높여야 한다. 쓰다 말고 독자에게 생각을 떠넘겨선 안 된다. 글의 완성도는 어떻게 높여야 할까. 팩트를 나열한다고 완성도가 높아질까. 그렇지 않다. 맥락을 풀어줘야 한다. 팩트가 어떤 사실을 보여주고 있는지,

팩트가 지시하는 사실이 어떤 함의를 품고 있으며, 얼마나 가치가 있는지 충분히 설명해줘야 한다.

팩트와 관련해 글을 쓸 때는 세 가지 정도는 꼭 짚고 넘어가는 게 좋다.

첫째, 진위다. 글을 쓸 때 정직한 팩트는 힘이 있다. 관점을 놓고 왈가왈부할 필요 없이 팩트 자체가 강력한 메시지이기 때문이다. 그 팩트에 권위를 부여해주는 게 확인 과정이다. 이중, 삼중(크로스 체크)으로 확인해 진위가 무엇인지 최대한 접근하려는 노력이 글을 쓰는 기본자세다.

둘째, 경중이다. 글을 쓰는 입장에서 경계하고 자제해야 하는 것이 있다. 거창하게 쓰고 싶은 욕구다. 억누를 수 있으면 억눌러야 한다. 자기 글이 거대한 얘기를 다룬다 해도 팩트를 제시하고, 근거를 차근차근 쌓아 올리면서 글을 써나가야 한다. 압도적인 스토리가 아닌 경우엔 경중에 특히 더 신경 써야 한다. 단어가 크고 으리으리할수록 독자의 기대감이 커진다. 사안과 단어의 함량을 맞춰가면서 써야 한다. 그렇지 않으면 자칫 태산명동서일필泰山鳴動鼠一匹(태산이 떠나갈 듯 요동쳤으나 뛰어나온 것은 쥐 한 마리뿐이라는 뜻. 시작은 거창했으나 결과가 보잘 것 없음)로 끝날 수 있다. 글의 신뢰를 크게 해친다.

이상복 기자의 칼럼이다. 사안의 경중을 균형감 있게 처리했다.

얼마 전 미국에서 카드 도용 피해를 당했다. 지갑 속에 카드가 멀쩡히 있는데 누군가 내 카드 번호를 이용해 온라인 쇼핑몰을 훑었다. 결제 시간은 새벽 3시, 우리 돈 10만원 이내 물건만 골라 구매했다. 금액이 크면 꼬리를 밟힐까 우려한 듯했다. 다행히 피해 사실을 빨리 알아 카드사에 연락했지만, 보안전문가로부터 무기력한 답변만 들어야 했다.

"사전 결제만 됐으니 빨리 조치하면 됩니다."(기자)

"승인이 끝나야 범죄가 성립합니다. 기다리시죠."

"그냥 피해를 당하라고요? 쇼핑몰 측에 연락만 하시면 됩니다."(기자)

"관련 사건이 너무 많아 일일이 사전 대응하긴 어렵습니다. 피해보상 장치가 완벽하니 걱정 마시죠. 나중에 조사는 합니다."

"범죄를 미리 막을 방법은 없나요?"(기자)

"그런 게 어딨어요? 저도 지난달에 당했습니다."

음식 값을 계산할 때 카드를 맡기는 미국 문화에서 카드 범죄는 맘만 먹으면 가능한 일이다. 외지인들이 거쳐가는 지역 주유소도 범죄의 온상으로 꼽힌다. 하지만 땅덩어리가 워낙 넓어 피해를 당해도 역추적이 어렵다. 주마다 제도가 달라 일관된 보안장치 마련도 쉽지 않다. 그러니 현실적으로 사전 예방보다는 사후 피해구제 조치가 더 발달했는지 모른다. 문화와 시스템을 쉽게 바꿀 수 없으니 그게 피해를 줄일 최선의 방책이기 때문이다. 결국 개인이 불편함을 감수하는 것 외에 뾰족한 방법이 없다. 미국 사법부의 수장인 존 로버츠 연방대법원장도 얼마 전 새 카드를 발급받았다.

_2013.11.16. 중앙일보 「카드 범죄와 총기 사고의 공통점」

카드 도용 범죄를 겪은 기자의 경험을 토대로 예방과 사후 조치의 편익에 대해 쓴 글이다. 할 수만 있다면 사전 예방이 모든 범죄 피해를 줄이는 데 가장 효율적인 방법일 것이다. 문제는 예방이 현실적으로 얼마나 가능하냐는 것이다. 열 명이 지켜도 뚫자고 덤비는 도둑 한 명에 털리는 게 현실 아닌가. 예방의 현실적 한계를 인정하고 사후 조치에 비중을 두는 접근법에서 미국 총기규제의 현실로 시선을 돌린다. 예방은 글렀으니 사후 조치밖에 해법이 없는 현실 말이다. 그런 점에서 사건이든 정책이든 초동 대응과 초기 설계가 얼마나 중요한지 깨닫는다는 결론에 도달한다.

이런 점에서 카드 범죄는 총기 사고를 닮았다. 요즘 미국에서 총기 사건은 거의 하루도 빼놓지 않고 일어난다. 학교에서, 군 시설에서, 종교기관에서, 공항에서…. 한마디로 때와 장소를 가리지 않는다. (중략) 민첩하고 단호한 사고 대처 능력은 혀를 내두르게 만들지만, 예방 부문에선 빵점 그 자체다. 해킹 프로그램을 통해 전 세계를 감시해온 미국이라곤 믿기 어려운 모습이다.

어떤 범죄든 예방이 사후 조치보다 효과적이라는 점은 이론의 여지가 없다. 하지만 미국의 카드 범죄와 총기 사건은 예방주사를 맞는 시기가 얼마나 중요한지 일깨워준다. 어떤 이유로든 전환점을 넘고 나면 역주행은 불가능해진다. 이미 총을 가진 사람들이 있으니 총기 규제의 실효성이 없다고 주장하는 식이다. 이런 상황에선 제한된 자원으로 최대의 효과를 보기 위해 자연스레 사후 조치에 집중하게 된다. 대신 매일 "오늘도 무사히"를 되뇌며 불안감을 안고 살아야 한다. 그게 안전한 사회일까. 초동 수사가 중요하듯 정책도 초기 설계가 핵심이라는 점을 다시금 깨닫는다.

셋째, 완급이다. 너무 빨라도, 느려도 안 된다. 빠르게만 가도 안 되고 느리게만 가도 안된다. 글을 읽는 속도를 안정적으로 끌어내려면 구성에 신경 써야 한다. 팩트가 경천동지할 정도 아니면 구성의 완급을 가미해야 글에 리듬이 생긴다. 중량감이 있는 팩트라 할지라도 앞에만 집중 배치하면 서두에 긴장감이 몰려 글 읽는 맛과 리듬을 방해한다. 신선한 팩트라면 어디에 있어도 빛난다. 착상도 마찬가지다. 이런 팩트와 관점, 착상들의 순서를 정해 중간중간 배치해준다. 이런 강약 조절이 글에 리듬감을 부여해주는 기술이다.

글에 대한 오해와 착각 중의 하나가 글은 어렵게, 전문 용어와 현학적으로 써야 잘 쓴 글이라고 알아봐줄 것이라는 생각이다. 아니다. 글은 전달력이다. 어렵게 쓴다는 것은 쉽게 풀어서 줘야 하는 과정을 생략했다는 말이다. 이런 글을 고집하는 사람은 글이 어려워야 독자와 위계가 생긴다고 생각할지도 모른다. 글이 자신의 잘남을 보여주고 과시하는 수단이라고 보거나 현학적인 단어를 썼을 때 왠지 자신이 근사해지는 기분이 들어 그러는지도 모를 일이다.

이런 고정 관념에 도전해야 한다. 고정된 틀을 깨고 좋은 글의 세계로 건너가야 한다. 맥락을 다 이해하고 직전 이슈까지 다 꿰고 글을 읽는 사람은 보고 라인에 있는 핵심 관계자들뿐이다. 적절히 압축할지언정 맥락과 과정을 친절하게 써줘야 잘 쓴 글이다.

공감각적 글쓰기

신문에 글을 쓸 때마다 겪어야 하는 생각의 늪이 있다. 도입부다. 기자들의 칼럼 쓰기를 설명하면서 도입부의 중요성을 강조했다. 글을 쓰기 어려워하는 이들이 공감하는 말이 있다. '어떻게 시작해야 하는지 모르겠다'고. 그래서 도입부를 좀 더 다루기로 했다. 인상적인 도입부는 독자의 흥미를 끌고 다음 문장으로 시선이 넘어가게 추동한다. 글 쓰는 사람들 입장에서 고민의 시작점이자 헤어 나오지 못하고 그대로 멈추는 늪이기도 하다.

인상적인 도입부는 어떤 문장일까. 화려하고 현학적인 묘사나 미사여구가 아니다. 이런 문장은 독서량이 적은 독자에겐 벽으로 작용한다. 어느 수준 이상의 독해가 가능한 독자들에겐? 거추장스럽게 느껴진다. 고민 고민해서 뽑아낸 문장이라고 생각했는데 두 그룹의 독자들 사이에서 정작 전달력이라는 목표에 도달하지 못한다. 이러려고 쓴 건 아닐 것이다. 스트레이트 기사나 그런 성격의 문장이 아니라면 도입부는 그 글의 전체를 관통하거나 아니면 특히 강조하고 싶은 주장이나 메시지를 보여주는 게 좋다. 단, 조건이 있다. 시각과 청각 등 감각을 살려서 써야 한다는 것이다. 이상복 기자의 글을 하나 더 보고 가자.

"철컥." 지난 5일(2022.3.05.) 오후 서울 한남동 순천향대 병원 별관 9층. 굳게 닫혔던 보호 병동의 문이 열리자 4인 병실 한구석에 기대앉은 현진영(본명 허현석.31)이 보인다. 무대 위를 날아다니던 날렵한 모습은 간 데 없다. 환자복을 입은, 수척해 보이는 남자가 있을 뿐이다. 기자가 다가서자 너무나 반갑게 손을 잡는다. 사람이 그리웠을 것이다. 기자의 눈을, 얼굴을 가만히 들여다본다. 입원 초기 외부인의 출입을 일부 허용했던 병원 측은 현재 치료를 위해 출입을 제한하고 있는 중이다.

_2002.3.11. 중앙일보 「마약치료 특수병동의 현진영, 마약과의 평생 전쟁」

보호 병동으로 스스로 들어간 대중 가수. 환호하는 대중 앞에 서던 무대의 가수가 4인 병실 한구석에 갇혔다. 자신을 스스로 가뒀다. 치료를 위해서다. 화려한 무대와 극적으로 대비되는 보호 병동. 폐쇄의 강도를 한 방에 보여주는 소리, "철컥". 글은 철문 자물쇠가 열리는 소리로 시작한다. 극대화된 단절감이 느껴진다. 이어서 세상의 인식과 현실의 괴리감을 설명한다. 이 둘의 불일치는 단박에 글에 긴장감을 주입한다. 그리고 통념을 깨는 그의 행동. 사람 냄새가 얼마나 그리웠을지, 읽는 이들의 공감을 일깨운다.

추상적이고 관념적인 단어는 어떤 사안의 성격을 규정하거나 실체를 드러낼 때 쓰면 딱 좋다. 그래도 도입부에 대놓고 쓰기엔 너무 직설적이다. 도입부에선 글에서 관심이 떠나지 않도록 호기심을 불러일으키는 데 집중해야 한다. 속내는 감추되 호기심은 살려야 한다. 생생한 표현이 제격이다. 실감 나게 시청각을 동원해 써야 쓰는 사람도 편하고 읽는 사람도 편안하다. 시각적으로 하고 싶은 말을 정리해서 보여줄 수 있으면 글도 잘 써진다. 기자 초년병 시절 현장에서 후배들을 이끌던 선배는 그래픽용으로 기사 내용을 정리한 뒤 쓰라고 말했다. 그래야 글도 잘 써진다는 얘기와 함께. 당시엔 마감을 지켜 정해진 분량을 소화해내는 것만도 벅차던 때였다. 결국 글로 다 써놓고 거기에 맞춰 어떤 사건의 진행이라든가 자금 흐름 등을 손으로 그려 그래픽팀으로 넘겼다. 시간이 흘러 글 쓰는 훈련이 거듭되면서 순서가 바뀌었다. 언제인가 정확히 기억나지는 않지만 그래픽용 자료부터 넘기는 게 루틴이 됐다. 그래픽에 쓸 말들을 정리하고 골라내는 과정에서 실감 나는 표현이나 단어들이 조탁 되거나 불쑥 찾아오기도 했다. 시각적으로 묘사하면 생동감이 잘 전파된다. 한 방에 보여줄 수 있는 장면을 먼저 고민하고 쓰게 됐다. 시각적으로 보여주겠다는 욕심 없이 전달력 있는 좋은 글에 도달하기란 어렵다.

청각도 마찬가지다. 눈으로 보는 것은 사실 파악에 도움이 된다. 문제는 공감이다. 무성 영화를 본다고 생각해 보라. 실감이 나던가. 귀로 들어오는 정보는 독자가 상황에 더욱 밀착하도록 이끈다. 독자의 집중력을 끌어올리기 위해 청각적 요소를 적극적으로 글에 녹여야 한다.

대화도 현장의 실감을 되살리는 좋은 장치다. 월간중앙 박성현 기자가 쓴 글에서 실감을 느껴보시라.

"인간에게는 시야에 들어온다고 해서 모두 보이는 건 아니라는 말이 있습니다. 거기에 '뭔가가 있다'고 '인식'할 때 비로소 눈에 들어온다는 얘기입니다. 지방, 지역, 지역균형발전이란 단어는 국민의 눈에는 들어오지만, 국민이 인식하지 못하는 그 무언가가 된 것 같습니다. 백 대표님은 이런 지역 살리기를 실행하는 유일한 인물이라고 할 수는 없겠지만, 대표님의 최근 행보는 지역균형발전이라는 대한민국의 과제를 온 국민의 눈에 들어오게 하고, 실감케 하는 소중한 자극제가 되는 것 같습니다."

기자가 5월 9일 백종원 더본코리아 대표에게 보낸 휴대전화 SNS 문자의 일부다. 충남 예산군 재래시장을 전국의 젊은 층이 찾는 핫플레이스로 거듭나게 한 그에게서 대한민국 지역 회생 가능성의 실마리를 읽어내는 인터뷰를 요청한 것이다.

한 시간도 채 지나지 않아 답장이 날아왔다.

"안녕하세요. 제가 지금 외국 출장 중이라 입국하면 연락드리겠습니다."

국내외를 바쁘게 오가는 백 대표와의 인터뷰는 이렇게 전격적으로 시작됐다.

그는 요즘 가장 핫한 인물이다. 요리연구가이자 방송인, 사업가로서 손을 대는 분야마다 이목과 명성을 얻은 백 대표는 최근 새로운 도전에 나섰다. 썰렁하기만 하던 충남 예산군의 재래시장을 레트로적 정서와 현대적 감성이 공존하는 광장으로 재단장하는 리모델링 실험이 그것이다. (하략)

시청각적 요소가 잘 파악되고 준비됐다면 다음은 문장 배치다. 미션 임파서블 시리즈나 007 시리즈는 그 영화의 원 투 펀치쯤에 해당하는 극적이고 볼 만한 장면을 맨 앞에 배치한다. 나머지 펀치는 클라이맥스를 위해 아껴둔다. 여기서 배울 게 있다. 우리의 글쓰기도 극적이고 인상적인 장면을 도입부에 배치해보는 것이다. 영화의 구성을 벤치마킹하자. 예를 들어 보자.

코로나가 맹위를 떨칠 때 코로나 사망자에 대해선 '선先 화장, 후後 장례'가 정부 지침이었다. 감염 우려 때문에 시신과 접촉을 막았다. 이 때문에 고인의 얼굴도 못 보고 작별해야 했다. 유가족의 애도할 권리와 코로나 감염 확산을 막아야 한다는 사회적 목표, 이 둘 사이에 절충점은 없는지 등에 대한 글을 쓴다고 가정해보자. 당시 이런 이슈를 다루는 많은 기사들이 신문에 실렸다. 도입부를 쓰기 전 그 글을 압축하는 '이 한 장의 사진'을 떠올려보자. 글 전체를 상징하는 장면이 들어간 사진 말이다. 사진을 보고 현장을 묘사한다.

빨간색 차단선 앞에서 사람들이 절을 하고 있다. 모두 검은색 옷을 입었다. 상喪중인 사람들이다. 차단선 안쪽 멀찍이 하얀색 방호복을 입은 화장터 직원들이 서 있다. 뒤에는 운구해온 관이 보인다.

흰 옷과 검은 옷, 그 사이를 가르는 빨간색 줄. 이런 시각적 요소

일러스트 | 정지우

의 대비에서 팽팽한 긴장감이 솟아오른다. 여기에 슬픔을 압축해 보여주는 대화를 배치한다. 날것 느낌의 대화가 생생함을 더해준다.

울음 섞인 목소리. 유가족은 묻는다. "엄마 가시는데, 얼굴도 못 봐요? 어떻게 그럴 수가 있어요."

안타까운 표정. 직원은 말한다. "나중에 유골 받으실 때 만날 수 있습니다."

가족들은 관을 향해 절한다. 무릎을 굽힌다. 천천히, 천천히. 마지막 인사다. 울음을 참느라 입을 막는다. 소용없다. 흐느낌은 손을 타고 올라간다. 들썩이는 어깨. 누구도 선뜻 일어설 기미가 없다. 고인과의 작별 시간을 조금이라도 미루고 싶어서일 테니.

직원들은 고개를 숙인다. 안타까운 마음이 유가족에게 전달되길 바랄 것이다. 관을 향해서도 고개를 숙인다. 천천히, 천천히. 슬로우 모션처럼 느껴질 정도로. 유가족을 위한 배려다. 그리고 화장터로 떠났다.

생전 고인과의 추억을 되짚을 새도 없이 짧게 이별은 끝났다. 고인은 유골이 됐다. 유골함에 담기고 나서야 가족의 품으로 돌아올 수 있었다. 비정한 현실이었다.

유가족의 애도할 권리가 감염 확산 방지라는 사회적 목표에 밀려 '이 한 장의 사진' 같은 작별 장면이 숱하게 반복되고 있다는 점을 시각과 청각에 호소해 예문을 써봤다. 이 글의 뒷부분에는 코로나 시기 장례 지침에 대한 과학적 분석과 전문가들의 소견, 해외 사례 등을 참조해 애도의 현실화를 주장하는 문장들을 배치하면 된다.

공감각적 글쓰기의 목표는 무엇일까. 전달력이다. 설명하려 하지 말고 그리듯이 보여주고 들려주어야 한다. 전달력이 훨씬 크기 때문이다. 추상적인 단어들이 유장하게 이어지면서도 주어와 서술어가 딱 떨어지게 포개지는 그런 문장들은 전달력이 없다는 게 아니다. 그 단계에 이른 대가들도 추상과 거시적인 단어들로만 쓰지 않는다는 얘기다. 그런 지옥 훈련을 왜 하겠나. 대가들도 시청각과 후각·미각을 총동원해 유혹하듯이 글을 쓴다. 초등학생 그림일기라고 생각하지 말고 시청각적 글쓰기에 과감하게 도전해보자.

수미상관과 화룡점정

전달력 있는 글을 쓰기 위해선 담백한 표현, 검박한 문장과 핵심 키워드가 필수 불가결하다. 아무리 강조해도 과하지 않다. 여기에 구성의 묘가 들어가면 좋은 글이 된다. 생각의 흐름에 맞게 구성을 짜는 것, 꼭 필요한 과정이다.

숱하게 기사를 쓰면서 고민했던 게 구성이었다. 천편일률적인 구성을 벗어나고 싶었다. 깊은 인상을 남기는, 도전적이고 모험적인 그런 글을 쓰고 싶었다. 현실에선 실현 불가한 욕망이었다. 신문에 쓰는 글은 전달력을 확보하지 못하면 무용지물이다. 짧고 긴박하게 써야 한다.

기사체의 정수는 질문과 대답의 앙상블이 글에 녹아 있다는 것이다. '왜'와 '어떻게'를 묻고 답하는 주고받기 속에서 글이 풀려나간다.

왜와 어떻게를 잘 배치하는 게 구성이다. 구성은 우리가 흔히 아는 서론-본론-결론 또는 기-승-전-결만 있는 게 아니다. 전달력 있는 신문 기사체의 글을 쓰려면 글의 성격에 따라 다양한 구성법을 구사해야 한다. 『강원국의 글쓰기』를 읽다가 무릎을 쳤던 기억이 있다. 쪽지에 써놓고 구성법을 외웠을 정도로 탁월한 패턴 정리였다. 내용이 긴데 독자들과 공유를 위해 짧게 요약해 본다.

① 격려사 = 구성원의 성과 열거 → '고생했다'는 치하 → '여기에 안주해선 안 된다'는 경계 → 나아갈 방향 제시 → 역할 당부 → '나도 뒷받침 하겠다'는 약속 → '다 함께 잘해보자'는 다짐으로 마무리한다.

② 축사 = 축하 → 의미부여 → 기대감 표명 → 거듭 축하 → 덕담 순 구성이다.

③ 홍보문 = 특징 → 장점 → 이익 순으로 쓴다. 제품의 특징과 장점을 설명하고 이 제품을 쓸 때 얻을 수 있는 이익과 혜택을 강조한다.

④ 논증하는 글 = 주장 → 이유 → 근거와 예시 → 주장을 반복하거나 주장 → 반론 소개 → 반박 형식의 구성을 쓴다.

⑤ 마케팅 문서 = 주의 → 흥미 → 욕구 → 기억 → 행동 순으로 구성을 짠다.

⑥ 기도문 = 찬양 → 은혜에 대한 감사 → 회개 → 간구 → 다시 감사 → 아멘 순으로 쓸 수 있다.

이렇게 글의 성격에 따라 다양한 구성법을 구사하면 글을 쓸 때 속도가 붙는다. 반복 훈련하면 글감을 모을 때(취재) 선택과 집중을 할 수 있다. 글이 힘 있고 인상을 남길 수 있으려면 여기에 한두 가지를 추가해야 한다. 수미상관과 화룡점정이다.

이정재 기자의 칼럼이다. 함께 보자.

"지금까지 이런 맛은 없었다. 이것은 갈비인가 통닭인가."

1부_ 기자의 글쓰기

그냥 웃고 즐기면 될 일이었다. 왜 하필 국민연금을 떠올렸을까. 못 말리는 직업병이 영화 '극한 직업'을 보면서도 터져 나올 게 뭐란 말인가. 설 연휴 전날 국민연금은 기어코 '정치적 결정'을 내렸다. (중략)

영화 속 정 사장의 노림수는 그러나 무참하게 실패한다. 조폭이 치킨집을 차린들 장사를 해본 적 없는 깡패들이 뭘 하겠나. 일은 안 하지, 고객과 걸핏하면 싸우지, 서비스·맛·품질이 금세 형편없이 망가졌다. 국민연금의 미래는 어떨까. 기업 경영을 해본 적 없는 노조와 시민단체, 정부 관료들이 뭘 하겠나. 멀쩡한 기업 다 망가뜨린 뒤 국민연금까지 쪽박 차게나 않으면 다행일 것이다. 마무리는 영화 속 대사 한 줄을 빌려 쓴다. "지금까지 이런 연금은 없었다. 이것은 내 돈인가, 정부 돈인가."

_2019.2.7. 중앙일보 「이것은 연금인가, 조폭인가」

수미상관은 메시지를 각인시키는 효과 면에서 정평이 나 있는 구성법이다. 말 그대로 시작과 끝에서 메시지, 주장을 반복해 강조 효과를 내는 기법이다. 도입부에 복선을 흘렸다가 글 전개에 따라 점차 실체가 드러나는 기법으로 운용할 수 있다. 다만 결론에서 다시 힘을 줘 독자가 생각을 정리하게 도와주는 정도의 비중 조절이 관건이다. 다 읽고 나서 독자가 '그래서, 뭐, 어쩌자는 거야' 같은 의문이 생기면 '대형사고'다. 결론을 열어놓고 끝나곤 하는 예술영화라면 모를까 전달력 있는 글을 쓰겠다고 쓴 글이 그래선 안 된다. 수미상관을 염두에 두고 글을 쓰면 이런 사고는 방지할 수 있다. 마무리를 어떻게 하겠다는 생각의 끈을 놓지 않기 때문이다.

화룡점정이 있다. 평소에 독서나 강의, 대화 자리에서 감명 깊었던 말이나 표현을 잘 간직했다가 수미상관 구성을 장식하는 데 활용해보자. 여운을 끌어낼 수 있다. 예문을 하나 보고 가자.

2017년 가을, 북한이 미사일 시험 발사에 열을 올리던 때였다. 한반도 주변 긴장감이 최고조에 올랐다. 새로운 유엔 제재가 이어졌다. 중국에 대한 미국의 압박 강도가 높아지기 시작했다. 북한에 대한 영향력이 큰 중국이 유엔 제재에 동참하라는 메시지였다. 실효 없는 '무늬만 제재'로 미국의 눈을 피하고 북한을 으르던 과거의 제재 국면이 아니었다. 조련사가 채찍을 들었다. 어영부영 꾀부리던 판다는 이제 입에서 단내 나게 뛰어야 하는 상황이었다. 「중국은 북한을 '손절매' 할 수 있을까」의 한 대목이다. 수미상관 구성이었고 언젠가 한 번 쓰고야 말겠다고 아껴뒀던 주식시장의 용어 '손절매'를 활용했다. 홍콩 금융계의 중견 펀드매니저로부터 들었던 표현이었다. 메모해두고 잊었는데 7년 만에 빛을 봤다.

7년 전 연평도 포격전이 있고 얼마 뒤 일이다. 중국 외교부 주홍콩 대표가 '남북은 원래 치고받고 으르렁대곤 한다'는 취지의 말로 양비론을 폈다. 홍콩과기대 명사 초청 강연 자리에서였다. 청중은 대륙에서 유학 온 중국 학생들이었다. 민간인 거주 지역에 대한 북한의 군사 공격이었음에도 중국 외교부 고위 인사는 이렇게 남북이 모두 문제라는

중국은 북한을 '손절매' 할 수 있을까

노트북을 열며

정용환
정치부 차장

7년 전 연평도 포격전이 있고 얼마 뒤 일이다. 중국 외교부 주홍콩 대표가 "남북은 원래 치고받고 으르렁대곤 한다"는 취지의 말로 양비론을 폈다. 홍콩과기대 명사 초청 강연 자리에서였다. 청중은 대륙에서 유학 온 중국 학생들이었다. 민간인 거주 지역에 대한 북한의 군사 공격이었음에도 중국 외교부 고위 인사는 이렇게 남북이 모두 문제라는 식으로 말했다. 시비가 분명한 일에도 북한을 감싸면서 내밀한 대북 인식을 드러낸 것이다.

그해 3월 천안함 침몰 사건으로 궁지에 몰린 북한 김정일 국방위원장은 5월과 8월, 베이징과 동북 3성을 찾아 중국의 지지를 확인했다. 연평도 사건은 이런 북·중 간 바닥 다지기 뒤에 터졌다. 그 무렵 홍콩 주재 미국계 투자은행(IB) 관계자는 사석에서 북·중 관계를 손절매 관점으로 풀이했다. 역사·정치적으로 복잡하게 얽혀 있는 국가관계를 주식매매로 단순 치환했다는 점에서 한계가 없는 것은 아니지만 나름 신선했다.

"중국은 6·25전쟁에 개입해 압록강까지 밀린 북한 정권을 구했다. 따라서 김정일 정권에 지분이 있다고 생각한다. 한때 북한은 우량주였다. 국공내전 당시 중국공산당이 전략 요충지인 만주 지역을 장악하는 과정에서 적잖은 물적 지원을 했다. 현재는 10분의 1 토막 난 상태다. 손절매할 것인가 말 것인가. 중국의 고민이다."

손절매는 향후 가격 상승의 희망이 보이지 않을 때 손실을 감수하고 파는 것을 말한다. 자신이 중엔 현재 주가에 관계없이 성장성을 보고 묻어두는 경우도 있다. 의결권이 있을 땐 손절매가 더욱 어렵다.

시진핑 집권 2기 권력 배분이 마무리되면서 미국이 다시 중국을 압박하기 시작했다. 실효 없는 '무늬만 제재'로 미국의 눈을 피하고 북한을 얼렀던 과거의 제재 국면이 아니다. 조련사가 채찍을 들었고 이영부영 꾀부리던 판다가 단내 나게 뛰어야 하는 상황이다.

원유 송유관을 잠그는 등 중국이 제대로 대북제재에 나서면 북한은 붕괴에 직면할 수밖에 없다. 손절매의 순간이다. 자신의 손으로 북한을 무너뜨리자니 손해가 막심하고, 시간만 끌다가 북·미 간 핵협상이 시작되면 '차이나 패싱'이 걱정스럽다.

중국은 왜 북한을 두둔했을까. 연평도 포격전을 보면서 중국의 공산당 지도부는 한반도에선 너무나 쉽게 그리고 순식간에 전쟁이 일어날 수 있다는 사실에 충격을 받았던 것으로 알려졌다. 부국강병할 때까지 시간이 절실한 중국에 전쟁은 끔찍한 악몽이다. 편들어 주면서 당근을 제시하면 고분고분해질 줄 알았을까. 중국의 기대가 어떻든 북한은 냉혹하리만큼 철저하게 전략과 손익 계산에 따라 움직였다. 이제는 판다가 움직일 차례다.

식으로 말했다. 시비가 분명한 일에도 북한을 감싸면서 내밀한 대북 인식을 드러낸 것이다.

그해(2010년) 3월 천안함 침몰 사건으로 궁지에 몰린 북한 김정일 국방위원장은 5월과 8월, 베이징과 동북 3성을 찾아 중국의 지지를 확인했다. 연평도 사건은 이런 북·중 간 바닥 다지기 뒤에 터졌다. 그 무렵 홍콩 주재 미국계 투자은행(IB) 관계자는 사석에서 북·중 관계를 손절매 관점으로 풀이했다. 역사·정치적으로 복잡하게 얽혀 있는 국가관계를 주식매매로 단순 치환했다는 점에서 한계가 없는 것은 아니지만 나름 신선했다.

손절매는 향후 가격 상승의 희망이 보이지 않을 때 손실을 감수하고 파는 것을 말한다. 자산가 중엔 현재 주가에 관계없이 성장성을 보고 묻어두는 경우도 있다. 의결권이 있을 땐 손절매가 더욱 어렵다. 원유 송유관을 잠그는 등 중국이 제대로 대북제재에 나서면 북한은 붕괴에 직면할 수밖에 없다. 손절매의 순간이다. 자신의 손으로 북한을 무너뜨리자니 손해가 막심하고, 시간만 끌다가 북·미 간 핵협상이 시작되면 '차이나 패싱'이 걱정스럽다. 중국은 왜 북한을 두둔했을까. 연평도 포격전을 보면서 중국의 공산당 지도부는 한반도에선 너무나 쉽게 그리고 순식간에 전쟁이 일어날 수 있다는 사실에 충격을 받았던 것으로 알려졌다. 부국강병할 때까지 시간 확보가 절실한 중국에 전쟁은 끔찍한 악몽이다. 편들어 주면서 당근을 제시하면 고분고분해질 줄 알았을까. 중국의 기대가 어떻든 북한은 냉혹하리만큼 철저하게 전략과 손익 계산에 따라 움직였다. 이제는 판다가 움직일 차례다.

_2017.10.26. 중앙일보 「중국은 북한을 손절매 할 수 있을까」

홍콩특파원 시절 중국의 내밀한 속내를 접하고 놀랐던 기억을 도입부에 소환했다. 당시 의문이었던 '중국이 북한을 두둔한 이유'를 손절매의 어려움에 빗대 추론해 본 글이다.

사실과 의견의 균형

우리는 글을 왜 쓸까. 하고 싶은 얘기가 있기 때문이다. 하고 싶은 얘기는 때론 새로운 사실일 수도, 발견일 수도 있고 착상일 수도 있다. 깨달음도 여기에 들어간다. 전에 몰랐던 교훈이 느껴졌을 때에도 강렬하게 쓰고 싶다는 욕구를 느끼게 된다. 이런 얘기들을 구성에 신경 쓰면서 설득력 있게 썼는데, 독자가 읽고 수긍하면 좋은 글이다. 잘 전달됐다는 의미다.

문제는 주장을 뒷받침하는 사실과의 관계다. 자신의 주장에 심취한 나머지 근거가 되는 사실의 함량을 크게 벗어나 주장하면 비중 조절이 안 된 밀가루 반죽이 된다. 반죽이 찰지려면 물과 밀가루의 비중 조절이 필수다. 글도 마찬가지다. 대중 전달력을 목표로 쓰는 글은 주장과 사실의 균형이 생명이다. 이 균형을 못 맞추면 글이 산으로 가거나 독자의 공감을 못 얻고 겉돌게 된다.

밸런스를 잘 맞추려면 어떻게 해야 할까. 우선 인과관계 설명에서 균형을 찾아야 한다. 원인을 찾아 지적했다면 과장하고픈 욕구를 잘 조절해야 한다. 목표는 간단하다. 들으면 척 알아들을 수 있는 수준에서 차분하게 원인과 결과를 설명하는 것이고 이걸 습관화하는 것이다.

2013년 새해 벽두 구글의 에릭 슈밋 회장이 깜짝 방북을 했다. 평양을 떠나 베이징 서우두首都공항에 들른 슈밋 회장을 취재한 중국 기자가 있었다. 입국장 깊숙이 들어갈 수 있도록 허가 받은 국영방송 기자였다. 그 기자는 여러 뉴스 현장에서 자주 마주치곤 해 낯이 익었다. 취재가 끝나고 장비를 정리하고 있었다. 알은 척을 하고 가볍게 물었다. 돌아온 대답은 전혀 뜻밖이었다.

"답할 수 없어. 플리즈 웨이트를 신문에 썼잖아."

중국공산당의 선전·선동 통제관리 시스템의 일단을 엿보게 된 이 대화를 단초로 시진핑 체제의 선전선동 기조에 대한 전망을 탐색하는 칼럼이 완성됐다.

아래 칼럼은 사실과 의견의 균형에 신경 쓰면서 쓴 글이다.

엊그제 방북 일정을 마친 에릭 슈밋 구글 회장 일행이 비행기를 갈아타기 위해 베이징 서우두 공항에 들렀다. 북한 관련 뉴스가 나오는 현장에 가면 늘 만나는 중국 기자가 있다. 지난해 2월 VIP 통로로 나오는 김계관 북한 외무성 제1부상을 쫓아가며 협상 전략을 취재하던 근성 있는 기자다. 김 부상이 끈질기게 따라붙는 기자를 뿌리치기 위해 "플리즈 웨이트(좀 기다려 줘)"라고 했던 말이 와전돼 "위 윌 웨이트(우리는 기다릴 것이다)"로 알려지기도 했다. 직접 들었던 당사자에게 김 부상의 정확한 답변이 무엇이었는지를 물어봤던 사연을 지면에 소개했었다.

반가운 마음에 '인터넷 전도사 슈밋 회장과 최악의 인터넷 통제국가 북한이 서로 실익을 챙긴 모양새 아니냐'고 가볍게 물었다.

"답할 수 없어. '플리즈 웨이트'를 (신문에) 썼잖아."

그 글은 중국어로 번역돼 인터넷에 풀린 적이 없었다. 어떻게 된 영문인지 직접 듣지는 못했지만 그렇다고 모를 일도 아니다. 중국에 주재하는 특파원들의 기사는 파견 국가의 중국대사관이 번역해 중국 외교부와 국무원 신문판공실 등 유관 기관에 전파된다. 이 때문에 공산당의 통치 이념과 정책의 선전기구로 정의된 언론기관에 흘러들어가지 말란 법도 없다. 말초신경까지 다잡고 있는 중국 공산당의 관리·통제 시스템은 이렇게 무시무시하다.

_2013.1.12. 중앙일보 「장징궈와 시진핑」 중

'플리즈 웨이트'란 말이 나오게 된 배경을 중국공산당의 선전 선동 기구들의 유기적 네트워크와 해외 주재 대사관의 거미줄 연락망과 연결시켰다. 이를 통해 중국공산당의 치밀한 언론 통제의 한 단면을 드러냈다.

당시 대만 국민당의 장징궈(장제스의 아들) 총통과 시진핑이 태자당 출신이라는 배경이 같다는 점이 화제가 됐다. 장징궈는 오랜 계엄을 끝내고 직선제를 수용했다. 자신감 넘치는 시진핑도 개혁·개방을 더 밀어붙일 것이란 호사들의 예측도 많았다. '과연 그럴까'라는 호기심이 이 글의 출발점이었다.

결과는 어땠던가. 외국 기자와 나눈 가벼운 대화마저도 예민하게 관리하고 파급에 민감한 게 중국의 선전기구들이었다는 것을 실감했다. 중국공산당의 물 샐 틈 없는 언론 통제 현실을 예로 들면서 이 칼럼은 주장했다. 당시 새롭게 출범하는 시진핑 체제가 어느

정도의 언론 자유를 허용하는 연성 권위주의체제로 나갈 가능성은
희박하다고. 시간이 흘러 지금 관점에서 볼 때 '당 건설'을 강조하며
중국공산당의 통제력을 강화해왔던 지난 10년은 칼럼에서 주장했
던 논지 그대로였다.

3장

글감 찾기와
글쓰기 훈련법

글감 찾는 방법

우리는 쓸 일이 참 많은 세상을 살고 있다. 전통적인 인쇄물에는 공간 제약이 있어 서툰 글들은 걸러진다. 기회가 없거나 좁은 문이다. 뉴미디어의 세계는 어떤가. 일기든 신변잡기든, 아니면 갈고 닦은 경력에서 우러나오는 분석이나 전망을 써서 남들과 공유할 수 있다. 인터넷 블로그와 카페, 각종 SNS 등 쓸 곳도 많고 읽어줄 사람도 많다. 독자들과 자신이 쓴 글을 공유할 수 있는 허들이 낮아진 만큼 전달력 있게 잘 쓰면 된다.

올해 우리 경제를 바라보는 시각도 낙관보다는 비관적이고 기대보다는 불안으로 가득 차 있습니다. (1991년) 오늘날 세계는 이념과 체제를 떠나 오직 자국의 이익만을 추구하는 '경제 전쟁의 시대'로 접어들었습니다. 자원과 기술은 무기화되었고 보호무역주의의 장벽은 더욱 높아만 가고 있습니다. (1989) 자국의 경제발전을 위해서는 외교도 우정도 희생할 준비가 되어 있는 미국 새 정부의 등장은 우리에게 새로운 위기를 예고하고 있습니다. (1993) 기술 강국 일본은 활력을 되찾아 더 앞서 나가고 있고 빠른 속도로 추격해 오는 중국은 우리의 경쟁력을 뛰어넘을 것입니다. (2007) 우리의 경쟁국들은 앞서 뛰어가고 있는데도 우리 사회는 다툼과 갈등에서 벗어나지 못하고 있고 제 몫 찾기에 매달린 이기주의는 여전합니다. (2005) (중략) 위기의 그늘 한쪽에는 언제나 같은 크기의 기회가 숨어 있습니다. (1997) 위기의식으로 무장된 조직만이 미래의 기회를 남보다 먼저 사업화하고 이익을 극대화함으로써 경영의 모든 부문, 모든 분야를 선진 경영으로 이끌 수 있습니다. (1989) 금번 위기를 돌파하는 데는 어떤 비책도 왕도도 없습니다. 오직 국제 경쟁력 하나뿐입니다. (중략) 어려운 이웃을 돕고 그늘진 곳을 보살피는 데 정성과 노력을 기울이는 한편, 협력업체와는 한배를 탄 공동체의 관계를 더욱 발전시켜 나가야 하겠습니다. (2004) (하략)

_2019.1.3. 중앙일보 「2019 이건희 신년사」

이정재 기자의 2019년 신년 첫 칼럼이다. 1988~2014년, 24번의 신년사에서 이건희 삼성전자 전 회장은 한 번도 위기를 말하지 않은 적이 없었다고 한다. 그는 "위기의식이야말로 성공의식"이라고 강조해왔다. '그가 건재했다면 올해 신년사는 어땠을까'라는 상상력이 글의 출발점이었다. 괄호 안은 신년사 년도다. 이 전 회장의 신년사에서 발췌해 편집, 가공한 이른바 '2019 이건희 신년사'는 이렇게 탄생했다. 필자는 역대 24회의 신년사에서 한 자도 바꾸거나 보태지 않았다고 설명했다.

글감은 이렇게 기존 글에서 새로 보태거나 바꾸지 않아도 기발하게 탄생한다. 신년사만 갖고 편집의 묘를 살렸다. 글감을 찾아 자유자재로 운용하는 전문 칼럼니스트 사례는 참고만 하자. 비전문가가 일상을 토대로 글을 쓰려면 글감, 글의 소재가 먼저 있어야 한다. 인터넷에서 검색해서 글감을 찾아서 쓰면 된다. 문제는 키워드를 써넣고 나온 수많은 글의 소재들을 어떻게 선별하고 분류하느냐다. 다음 편에서 데이터 베이스 정리 노하우를 나누겠지만 이번 편에선 평소 갈고 닦아야 할 기본기를 다루고 싶다.

우선 다독多讀이다. 글은 생각의 밭에서 기른 작물이다. 씨를 뿌려야 열매를 맺는다. 생각의 씨는 삶의 경험에서 나온다. 경험할 때마다 생각거리가 쌓인다. 경험이 많으면 관점이 깊어진다. 깊은 관점이 담긴 글은 향기롭다. 문제는 경험을 많이 하는 건데, 시공간 제약 때문에 몸으로 일일이 부딪쳐 경험의 단층을 쌓아 올리기란 어려운 일이다. 쌓인 것이 별로 없다면 무엇을 갖고 논리를 구성하고 주장을 다듬는단 말인가. 축적의 시간이 필요하다. 온갖 핑계로 축적을 우회하고 관점과 시각을 얻는 그런 지름길은 없다. 글은 생각을 시각화한 것이다. 생각의 발현이다. 생각 창고를 채워야 한다.

독서는 어떤가. 책을 통해 저자의 경험과 통찰을 엿본다. 노력과 생각하는 역량에 따라 간접 경험의 질이 달라진다. 물론 사람마다 다르다. 안목이 높아지고 통찰이 생기고 직관이 벼려지는 정도가 같을 수 있겠나. 같은 책을 읽고도 모두 같은 효과를 기대할 수 없다. 그래도 글쓰기의 기본기 다지기에 독서만 한 게 없다고 생각한다.

독서는 생각의 자양분이다. 길이 안 보일 때 책은 길잡이가 돼줄 수 있다. 책의 저자도 길이 안 보여 헤매다 길을 찾은 경험을 책에 녹였을 것이다. 경험이 없어 고립무원일 때 혈로를 뚫어주는 것은 책과 독서다. 진부한 얘기일 수 있지만 아는 만큼 보이고 본 만큼 아는 게 이치인 걸 어쩌겠나. 한 권의 책을 여러 번 읽든지, 한 작가의 여러 책을 읽든지, 여러 주제의 책들을 다양하게 섭렵하든지 간에 책을 가까이하고 꾸준히 읽다 보면 변화가 생긴다. 우선 주어와 서술어간 호응에 대한 감각이 생긴다. 문장을 뜯어보기 전에 비문이나 그 자리에 적확하지 않은 단어를 보면 감각적으로 신경이 긁히는 걸 느끼게 된다.

이런 경험이 쌓이면 좋은 글과 문장을 보는 안목이 생긴다. 글을 쓸 수 있는 기본기가 모양을 갖추게 되는 것이다. 그래서 잘 쓴 글을 많이 보는 다독이 글쓰기의 밑바탕이라는 생각을 하게 된다.

독서로 생각의 자양분을 얻는다면 뒤집어 생각하는 훈련은 생각에 깊이를 제공한다. 문제의식은 고정 관념이 형성돼 당연하게 보이는 것에서 '왜 그런 거지' 같은 의문을 끌어내는 능력이다. 문제의식이 있어야 문제가 보이고 해법을 찾게 된다.

기자 초년병 시절 지적으로 크게 자극받았던 기사가 있었다. 입사 동기였기에 더 분발하게 됐다. 다른 안목과 시각, 관점은 차별화된 기사의 출발선이다. 그런데 그 출발선에 서는 게 쉬운 일이 아니다. 모르는 게 아니라 그 출발선을 찾아가기가 어렵기 때문이다.

스포츠에서 종종 미덕으로 칭송받는 일이 '부상 투혼'이다. 자신보다 팀의 승리를 위해 몸이 부서져라 뛰는 선수들을 격려하고 희생정신을 치하하는 프레임이다. 우리 사회에서 보편적으로 수용되는 시각이다. 부상 투혼은 승리를 더 빛나게 한다. 패하더라도 '졌지만 잘 싸웠다'고 스스로 위로할 수 있다. 이래저래 부상 투혼은 전천후 다목적 카드였다. 이런 통념에 도전한 기사가 있었다. 오늘만 뛰고 그만둘 선수들이 아닌데, 지속 가능하지 않은 부상 투혼에 환호하는 게 맞느냐는 것이다. 도발적인 문제제기였다. 특히 프로선수들은 몸이 전부인데 다치고 악화할 게 뻔해 보이는 데도 투혼 타령만 하는 게 맞느냐는 것이다. 성호준 기자의 글이다.

프로농구 전희철(동양)이 14일 현대전에서 보여준 '붕대 투혼'은 한국

스포츠팬들에게 낯익은 장면이다. 팬들은 97~98시즌 프로농구 챔피언결정전 6차전에서 손등뼈 골절에 눈두덩까지 찢어진 채 맹활약한 허재(삼보)나 98프랑스월드컵에서 머리에 붕대를 감고 벨기에 공격수에 육탄으로 맞서던 이임생(부천)을 떠올릴 것이다. 전희철은 현대 로렌조 홀의 팔꿈치에 맞아 이마가 찢어졌다. 길이 7㎝, 이마뼈가 드러날 정도로 깊은 상처여서 40바늘이나 꿰매야 했다. 당장 병원으로 후송돼야 할 중상이지만 전은 응급처치를 받고 코트에 다시 들어섰다. (중략) 그러나 전문의들은 이런 투혼은 '만용'일 뿐이라며, 그 무모함에 혀를 내두른다. 더구나 프로농구의 팀닥터들은 전문의가 아니라 '의무요원'들이다.

굳이 전문의를 들먹이지 않아도 선수의 안전과 1승을 맞바꾸는 일이 투혼으로 미화되는 일은 이제 없어져야 할 구시대 유물이다.

_1999.11.16. 중앙일보 「'붕대투혼' 전희철, 1승보단 선수 안전이 더 중요」

일제시대에 이은 전쟁 기억과 압축형 근대화까지 거치면서 우리 사회 전반에 투혼 정신이 형성됐다. 이 기사는 투혼 정신의 과도한 분출에 일침을 가했다. 당연하게 보이는 건 그럴 만한 이유가 있다. 오랜 시간 형성된 집단적 합의가 깔려 있다. 뒤집기가 쉽지 않다. 다르게 보는 게 쉽지 않다. 균열은 변곡점이 나올 때 생긴다. 고정 관념에도 틈이 보이기 시작한다.

단초는 시대정신이다. 집단의 이익을 위해 개인을 희생하던 시대 흐름에서 개인을 조명하기 시작했다. 시대 배경도 작용했다. 소련이 붕괴하고 냉전이 해체됐다. 백가쟁명이 개막했다. 다양한 관점과 시각이 분출했다. IMF 사태를 거치면서 조직이나 집단 중심적 사고의 한계가 자명해졌다. 1990년대 후반 시대의식은 그렇게 형성됐다. 의식이 변하면 시대도 변한다. 통념도 도전을 받는다. 그 첫 물꼬는 '왜 그런 거지', '그게 맞나' 하는 문제의식이다. 문제의식은 훈련의 결과다. 어느 날 불쑥 찾아오는 문제의식도 사전에 문제의 실마리를 찾는 노력이 선행해야 한다.

데이터베이스 정리

글감은 갑자기 떨어지지 않는다. 하늘 아래 새로운 게 없지만 남다른 착상과 관점, 시각, 통찰이 가미되면 새롭게 보인다. 기존에 나와 있는 글들과 본질상 큰 차이가 없을 수 있어도 쓰는 사람에 따라 새 스타일을 입는다. 갑자기 책상에 앉는다고 글감이 솟아오를 리 없다. 평소에 꾸준하게 쓸 거리를 메모하고 준비하고 있어야 글을 써야 할 때 써진다.

누구나 한 번씩 경험해봤을 것이다. '나중에 적어야지' 했다가 다시 기억나지 않아 낭패감을 맛봤던 경험 말이다. 기억 어디엔가 있을 거 같아 이리저리 머리를 짜내보지만 결국 기분만 나빠지는 경우가 많다. 떠오르는 아이디어는 정말 귀중하다. 뭐라도 좋으니 써야 한다. 3주에 한 번씩 돌아오는 기자 칼럼을 쓸 때였다. 퇴고하고 칼럼이 신문에 실리면 딱 그 한 주만 편했다. 그다음 주부터는 다시 맹렬하게 글감을 찾아야 한다. 지하철에서 무심히 벽면의 광고를 보다가도, 식당에 켜놓은 TV를 보다가도 다음 칼럼 주제가 될 만한 아이디어가 되지 않을까 싶어 메모했다.

메모의 주제는 제한을 두지 않았다. 그야말로 메모 아닌가. 새로 나온 정보나 예전 기억과 연결할 수 있는 아이디어, 느낌이나 강조점 등 천차만별이었다. 메모해두지 않으면 그냥 지워지곤 했다. 왜 그런지 백과사전을 찾아봤다. 아이디어는 피드백하지 않으면 후두엽에 잠시 머물다가 사라진다. 메모를 하면? 전두엽의 분류 과정을 거쳐 기억에 저장된다는 것이다. 메모는 피드백 과정이다. 메모가 달리 보이기 시작했다.

중국 인터넷에는 동조선東朝鮮(북한 동부지역)·서조선西朝鮮이란 표현이 돌고 있다. '서조선엔 있는데 동조선엔 없는 것'을 묻는 허무개그 형식의 냉소와 야유들이다. 홍콩 언론에도 등장하곤 하는데 북한을 동서로 나눠보는 접근법이 생소하면서도 섬뜩했다. 북한 동부는 중국의 숙원인 동해 바다로 나가는 경제·안보적 관문이기 때문이다. 항간에 떠돌던 한·미·중·러 4개국이 북한을 분할하자는 중국의 제안에서도 중국 몫으로 원산만에 눈독을 들였던 것으로 나타났다. 이쯤 되면 중국이 무상으로 지원하는 중유와 식량이 북한에 대한 영향력을 유지하기 위한 대북 레버리지라는 프레임도 달리 보인다. 도광양회韜光養晦(발톱을 감추고 실력 양성에 매진)가 끝날 때까지 북한 붕괴를 막는 시간 벌

잠을 자려고 누워서 생각하다가도 뭔가 떠오르면 휴대폰에 메모했다. 추가 자료를 찾아 검색하게 되고 그러면서 잠자야 할 시간에 정신이 또렷해지는 낭패를 맛봤다.

중국은 동해로 나갈 수 없다. 두만강이 동해로 합수하는 지점 양쪽은 북한과 러시아 땅이다. 그래서 중국은 동해 접근성이 전략적으로 큰 이익이다. 중국 입장에서 동해 진출은 경제적으로 군사적으로 이루 말할 수 없는 국익과 직결된다. 이런 사정은 잘 알려져 있다.

중국이 북한에 지원하는 3대 생명선으로 식량·비료·중유가 꼽힌다. 대북 영향력의 핵심 요소로 알려져 있다. 주는 쪽이 당연히 받는 쪽에 대해 갑의 위치를 점하게 된다. 북한이 중국의 말을 듣게 만드는 채찍이자 당근이다. 그런데, 중국 인터넷에 '동조선', '서조선'이라는 말이 돌았다. 신조어에는 사안을 보는 개념, 프레임이 담긴다. 북한을 동서로 나눈다는 착상, 북한을 동서로 보는 관점은 우리에겐 생소하다. '동조선'은 동해를 접한다. 철저히 중국의 이익에 기반을 둔 관점이다.

칼럼 출고를 앞두고 며칠을 고민하다 갑자기 훅 뭔가가 들어왔다가 사라졌다. 중국이 3대 생명선을 유지하는 의도에 대한 착상이었다. 대북 영향력 정도가 아니라 도광양회韜光養晦(재능이나 명성을 드러내지 않고 참고 기다린다는 뜻)가 끝나고 최소한 동북아에서 미국의 영향력을 밀어낼 정도의 역량을 갖추거나 그런 시기가 오면 북한을 어떻게 요리하겠다는 잠재의식을 엿본 느낌이었다.

자려다 말고 휴대폰에 키워드 위주로 몇 가지를 메모했다. 다음 날 아침 일어나 생각해보니 글 전개가 흐릿해져 있었다. 메시지도 자신 없었다. 이때 메모가 힘을 발휘했다. 키워드와 느낌, 사례 등을 적어놨던 것이다. 메모를 보고 있자니 몇 시간 전 착상이 떠오를 때의 분위기가 실감 나게 재생됐다. 메모의 위력이다. 번뜩이는 아이디어나 해결의 실마리는 갑자기 불쑥 찾아온다. 메모를 안 하면 윤곽만 남기고 사라진다. 그야말로 번뜩였기 때문이다.

수고는 가치가 있다. 쏟아지는 정보의 홍수 속에서 스토리 라인이 떠올라 써둔 메모들 아닌가. 다 값어치를 한다. 아침에 일어나 자기 전 떠올랐던 키워드 몇 개가 다 기억나지 않아 머리를 싸맨 기억들 한두 번쯤 있을 것이다. 메모지를 뒤척이다 보면 '언제 이걸 썼지' 싶은 낯선 단어들이 보일 때가 있다. 그래도 메모해 놨으니 걱정 없다. 맥락을 따라 퍼즐을 맞춰보면 그 단어를 쓸 때 들었던 착상이 떠오른다. 메모하지 않았다면 그냥 쓸려갔을 아이디어였을 것이다. 메모란 게 별 거 없다. 키워드만 적어도 되고 착상의 논리 구조를 그림으로 그려도 된다. 메모를 해놓지 않으면 그냥 허공으로 사라질 수도 있는 아이디어가 새 생명을 부여받는다. 다른 착상과 결합해 근사한 글감이 될 수도 있다는 얘기다.

생각이 한 발짝 앞으로 나아가야 할 때 조각조각 메모들이 도움이 된다. 그러니 키워드 정도는 메모해 놓고 정리하는 습관을 키워 보기를 바란다.

메모지에 쓸 필요도 없다. 밥 먹다가 생각나면 냅킨에다 써도 된다. 어딜 가나 들고 가는 휴대폰에 입력해도 된다. 필자의 경우 메모한 건 틈틈이 정리한 뒤 아내와의 채팅방 맨 위 알림란에 따로 관리했다. 채팅방 알림란에 써놓으면 적어도 하루에 서너 번은 키워드들을 보게 된다. 자주 보게 되면 뭐가 됐든 새로운 착상과 화학 결합이 일어난다. 추가 아이디어가 샘솟기도 한다. 뇌 과학을 동원하지 않더라도 메모를 하면 관련 주제에 맞게 뇌가 반응한다. 그런 과정에서 새로운 착상이 불쑥 등장한다. 생각이 한 발짝 앞으로 나아가야 할 때 조각조각 메모들이 도움이 된다.

메모나 글감의 양이 쌓이기 시작하면 엑셀 파일로 정리해 둔다. 필요할 때 바로 검색되니까 여기저기 뒤적거리지 않아도 된다. 첫 칸에 키워드와 핵심 문장 등을 기록하고 두 번째 칸에 관련 자료 출처 등을 정리해 놓으면 급할 때 요긴하게 써먹을 수 있다.

글쓰기 기본기 늘리기

필자는 언제가 됐든 작가가 되고 싶었다. 역사와 문명의 스토리를 탐색하고 현장을 찾아 재구성하는 답사 작가가 꿈이었다. 대학 시절 내내 로망이었다. 나의 문화유산답사기 같은 장르인데 답사지가 여기저기 좀 멀었다. 중국과 중앙아시아, 그리고 대항해시대의 일본과 인도양 연안까지 시야에 뒀다. 그 꿈을 간직한 채 기자 생활 27년 동안 습작 훈련을 했다. 신문사에서 글쓰기 훈련이란 별스러운 게 아니다. 쓰고 고치고, 잘 쓴 글을 보고 베끼고 기사에 녹여보는 것이다. 그런 점에서 매일 글을 쓰는 훈련을, 마감 압박까지 받아 가며 수없이 반복적으로 할 수 있는 기자라는 직업은 다시 없을 기회였고 축복이었다.

신문에 쓰는 글은 전달력을 최고의 목표로 삼는다. 공간적 제약을 받기 때문에 글은 일목요연해야 한다. 이걸 알지만 글로 실현하는 게 어디 쉽나. 기사를 써서 데스크에게 보내면 적확한 단어나 가지치기가 잘 된 표현으로 명료하게 고쳐져서 돌아온다. 회사에서 제공하는 입력 시스템에는 원 기사와 데스크를 거친 기사를 양쪽에 띄워놓고 비교해 볼 수 있는 기능이 있었다. 어떤 단어를 바꾸고 표현을 고친 경우 비포before, 애프터after를 확인할 수 있어 때로는 감탄하고 때로는 탄식했다. 몇 년을 이런 방식으로 훈련하면 글이 조금씩 나아진다. 직업 환경 덕에 첨삭 지도를 받았지만, 기자가 아닌 일반인들에겐 현실적으로 어려운 훈련 방법이다.

기자들도 첨삭만으로는 글 쓰는 역량을 충분히 끌어올리지 못한다. 자기 주도 훈련을 한다. 학원 강의와 같다. '일타' 강사의 술술 풀려나가는 강의 솜씨와 잘 배치된 유머 등에 정신이 팔려 시간 가는 줄 모르고 집중했다고 공부가 끝난 게 아니다. 자기의 호흡과 속도, 자신의 이해 방식으로 수업 내용을 새로 재구성해 녹여 내야 내 것이 된다. 성적은 자기 주도 학습의 축적량에 비례한다.

글도 마찬가지다. 자기 주도 학습에서 고전적 방법은 베껴 쓰기다. 잘 쓴 글을 모방해 쓰는 게 글쓰기 훈련이 된다. 기자 초년병 시절부터 신문에 나오는 여러 기사들을 스크랩했다. 주머니에 넣고 다니면서 대중교통을 이용할 때 문장 구성을 신경 쓰면서 읽었다. 주말에는 원고지에 베껴 썼다. 베껴 쓰다 보니 한 시간을 들여도 한두 건 이상 쓰기가 어렵다. 읽을 때는 열 건도 넘게 소화할 수 있지만 가성비를 따지자면 비교가 쉽지 않다. 베껴 쓰기는 양은 적지만 오래 기억이 남는다. 단어 하나하나도 왜 그 단어를 선택해서 그 자리에 배치했는지 생각하게 만든다. 베껴 쓰기는 누구도 대신 써주지 않는 살벌한 직장 현장에서 마음속에 감춰둔 믿음직한 언덕이었다. 베껴 쓰기를 언제 그만뒀는지는 가물가물하다. 업무량이 늘고 베껴 쓰기보다 읽고 말하는 편리함에 밀려 시나브로 중단했을 것이다. 언제까지 얼마나 베껴 쓰기를 해야 한다는 기준은 없다. 글쓰기가 여전히 안개 속에서 헤매는 것 같고 두려울 땐 좋아하는 글을 따로 골라내는 작업부터 시작하길 권하고 싶다. 그리고 베껴 쓰는 것이다. 거기서부터 글쓰기가 출발하는 것이다.

4장

현장에서 본
글쓰기 비법

기자들이 말하는 글쓰기 비결

글쓰기에 정해진 왕도는 없다. 저마다 오랜 글쓰기에서 체득한 노하우 중에서 공통되는 것들이 있을 뿐이다. 고르고 골라 7개로 추렸으나 만족스럽지 않다. 실전 노하우가 듣고 싶었다.

전달력 있게 쉽고 재밌게 쓰는 글쓰기로 사내외에 두터운 독자층을 갖고 있는 선배를 찾았다. 중국 전문 한우덕 기자다. 책 쓰기를 핑계로 평소 궁금했던 기법을 청해 들었다.

정용환 글쓰기의 원칙 또는 기법을 소개해 달라.

한우덕 쓰리 I가 원칙이다. 재밌고^{Interesting}, 정보가 있으며^{Informative}, 통찰을 담고^{insightful} 있어야 한다. 세 개 중 하나라도 빠지면 안 된다는 것을 글쓰기 원칙으로 삼고 있다.

정 재미있는 글은 어떤 글일까.

한 쉽게 읽혀야 하지.

정 문장을 쉽고 정확하게 써야 한다는 말인데…….

한 쉽게 쓰려면 일단 사안에 정통해야 한다.

정 관건은 전달력인데…….

한 구성도 중요한 포인트다. 잘 읽히려면 구성의 묘가 있어야 한다. 기본 원칙은 수미상관이다. 글이 하나의 주제를 향해 풀려나가다 마무리 대목에서 다시 한 번 강조해주는 게 각인 효과도 있고 독자가 생각을 정리하는 데 도움이 된다. 특히 글 하나에 메시지 하나를 지키는 게 원칙이라고 할 수 있다.

정 글감이 떠오르면 구성도 같이 떠오르나.

한 어느 수준에 오르면 그게 같이 떠오르긴 해.

정 어떻게…….

한 별수가 없다. 꾸준히 써보는 수밖에. 많이 써보는 길 외에 왕도가 없어.

정 구성이라고 해도 비교를 하든가, 예시를 들든가, 새로 성격을 규정하든가일 텐데…….

한 일화를 많이 써야지. 그게 경험의 축적을 보여줄 수 있는 좋은 방법이거든. 꼭 직접 경험한 것만 쓸 필요는 없어. 책에서 본 것도 훌륭한 간접 경험이니 잘 요리하면 돼.

정 글쓰기 왕도로 많이 써보는 수밖에 없다고 했는데 기사 쓴 게 도움이 됐나.

한 기사는 정형화된 글이라 직접 도움이 되지 않았고 블로그에 매일 썼더니 글쓰기가 도약하는 느낌이 들었어.

정 블로그에 어떤 걸 썼나.

한 취재 후기라든가, 취재 현장 묘사라든가. 뭐든 매일 썼어. 일종의 일기장에 기록한다는 마음으로. 예를 들어 쑤저우 반도체 공장 현장 취재를 했다면 기사 외에 들은 것들을 썼지. 사람 얘기라든가. 지면에 쓰기엔 안 맞지만 나름 재미있는 일화들이었거든. 이런 게 쌓이면 다른 글을 쓸 때 끄집어낼 수 있거든. 그렇게 2년을 매일 썼더니 어느 날 내가 생각한 대로 글이 나왔어.

정 글쟁이 DNA가 있었던 게 아닌가.

한 모든 기자는 글 쓰는 데 두려움이 있거든. 그런데 그 과정을 겪고 나니까 글 쓰는 건 문제가 안 돼. 취재가 안 되든가, 주제가 안 잡혀서 문제였지.

정 주제를 잡는 감각은 어떻게 연마했나.

한 일단 축적이 최우선이야. 책을 읽든지, 신문이나 잡지나 관련 사안에 대한 글을 최대한 많이 읽어야. 그리고 관련 업무나 그 현장에서 일하는 사람들로부터 많이 듣고. 그러면서 주제 감각을 연마해 나가는 게 정도正道일 뿐 다른 건 없는 거 같다.

1부_기자의 글쓰기

정 베껴 쓰기는 어떤가.

한 필요한 과정이지. 하지만 사설 쓰는 건 도움이 안 되더란 거지. 너무 정형화된 글이라 글 구조를 파악하는 데는 도움이 되겠지만 글 자체가 늘지는 않아. 좋아하는 글을 많이 스크랩해서 자주 베껴 쓰는 게 글이 느는 데는 효과적이란 생각이야.

정 표현력도 베껴 쓰기를 통해 늘 수 있잖나.

한 그것도 맞지. 베껴 써보면서 표현력을 키우고 분위기에 맞게 자기 글에 맞춰 써보면서 표현력이 늘어나는 거지. 글이 안 된다는 생각 이전에 얼마나 글을 쓰기 위한 준비를 했나를 돌아보면 엉뚱한 데서 문제를 찾지 않게 되지. 표현력의 관건은 결국 그 자리에 꼭 맞는 단어를 찾아 넣으려는 노력이 있어야 한다는 거지. '상승'과 '오른다'는 같은 의미이지만 글의 분위기가 달라지거든. 상승을 써야 격에 맞는 글이 있듯이 올라간다고 써야 맛이 사는 글이 있다는 점을 기억해야 해. 퍼즐을 찾아 넣듯이 단어를 발굴해야 한다고 생각해.

한우덕 기자의 글쓰기 비법을 요약하자면, 3개의 I(Interesting·재미, Informative·정보, insightful·통찰), 수미상관, 글에 어울리는 일화, 상황에 맞는 표현을 쓰도록 노력하자는 것이다.

글 잘 쓰기로 정평이 났던 남윤호 중앙일보 전 편집국장이 한 강연에서 글쓰기 비법을 얘기한 게 있다. 세 가지로 압축해봤다.

첫째, 베껴 쓰기다.

신문 1면 톱기사를 소재로 삼았다. 적어도 열 번은 베껴 써본다. 2주 정도 해봐야 한다. 다음 단계는 1면 톱기사에서 팩트만 추린다. 나열된 팩트만으로 써본다. 마지막으로 자기가 쓴 글과 톱기사를 비교해본다. 이 연습을 꾸준히 하면 단기간에 테크닉이 향상되는 것을 느낄 수 있을 것이다(※ 공감각적 글쓰기에서 코로나 시기 유가족의 이별 스토리 같이 팩트만 갖고 자기 방식대로 써보는 연습이다).

둘째, 습관적으로 쓰는 부사, 형용사를 지워보라. 그러면 글에 새로운 느낌이 든다. '캐치 22'라는 소설을 예로 들어 보자. 베트남전에 파병된 두 병사. 편지를 검열하는 보직을 맡았다. 반복되는 일상에 심심했던 두 병사는 편지에서 형용사와 부사를 일부러 지웠다. 편지를 받은 부모들은 "우리 애가 군에 가더니 글이 늘었네"라고 말하는 장면이 나온다. 습관적으로 쓰는 형용사와 부사를 지우면 글에 새로운 분위기가 생긴다. 수식하는 형용사와 부사를 싹 다 걷어내고 팩트와 주장을 힘 있게 전달해보라.

셋째, 책을 읽고 구절을 외워보는 것이다. 폭넓게 독서하고 마음에 드는 구절이 있으면 외워보는 거다. 수십 개를 외워둔 뒤 글을 쓸 때 꺼내 인용해보라는 것이다. 인용의 힘은 생각보다 세다. 이해력과 전달력을 높이는 데 큰 도움이 된다.

남윤호 기자는 독서를 특히 강조했다. 글은 지식의 깊이를 보여준다. 글은 기술이 아니고 그릇이다. 그릇이 둥글면 둥근 글이 나온다. 그릇이 크면? 큰 글이 나온다. 찌그러져 있다면 찌그러진 글이 나온다. 좋은 그릇을 만들려면 독서를 많이 해야 한다는 것이다.

필자의 경험담

　필자의 장광설이 말 그대로 너무 길어졌다. 필자가 경험하고 이해하고 상상했던 것들을 이렇게 쏟아냈다. 결과 값은 입력 변수에 좌우된다. 이런 과정이 있었기에 다음에 소개하는 글들이 지면을 통해 독자들에게 전달됐다.

　우리가 살고 있는 지구촌의 최대 리스크이자 현안은 미·중관계다. 아슬아슬한 두 나라의 관계를 망원경과 확대경, 때론 현미경으로 탐색하는 것도 기자의 권리이자 책임이고 의무였다. 추리고 추려 본 사례들을 다음과 같이 소개한다.

　중국은 때로 거칠다 싶을 정도로 과감하다. 자신들의 전략을 상대방에게 노출한다. 마치 미국 군사 지정학 브레인들에게 자신들의 전략 이익이 여기까지라고 통보하듯이 말이다.

　미국의 군사안보 전략가 베넷 박사는 중국의 파트너들에게 그간 들어왔던 것을 한국에서 공개했다. 중국 전략가들이 자신의 의도를 흘리는 이유는 뭘까. 미국의 군사 지정학 브레인들에게 자신들의 전략 이익이 여기까지라고 미리 입력시키려는 걸까. 그래서 충돌을 피하고 상황을 중국에 유리하게 관리하기 위해 속내를 흘리는 걸까. 「시진핑의 '한반도 남방한계선'」은 중국이 북한을 어떻게 인식하고 있는지, 우리는 어떻게 대비해야 하는지에 대한 고민을 담아 쓴 글이다.

북한 급변 사태를 논할 때 중국은 자국이 강력한 이해 상관자라는 것을 강조하곤 한다. 대량 난민 유입으로 인한 사회 혼란, 더 나아가 변경의 안정을 해친다는 이유를 댄다. 북한이 순망치한脣亡齒寒(입술이 없으면 이가 시리다)의 대미 방파제 역할을 하고 있으니 안보 전략상 위기 인식이 없을 리 없다. 또 북한 대내외 경제에 대한 중국의 독보적 영향력이 타격을 입을 텐데 공식적으론 안보나 경제 이해를 내세우지 않는다. 난민 대책 속에 안보·경제상 이익을 극대화할 수 있는 반전의 카드가 숨어 있기 때문이다.

지난달 21일 한국 고등교육재단 주최로 열린 강연. 미국의 저명한 군사·안보 싱크탱크 랜드연구소의 브루스 베넷 박사는 중국이 세울 난민 수용소의 본질을 건드렸다. 베넷 박사는 "국제회의에서 종종 중국 측 참석자들은 북한 급변 사태가 발생하면 북·중 국경 저 너머 북한 땅 안쪽으로 50~100㎞ 들어간 지역에 난민 수용소를 세워야 한다고 주장한다"고 전했다. 이른바 '난민 폭탄'을 영내에 끌어들일 수 없다는 등의 이유로 중무장한 인민해방군이 압록강·두만강을 건널 것이란 얘기다. 북한 영내로 5~10㎞ 진입해 봤자 산악 지역이라 대규모 수용소를 세울 수 없기 때문에 깊숙이 더 들어올 수밖에 없다는 것이다. 문제는 남쪽으로 50㎞ 들어온 철산~나진 라인은 동서로 550㎞에

달해 관리가 어렵다는 점이다. 100㎞를 더 내려온 안주~화성 라인도 동서 길이가 500㎞에 달한다. 전략적으로 방어에 취약한 곳이다.

한·미 동맹도 북쪽을 향해 움직일 것을 가정한 중국 군부는 더 남쪽으로 내려가는 선택지를 고려할 수 있다. 영변의 핵물질을 먼저 확보해 한·미 동맹의 북상 명분을 차단하기 위해서다. 이런 배경에서 인민해방군이 한반도에서 가장 짧은 병목 구간인 청천강~함흥선까지 내려올 수 있다고 베넷 박사는 주장했다. 상황이 요동치면 꼭두각시 친중 정권을 세울 요량으로 평양 아래 남포~원산선까지 내달릴 가능성도 배제해선 안 된다는 게 베넷 박사의 경고다. 함흥·원산은 북한이 옛 소련에 나진항을 임차해 주자 동등한 대우를 요구했던 것으로 알려진 중국이 1984년 5월 후야오방胡耀邦 당시 총서기를 파견해 답사까지 했던 지역이다. 둘 다 동해 진출에 목이 마른 중국이 그토록 갈망하던 항구가 있는 곳이다.

오늘 열리는 트럼프·시진핑의 미·중 정상회담에서 북핵 문제는 핵심 의제가 될지 여부를 떠나 테이블 양쪽을 팽팽하게 잡아당기는 긴장 유발 요인이다. 트럼프는 대북 선제타격을 상상하게 만드는 메시지를 쏟아내고 있고 부국강병할 시간이 필요한 시진핑은 북한 급변 사태 이후 미국과 맞닥뜨리는 최악의 시나리오를 피해야 하는 구도다. 시진핑이 물러설까. '북한 없는 중국'을 얼마나 준비했느냐에 달렸을 것이다. 거래에 능한 트럼프 어깨 너머로 난민 수용소 카드를 가다듬고 있을지 모를 일이다.

_2017.4.6. 중앙일보 「시진핑의 '한반도 남방한계선'」

남만주철도주식회사. 줄여서 '만철'滿鐵로 잘 알려진 일제의 대표적 식민지 기구다. 만주 침략의 첨병이자 싱크탱크였다. 일제는 러일전쟁 후 만철을 세워 1945년 패망할 때까지 이 회사를 앞세워 만주를 경략했다.

두만강 하구에서 서북쪽 네이멍구자치구의 만저우리滿洲里까지 모세혈관같이 깔린 철도망을 통해 만철의 영향력이 구석구석 미쳤다. 철로를 따라 방대한 지하자원을 일본으로 퍼날랐다. 요동반도 다롄大連을 통한 바닷길은 한반도를 우회해야 하고 만주 내륙을 달리는 거리가 길어 비경제적이었다. 지도를 펴놓고 만철의 전략가들이 주목한 노선은 지린吉林성에서 곧바로 동해로 빠지는 길이었다. 전략가들이 찍은 혈맥은 나진. 지린성 지린과 함경북도 회령을 철도로 이어 동해로 연결하는 종단항으로 나진이 역사의 전면에 등장한 것이다.

김일성의 선동과 스탈린·마오쩌둥毛澤東의 이해가 얽혀 벌어진 6·25전쟁과 미·소 냉전으로 긴 동면에 들어갔던 나진은 냉전이 해체되면서 다시 떠올랐다. 중국의 동북 3성과 러시아 연해주, 몽골의 자원과 한국·일본·중국 동남부·미국 서부의 거대한 배후시장을 연결하는 대륙과 해양의 접점으로서 나진이 역사의 호명을 받았다. 유엔도 나진에 주목하고 있다. 이 지역의 거대한 경제적 잠재력 때문이다. 한국과 중국·러시아·몽골이 참여하는 유엔 산하기구 '광역두만강계획'GTI은 나진을 구심력으로 삼아 동북아 협력 틀을 만들고 있다. 개혁·개방 30년을 통해 실력을 쌓은 중국과 극동으로 눈을 돌린 러시아, 자원부국

나진항과 '만철'의 상상력

글로벌 아이

정용환
베이징 특파원

남만주철도주식회사. 줄여서 '만철(滿鐵)'로 잘 알려진 일제의 대표적 식민지 수탈기구다. 만주 침략의 첨병이자 싱크탱크였다. 일제는 러일전쟁 후 만철을 세워 1945년 패망할 때까지 이 회사를 앞세워 만주를 경략했다.

두만강 하구에서 서북쪽 네이멍구자치구의 만저우리(滿洲里)까지 모세혈관같이 깔린 철도망을 통해 만철의 영향력이 구석구석 미쳤다. 철로를 따라 방대한 지하자원을 일본으로 퍼날랐다. 요동반도 다롄(大連)을 통한 바닷길은 한반도를 우회하여야 하고 만주 내륙을 달리는 거리가 길어 비경제적이었다. 지도를 펴놓고 만철의 전략가들이 주목한 노선은 지린(吉林)성에서 곧바로 동해로 빠지는 길이었다. 전략가들이 찍은 혈맥은 나진. 지린성 지린과 함경북도 회령을 철로로 이어 동해로 연결하는 종단항으로 나진이 역사의 전면에 등장한 것이다.

김일성의 선동과 스탈린·마오쩌둥(毛澤東)의 이해가 얽혀 벌어진 6·25전쟁과 미·소 냉전으로 긴 동면에 들어갔던 나진은 냉전이 해체되면서 다시 떠올랐다. 중국의 동북 3성과 러시아 연해주, 몽골의 자원과 한국·일본·중국 동남부·미국 서부의 거대한 배후시장을 연결하는 대륙과 해양의 접점으로서 나진이 역사

의 호명을 받았다. 유엔도 나진에 주목하고 있다. 이 지역의 거대한 경제적 잠재력 때문이다. 한국과 중국·러시아·몽골이 참여하는 유엔 산하기구 '광역두만강계획(GTI)'은 나진을 구심력으로 삼아 동북아 협력 틀을 만들고 있다. 개혁·개방 30년을 통해 실력을 쌓은 중국과 극동으로 눈을 돌린 러시아, 자원부국 몽골이 적극적으로 동해 출로를 모색하면서 뜨거운 개발 에너지가 용솟음치고 있다.

만철의 몰락으로 사라졌던 '동북아 지중해 프로젝트'의 꿈. 그 꿈이 다시 태동하고 있는 두만강 유역을 찾았다. 옌볜자치주 팡촨(防川) 전망대에 오르면 북한·중국·러시아의 두만강 삼각주와 동해가 한눈에 들어온다. 두만강철교로 연결된 러시아의 핫산역과 북한의 두만강역 너머로 푸른 바다가 펼쳐졌다. 전망대와 나진 사이의 거리는 불과 33km.

임오군란·갑신정변·아관파천의 혼란 속에서 정신없었던 구한말 우리 땅을 청나라·일본·러시아의 각축장으로 내주고 방관할 수밖에 없었다. 다시 두만강 유역이 꿈틀대고 나진이 뜬다. 역사의 수레바퀴가 다시 돌기 시작했다. 한반도의 북쪽 국경에선 거대한 체스판이 짜이고 있는데 대권 주자들 주변에선 협박성 전화를 했느니 마느니, 전화 당사자 간 친구 인증 논란 같은 게 이슈가 된다. 나진을 쥐고 있는 젊은 북쪽 지도자의 손을 잡고 이끌 통합과 비전의 리더십은 찾아볼 수 없다. 이런 현실이 정상일까. 한반도의 현재진행형 미래를 보지 못하는 리더십으로 역사의 엄중한 부름에 응할 수 있을까.

국경의 밤은 캄캄했다. 〈지린성 훈춘에서〉

몽골이 적극적으로 동해 출로를 모색하면서 뜨거운 개발 에너지가 용솟음치고 있다.

만철의 몰락으로 사라졌던 '동북아 지중해 프로젝트'의 꿈. 그 꿈이 다시 태동하고 있는 두만강 유역을 찾았다. 옌볜자치주 팡촨防川 전망대에 오르면 북한·중국·러시아의 두만강 삼각주와 동해가 한눈에 들어온다. 두만강철교로 연결된 러시아의 핫산역과 북한의 두만강역 너머

4장_ 현장에서 본 글쓰기 비법   111

로 푸른 바다가 펼쳐졌다. 전망대와 나진 사이의 거리는 불과 33㎞. 임오군란·갑신정변·아관파천의 혼란 속에서 정신없었던 구한말 우리 땅을 청나라·일본·러시아의 각축장으로 내주고 방관할 수밖에 없었다. 다시 두만강 유역이 꿈틀대고 나진이 뜬다. 역사의 수레바퀴가 다시 돌기 시작했다. 한반도의 북쪽 국경에선 거대한 체스판이 짜이고 있는데 대권 주자들 주변에선 협박성 전화를 했느니 마느니, 전화 당사자 간 친구 인증 논란 같은 게 이슈가 된다. 나진을 쥐고 있는 젊은 북쪽 지도자의 손을 잡고 이끌 통합과 비전의 리더십은 찾아볼 수 없다. 이런 현실이 정상일까. 한반도의 현재진행형 미래를 보지 못하는 리더십으로 역사의 엄중한 부름에 응할 수 있을까.

국경의 밤은 캄캄했다. [지린성 훈춘에서]

_2012.9.18. 중앙일보 「나진항과 '만철'의 상상력」

지리는 역사를 규정한다. 한반도와 만주의 주인공은 역사의 강물을 따라 부침을 달리했다. 한반도와 만주를 정치군사적으로 통합한 일제는 싱크탱크 만철을 가동했다. 만철의 브레인들은 거침없이 선을 긋고 점을 찍어 만주, 한반도와 일본 본토를 경제적으로 연결시켰다. 중국의 전략가들이 나진항을 비롯 동해의 심해항에 눈독을 들이는 이유다. 정권은 바뀌었지만 지리는 그대로다. 지리는 소환된다. 중국의 이익과 북한의 동해항들은 별개가 아니다. 중국의 이익선은 동해의 항구들로 연결된다. 동해 출로出路. 겉으로 북한의 가치를 순망치한으로 포장하고 있지만 순망치한을 넘어서는 북한의 절대 가치는 동해 출로를 빼놓고 말할 수 없다. 한반도의 지정학이 바뀌지 않는 한 역사의 굴레는 그대로 작용한다. 우리의 국익을 인정하지 않는 주변 대국들의 행태는 우리의 역량에 반비례한다. 우리가 자강불식으로 단단히 무장하고 있을 때라야 국익을 보장받을 수 있다. 구한말 나라가 힘없고 정신없을 때, 국가기록마저 제대로 간수 못 했던 뼈아픈 역사를 들췄다. 이를 반추하고 경각심을 환기하는 것은 기자로서 소임이었다.

일전에 중국의 개인 사료 소장가가 고古서적을 보여 준 적이 있다. '역당逆黨 김옥균·박영효·홍영식·서광범·서재필…'로 시작하는 갑신정변甲申政變 사건 조사 기록서였다. 남색 표지에 붙은 책의 제목은 『조선통리교섭통상사무아문 갑신사변 수고手稿』. 갑신정변은 1884년 12월 4일 김옥균을 비롯한 급진 개화파가 친 청나라 사대정책을 펴던 민씨 일파를 폭력으로 제거하고 정권을 잡았다 3일 천하로 끝난 사건이다.

이 책은 갑신정변이 주駐조선 청나라 주둔군에 의해 진압된 뒤 사건 경과와 사후 처리 결과를 기록했다. 조선에서 외교업무를 맡은 기관이 갑신정변에 대해 작성한 초고草稿라고 볼 수 있을 텐데, 이 문서가 어떻게 중국에 흘러들어 갔을까. 소장가도 자신의 조부가 1910년대 군벌이 난립하던 난리통에 어디선가 구해 온 책이라고만 했다. 정변 이후 청군과 일본군의 충돌 문제를 조정하기 위해 톈진天津에서 청나라 이홍장李鴻章과 일본의 이토 히로부미伊藤博文 간 협상을 앞두고 청나라의 위세에 눌려 속수무책 쓸려나갔을 가능성이 작지 않다. 그렇다면 조선에서 청나라 황제의 권한대행으로 총독이나 다름없던 막강한 실권을 휘둘렀던 위안스카이를 유출자로 볼 수 있을지도 모르겠다. 톈진조약 결과 청·일은 조선에 출병할 경우 상대방에게 통보키로 약속했다. 파병지가 조선 땅인데도 조선 정부의 의사는 고려 대상이 아니었다. 통치권이 뒤바뀔지 모를 정변 관련 외교 기록물까지 유출되는 못난 나라였다지만 조선의 이익은 철저히 배제된 약육강식의 시대였다.

한반도를 둘러싼 열강의 각축은 129년이 지난 지금도 진행형이다. 미군의 지원을 받는 일본과 군사 굴기 중인 중국은 우리가 관할하고 있는 이어도 상공을 자국의 방공식별구역에 넣어 버렸다. 우리의 의사나 동의는 애당초 관심 밖이었다. 일본은 우리의 방공식별구역을 이어도까지 확대하자는 협상을 거부했다. 중국은 설정한 지 며칠 안 된 방공식별구역을 재조정하자는 우리 정부의 제안을 받아들이지 않았다. 역사의 데자뷰 현상이다. 한·미·일 삼각동맹의 미래도, 전략적이라는 한·중 협력도 열강의 국익 논리 앞에선 신기루처럼 무력해진다. 힘의 논리가 작동하는 국제정치의 본질이고 냉엄한 현실이다.

미국 버락 오바마 대통령이 진지한 자세로 박근혜 대통령의 말을 경청하고 한국이 시진핑習近平 주석 시대의 중국과 밀월을 보내고 있다고 들떴지만, 국익이 충돌하는 상황에선 얘기가 달라지게 마련이다. 쉬지 않고 자신을 단련하는 자강불식自强不息만이 해법인데 시선을 안으로 돌려보면 한숨이 인다. 답 없는 정쟁과 분열로 국력을 소진하고 있다. 갑신정변의 실패와 그 이후 역사의 소용돌이는 한반도의 지정학이 바뀌지 않는 한 되풀이될 텐데 이래도 되는 걸까.

2010년대 이후 아시아 특히 동아시아의 바다는 뜨거워졌다. 중국이 남중국해의 배타적 영유권을 주장하면서다. 남중국해는 동북아시아와 인도양을 잇는 해역이어서 군사 전략적으로나 통상 이익의 측면에서 요충 지역이다. 중국은 군사적 시위로 영유권과 해양이익을 주장했다. 미국은 항모전단을 투입했다. 맞짱 시위를 벌였다. 군사 퍼포먼스의 수위도 올렸다. 동시에 핵잠수함 3척이 부산과 필리핀 수비크만, 인도양의 전략기지 디에고 가르시아섬에서 부상했다. 중국의 간담을 얼어붙게 하는 시위였다. 핵잠수함 3척이 동시에 아시아 주요 요충지 해역에 떠오른 것은 냉전 종식 이래 처음 있는 사건이었다.

뜨거워지는 바다의 한복판에 미국의 중요한 정치군사 거점이 있었다. 홍콩이었다. 주홍콩 미국총영사관은 홍콩섬에 자체 부두를 운영하고 있었다. 거기서 연락선을 타고 홍콩 입구 바다에 정박 중인 핵잠수함에 탑승했다. '핵잠 3척 동시 부상 사건' 이후 10개월 만이었다. 핵잠으로 이동하는 30분, 지난 10개월이 떠올랐다. 주홍콩 미국총영사관 핵심 관계자들을 아침 저녁 각종 행사장에서 만날 때마다 졸랐다. '동시 부상 같은 강경책만으론 메시지 전달이 효과적이지 않다' '온건책으로 언론 공개 같은 행사도 검토해달라'고 설득했다. 동아시아 핵심 동맹인 한국의 언론이 핵잠수함에 탑승 취재하는 가치 등을 설파했다.

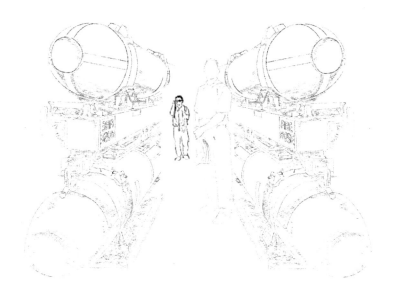

일러스트 | 정지우

"태평양 서부 해역에서 작전 중인 미국 제7함대 소속 핵잠수함 USS햄프턴함(SSN-767)의 선임 참모 앨런 넬슨이 17일 4기의 토마호크 미사일과 2기의 어뢰가 보이는 무기고에서 포즈를 취했다. 그의 뒤편에서 중앙일보 정용환 홍콩 특파원이 카메라를 들고 사진을 찍는 모습이 작게 보인다. 본지는 AP통신·명보 등 홍콩 내외신 7개사와 함께 한국 언론으로는 유일하게 잠수함 공개 행사에 초빙돼 잠수함 내부를 참관했다. 길이 110m, 배수량 6900t의 로스앤젤레스급 핵추진 잠수함 햄프턴함은 12기의 토마호크 미사일을 탑재했다.

_2011.5.18. 중앙일보 「홍콩 입항 미 핵잠수함 USS햄프턴함」

현장에서 영감을 받는다. 생생하게 수집한 팩트와 분위기에 대한 기억은 뇌리 한쪽에 박혀 있다가 묵직한 메시지로 떠오른다. 글에 생명력을 불어넣는 방법은 여러 가지가 있다. 현장감 있는 소리를 깔거나 결정적 장면을 묘사하기도 하고 날것 그대로 대화를 담기도 한다.

직접 체험도 글에 신뢰감을 부여한다. 체험 당시 바로 글로 쓸수도 있지만 꼭 그렇게 되는 것도 아니다. 잘 메모해뒀다 나중에 활용하면 된다. 여진을 온몸으로 받았던 경험을 메모해뒀다. 눈으로본 것과 몸에 일어나는 변화, 그로 인해 작은 청각 자극에도 온몸의 신경이 쭈뼛 곤두서는 공포감을 따로 메모했다. 메모에 담긴 기억은 3년 후 쓴 칼럼에서 생생하게 살아났다.

규모는 작지만 여진이 낳은 정신적 충격은 기습처럼 찾아오는 본진과 결이 다르다.

3년 반 전 중국 쓰촨四川 지진 때 일이다. 규모 7.0의 강진이 훑고 지나간 야안雅安시 루산蘆山현은 폭격을 맞은 듯 참혹했다. 취재차 갔던 곳은 루산현 진앙 인근 산촌이었다. 집 안에 있던 사람들은 땅 속의 파동이 들이닥쳤던 그때 몸이 그네에 탄 것처럼 들렸다 내려앉는 기분이었다고 했다. 길 아래로 눈길을 돌리는 순간이었다. 완만한 비탈길을 따라 지어진 판잣집들의 지붕이 들썩이며 너울대기 시작했다. 길 아래쪽 지붕에서 위쪽으로 도미노처럼 파동이 이어졌다. 점프하듯 발이 땅에서 떨어지는 것 같았다. 규모 5.4 여진이었다. 다리가 후들거리다 힘이 빠져 주저앉고 말았다. 대낮 길에서 '여진 한 방' 먹었을 뿐이라고 생각했는데 속수무책 맥이 풀렸다. 숙소에 들자마자 잠에 빠졌다. 한두 시간쯤 지났을까. '푸드득, 푸드득' 벽에서 시멘트 조각이 떨어지는 소리에 놀라 일어났다. 귀에서 윙 하는 소리가 났다. 동이 트려면 한참이지만 다시 잠을 청할 수 없었다. 새벽 진동이 여진인지 새로운 지진의 전조인지 알 길이 없었기 때문이었다. 경주를 비롯해 영남지역 주민들이 빠졌을 법한 고민이 그때 거듭됐다. '그나마 안전한 건물 밖으로 나가 길에서 밤을 새울 것인가, 아니면 잦아드는 여진이겠지 자신을 달래며 그대로 있을 것인가'.

지진 대응을 놓고 정부가 허둥대면서 불안감이 커지고 있다. 지진대 위에 살고 있는 납세자들이 이런 기초 생존권 문제로 하루하루 시달리고 있다는 현실 인식이 정부 대응의 출발점이다. 근본적으로 내진설계를 강화해 지진에 대처해야겠지만 한반도가 지진의 안전지대가 아닌 지금 당장 현실에서 그나마 믿을 건 국가의 조기경보 시스템이다. 첫 지진파(P파) 이후 위아래로 진동하며 파괴력이 큰 S파가 도달한다. 두 지진파 사이의 간격은 10~20초에 불과하다. 사는 길과 죽는 길을 가르는 골든타임이다.

일본은 말할 것 없고 1999년 9월 21일 규모 8.1 강진으로 2500명이 숨졌던 대만은 이제 10초 조기경보체계를 갖춰놓고 있다. 파상적인 S파가 도달하기 전 가옥에서 뛰쳐나올 최소한의 시간을 국가에서 확보해주겠다는 개념이다. 경주를 강타한 지진 때처럼 한참 지나, 그것도 못 받는 사람이 천만 명이 넘는 그런 문자 안내 서비스로는 참극을

　　　　　　　　　　　　　　　1부_ 기자의 글쓰기

피할 수 없다는 말이다. 일단 2020년까지 우리 정부도 10초 안에 경보를 발령할 수 있도록 체계 구축을 추진하고 있다곤 하지만 실현 가능성을 놓고 말들이 많다.

엊그제 20대 국회 대정부 질문에서 박인용 국민안전처 장관은 부실한 정부 대응에 대한 질타를 받자 "재난 대비 매뉴얼은 영원히 완성되지 않는다"고 변명했다. 상황 인식이 이래선 안 된다. 일 터지기 전에 스스로 혁신을 강조하며 '죽어봐야 저승 맛을 알겠냐'라고 했던 여당 의원의 말이 아니더라도 국가라면 성실한 납세자들에게 10초는 벌어줘야 한다.

_2016.9.22. 중앙일보 「"지진이 온다. 10초라도 달라」

정치 기사는 비유가 많이 동원된다. 사자성어나 속담, 격언 등은 복잡한 현실을 단순화시켜 설명하는 힘이 있다. 권력의 총량은 정해져 있다. 새로운 인물의 등장은 판을 흔드는 힘이 있다. 팽팽한 긴장이 흐른다. 기성 정치권 관점에서 권력 파이가 줄어든다는 것을 의미하기 때문이다.

2023년 겨울, 총선을 4개월 앞둔 시점 정치권이 요동치고 있다. 승부를 유리하게 가져가려면 진용에서 이겨야 한다. 여야가 진용 구성에 심혈을 기울이는 이유다. 여권에선 한동훈 법무장관이 국민의힘 비상대책위원장으로 등판했다. 한동훈의 상대는 지난 대선의 당시 여당 후보였던 이재명 더불어민주당 대표다. 총선 승리를 놓고 이 대표와 일대일 대결을 벌여야 한다.

중국 격언 중 이런 말이 있다. 일산불용이호一山不容二虎. 하나의 산에 두 마리 호랑이가 공존할 수 없다는 뜻이다. 글은 현실을 일대일로 반영하면서도 부드럽고 재미있게, 때론 우아하게 현실을 투사해야 한다.

한동훈의 등장은 8년 전 이맘때 총선을 4개월 앞둔 시점과 묘하게 포개진다. 문재인 대표가 이끌던 야당은 김종인 비대위원장 카드를 던졌다. 김종인 비대위원장 앞에 놓인 과제도 만만찮았다. 그 상황을 한 줄로 압축해줬던 표현이 일산불용이호였다. 「김종인, '호랑이가 산으로 간 까닭은」이라는 제목의 칼럼은 산과 호랑이를 은유로 긴박한 총선 정국을 다뤘다.

김종인 더불어민주당 선대위원장 겸 비대위원장이 정치적으로 운신할 때마다 거의 예외 없이 우려와 기대가 따라다닌다.

지난 대선 새누리당 박근혜 대통령 후보 캠프에서 국민행복추진위원장 겸 경제민주화추진단장이었던 김 위원장. 공약을 함께 짜봤던 친박계 의원은 "전형적인 독불장군"이라고 혀를 내두른다. 더민주를 향해선 "당해봐야 실체를 알 수 있을 것"이라고 냉소했다. 당시 김 위원장은 요구할 게 생기면 박근혜 대선 후보에게도 정말 거침 없었다고 한다. 후보의 측근 그룹에서 같이 가기 힘들다는 하소연이 잇따랐다. 하지만 경제민주화 공약에 대한 상징성이 커 선거는 일단 치르고 보자는 쪽으로 정리됐다. 박근혜 후보 당선의 일등공신이었지만 김 위원장은 새 정부 출범 후 토사구팽兎死狗烹을 못 면했다.

김종인, '호랑이가 산으로 간 까닭은'

노트북을 열며

정용환
JTBC 정치부 차장

김종인 더불어민주당 선대위원장 겸 비대위원장이 정치적으로 운신할 때마다 거의 예외 없이 우려와 기대가 따라다닌다.

지난 대선 새누리당 박근혜 대통령 후보 캠프에서 국민행복추진위원장 겸 경제민주화추진단장이었던 김 위원장. 공약을 함께 짜봤던 친박계 의원은 "전형적인 독불장군"이라고 혀를 내두른다. 더민주를 향해선 "당해봐야 실체를 알 수 있을 것"이라고 냉소했다. 당시 김 위원장은 요구할 게 생기면 박근혜 대선 후보에게도 정말 거침 없었다고 한다. 후보의 측근 그룹에서 같이 가기 힘들다는 하소연이 따라왔다. 하지만 경제민주화 공약에 대한 상징성이 커 선거는 일단 치르고 보자는 쪽으로 정리됐다. 박근혜 후보 당선의 일등공신이었지만 김 위원장은 새 정부 출범 후 토사구팽(兎死狗烹)을 못 면했다.

결이 다른 얘기도 있다. 다른 친박계 중진 의원은 "야당 복 있는 대통령이라는 소리가 나올 정도로 지리멸렬했던 제1야당의 요즘 상황이야말로 코뿔소 같은 김종인 스타일이 제대로 먹히는 조건"이라고 진단했다. 그는 "장악력 강한 박 대통령 밑에서 2인자에 만족할 그릇이 아니었다"며 "여권에서 잘 잡고 있었어야 했는데 호랑이를 산으로 놓쳤다"고 아쉬워했다. 새누리당 김재원 의원은 "우리 당에선 꿔다 놓은 보릿자루였는데 야당에선 원기회복을 위한 양

식이 되실 분"이라며 신중 모드였다.

다른 친박계 핵심 의원은 "(김 위원장이) 강약을 조절할 줄 알고 정치적으로 노회하기 때문에 단기필마라고 알보다간 크게 당할 것"이라고 내다봤다.

정책과 인물 그리고 단단한 리더십과 비전으로 수권능력을 보여주지 못하는 야당은 여당의 밥이 되기 마련이다. 정부·여당에 대한 견제와 균형은커녕 집안싸움하느라 날 새는 줄 모르는 야당은 국민적 짐이다. 제1야당이 결기를 되찾고 전략과 리더십으로 바로 서야 여당도 긴장하고 경쟁다운 경쟁에 뛰어든다. 중국 격언에 '산은 두 마리의 호랑이를 허락하지 않는다(一山不容二虎)'는 말이 있다. 김 위원장은 "친노 패권주의를 수습할 능력이 없다고 생각했으면 오지도 않았다"고 했다. 김종인 체제의 성패를 가늠하는 잣대는 이미 나왔다. 친노 세력은 더민주를 장악하고 있는 또 다른 호랑이다. 누군가는 산을 떠나야 한다. 다시 팽당하면 우리 정치사에 흔치 않은 얼룩진 기록으로 남게 될 터. 친노나 김 위원장이나 벼랑 끝이다.

우여곡절이 있겠지만 총선 관문을 지나면 바로 대선 국면의 초입이다. 김 위원장은 2011년 대선을 1년여 앞둔 시점에 국가의 미래 비전과 전략을 가다듬었다고 한다. 당시 박근혜·문재인·안철수 후보가 경쟁하며 어느 한쪽으로 균형추가 기울지 않던 때였다. 김 위원장은 박근혜 후보를 택해 킹메이커로서 정점을 찍었다. 그럼에도 자신의 꿈을 펼치지 못했다. 호랑이가 다시 산으로 들어간 까닭은 못 다 펼친 꿈과 비전이 남아 있기 때문일 것이다. 그의 마음속엔 누가 들어 있을까.

결이 다른 얘기도 있다. 다른 친박계 중진 의원은 "야당 복 있는 대통령이라는 소리가 나올 정도로 지리멸렬했던 제1야당의 요즘 상황이야말로 코뿔소 같은 김종인 스타일이 제대로 먹히는 조건"이라고 진단했다. 그는 "장악력 강한 박 대통령 밑에서 2인자에 만족할 그릇이 아니었다"며 "여권에서 잘 잡고 있었어야 했는데 호랑이를 산으로 놓쳤다"고 아쉬워했다. 새누리당 김재원 의원은 "우리 당에선 꿔다 놓은 보

릿자루였는데 야당에선 원기회복을 위한 양식이 되실 분"이라며 신중
모드였다.

다른 친박계 핵심 의원은 "(김 위원장이) 강약을 조절할 줄 알고 정치
적으로 노회하기 때문에 단기필마라고 얕보다간 크게 당할 것"이라고
내다봤다.

정책과 인물 그리고 단단한 리더십과 비전으로 수권능력을 보여주지
못하는 야당은 여당의 밥이 되기 마련이다. 정부·여당에 대한 견제와
균형은커녕 집안 싸움하느라 날 새는 줄 모르는 야당은 국민적 짐이
다. 제1야당이 결기를 되찾고 전략과 리더십으로 바로 서야 여당도 긴
장하고 경쟁다운 경쟁에 뛰어든다. 중국 격언에 '산은 두 마리의 호랑
이를 허락하지 않는다'─山不容二虎는 말이 있다. 김 위원장은 "친노 패권
주의를 수습할 능력이 없다고 생각했으면 오지도 않았다"고 했다. 김
종인 체제의 성패를 가늠하는 잣대는 이미 나왔다. 친노 세력은 더민
주를 장악하고 있는 또 다른 호랑이다. 누군가는 산을 떠나야 한다.
다시 팽당하면 우리 정치사에 흔치 않은 얼룩진 기록으로 남게 될
터. 친노나 김 위원장이나 벼랑 끝이다.

우여곡절이 있겠지만 총선 관문을 지나면 바로 대선 국면의 초입이다.
김 위원장은 2011년 대선을 1년여 앞둔 시점에 국가의 미래 비전과 전
략을 가다듬었다고 한다. 당시 박근혜·문재인·안철수 후보가 경쟁하
며 어느 한쪽으로 균형추가 기울지 않던 때였다. 김 위원장은 박근혜
후보를 택해 킹메이커로서 정점을 찍었다. 그럼에도 자신의 꿈을 펼치
지 못했다. 호랑이가 다시 산으로 들어간 까닭은 못 다 펼친 꿈과 비

_2016.1.28. 중앙일보 「김종인, '호랑이가 산으로 간 까닭은'」

기자들이 신문에 쓰는 글은 산재하는 정보를 하나의 스토리로 엮어 독자의 입에 넣어주는 숟가락 같은 역할을 한다. 복잡한 현안일지라도 손에 잡힐 정도로 쉽게 재밌게 쓰는 이유다. 세월이 흘러도 여전히 반짝이는 글들이 있다. 왜 그럴까. 세상이 돌아가는 이치나 내밀한 섭리를 알아채고 그 통찰을 글에 녹였기 때문일 것이다. 누구나 있다는 점에서 인간의 욕망은 보편적이다. 우리가 속한 공동체, 사회, 국가의 욕망도 보편적이다. 이 본질을 파고든다면 글을 읽는 사람들의 눈과 귀는 밝아진다. 즐거움의 원천이다. 사례는 숱하게 많다. 그래서 즐겁다.

시선을 확대해본다. 사람과 사람뿐 아니라 나라와 나라 사이에서도 이런 '게임의 법칙'이 작동한다. 흥미진진한 이유다. 한·중수교가 대표 사례다. 2022년 한·중수교 30주년을 맞았다. 30년 만에 두 나라 관계는 '빙하기'를 지나고 있다. 중국에 진출했던 기업과 공장들이 철수하고 유학생이 줄어들고 있다. 한·중관계 30년의 현주소다.

글은 현실의 작은 변화 기미를 포착하고, 안개 너머의 실체에 다가가는 과정이다.

한·중수교 25주년이 있던 해, 앞으로 한·중관계를 덮칠 그림자의 윤곽을 그렸다. 그 그림자는 한·중관계 자체에 내장됐던 갈등의 불씨가 커지면서 짙은 음영으로 바뀌었다. 원 차이나와 투 코리아 정책의 한계가 임계점에 달하자 폭발했다. 미·중관계와 따로 놀 수 없는 한·중관계의 속성에서 비롯된 어쩌면 예정된 미래였는지도 모르겠다.

엊그제 한국에서 석·박사과정을 마치고 서울의 한 대학에서 연구 활동을 하던 중국 학자가 작별 인사를 하러 왔다. 중국 연구기관으로 옮길 예정이라는 그는 며칠 전 임용 면접 자리에서 나왔던 얘기를 들려줬다. 면접관 중 한 사람이 한국 생활 13년 만에 중국으로 자리를 옮기기로 결심한 주된 이유를 물었다고 한다. 요지는 한·중 관계 전망을 비관하기 때문이 아니냐는 것이다. 시간을 당분간으로 한정하고 모나지 않게 적당히 답하고 빠져나왔다고 하지만 내내 가슴 한구석에 묵직한 돌덩이가 얹힌 느낌이라고 했다. 한·중 관계는 미·중 관계와 맞물려 돌아가는 구조적 제약을 받는다. 폭발적인 경제 팽창을 바탕으로 위세를 드러내는 중국을 겨냥해 미국의 본격적인 견제가 막 시작된 마당에 그 당분간이 얼마가 될지 가늠하기 어려웠을 테니 마음이 무거웠을 게다.

오늘 한·중 두 나라는 수교 25주년을 맞았다. 고고도미사일방어 (THAAD·사드) 체계 배치 문제로 중국이 대놓고 경제 보복을 가하면서 양국 관계의 기틀은 심하게 훼손됐다. 수교 기념행사도 각자 대사관에서 따로 갖는 등 불신의 그늘이 깊어가는 모양새다. 5년 전 베이징 인민대회당에서 열린 수교 20주년 기념 만찬 행사엔 당시 떠오르는 해였던 시진핑習近平 국가 부주석이 참석해 성황을 이뤘다. 행사장 주변에선 5년 뒤 시 주석과 함께 하는 밥상은 또 어떨지 너스레가 나올 정도로 웃음꽃이 피었다. 양측의 축사는 장밋빛 미래에 대한 기대감을 주체하지 못했다. 그때만 해도 수교 25주년 기념일이 이렇게 초라한 날이 될지 누가 가늠할 수 있었을까. 한·중은 상호 보완적인 교역구조로 묶여 있기 때문에 그동안 폭발적인 경제 성장의 과실을 같이 누릴 수 있었다. 문제는 정치였다. 우리는 대만과 단교하고 원 차이나(하나의 중국)를 수용했지만 중국은 투 코리아 정책이었다. 분단 체제의 현상유지에 초점을 맞춰 남북한 등거리 외교를 하겠다는 것이다. 혈맹이 아닌 정상 국가 관계로 변했다고 중국은 주장하지만 북·중은 전략적 안보이익을 공유하는 상호방위조약으로 묶인 관계라는 점에서 본질적으로 변한 게 없다.

정경政經분리로 여기까지 온 한·중 관계는 이제 기로를 향해 가고 있는 느낌이다. 전략적 협력 동반자 관계 같은 사람 나른하게 하는 수사로는 투 코리아 전략을 구사하는 이 시점의 중국과 피상적 관계 이상을 기대하기 어려운 구도다. 그렇다면 긴 호흡으로 한·중 관계 리셋(재설정)을 준비해야 한다. 상대는 지난 25년간 일관된 한반도 정책을 고수한 중국이다. 한반도를 둘러싼 국제정세와 중국 업무에 정통한 전문가 집단으로 외교라인을 구축하는, 기본에 충실한 대응이 출발점이다.

_2017.8.24. 중앙일보 「원 차이나와 투 코리아」

이 칼럼을 쓰고 5년이 지났다. 그 사이 중국은 미국과 관세무역 갈등을 벌인 끝에 '기술전쟁'의 소용돌이에 빨려들어 갔다. 첨단 기술과 제품의 공급망에서 중국을 배제하는 '차이나 디리스킹'이 현실화됐다. 한·중간에는 정경분리의 정신이 더 이상 효력을 발휘하기 어렵게 됐다. 분단 현실의 현상유지를 의미하는 투 코리아 정책을 구사하는 중국은 수교 이래 일관된 한반도 정책을 유지했다. 우리도 한·중관계의 한계와 현실을 냉철한 눈으로 볼 필요가 있다. 『원 차이나와 투 코리아』는 그런 인식을 바탕으로 우리도 리셋에 대비해야 한다는 메시지를 담았다.

이런 글을 길게 보여주는 데는 이유가 있다. 필자에게도 시작이 있었다. 숱하게 시행착오를 겪었다. 그 시간이 돌고 돌아 다양한 글들을 축적하게 됐다. 27년간 중국을 플레이어로 하는 국제외교안보와 여의도 정치를 관찰하고 질문해 글을 쓰는 기자로서의 일이 직職과 업業이었다. 신문의 글들은 팩트-쟁점-분석-전망에 대한 대중적 글쓰기의 전형을 담았다는 점에서 켜켜이 쌓인 훈련 여정을 독자들과 나누고 싶었다. 읽고 생각하고 메모하고, 매일 뭐라도 써보는 연습으로 자신만의 글쓰기 세계를 만들어 가기 바란다.

2부

앵커의 말하기

1장

방송기자와 앵커의
말하기 전략

뉴스 리포팅 News Reporting

흔히 모든 방송 뉴스를 리포트라고 부른다. 하지만 정확한 표현은 아니다. 리포트는 종합 제작물의 형식을 갖고 있다. 즉 취재 기자가 원고를 쓰고 거기에 화면을 입혀 바로 송출할 수 있게 만든 사전 제작물을 뜻한다. 텍스트와 영상이 결합한, 가장 정교한 형태의 뉴스 전달 방식이다.

리포트는 앵커의 리드 멘트(앵커멘트), 기자의 원고와 보이스 오버(음성), 취재원의 사운드 바이트(인터뷰를 필요한 내용만큼 자른 것)로 구성된다. 지상파 방송과 종합편성채널의 경우 대개 메인 뉴스에

20~30개의 리포트를 배치한다. 평균적으로 1분 30초~1분 40초짜리 리포트가 많은 편이다.

리포트는 앵커가 읽는 단신(스트레이트 뉴스)이나 생방송 현장 연결과는 뚜렷이 구분된다. 단신이나 생방송 연결은 즉석에서 뉴스 내용을 수정할 수 있다. 리포트는 사전 제작물이라 불가능하다. 방송사는 준비한 내용과 다른 속보가 들어오면 리포트 자체를 런다운(당일 뉴스 큐레이션)에서 빼는 방식으로 대응한다. 방송사 입장에선 자주 일어나는 일이다. 이런 상황에 대비해 제작진은 몇 개의 리포트를 예비용으로 마련해 놓는다.

방송기자의 하루

우리나라에선 리포트로 칭하지만 영미권에선 리포터즈 패키지 Reporter's Package 라고 부르는 게 일반적이다. 한국 방송에서 리포트 길이는 1분 30초를 기준으로 판단한다. 품이 많이 들어간 현장, 기획 기사의 경우는 2분을 넘기는 경우가 많다.

우리나라 방송사들은 당일 뉴스를 중시하는 편이다. 언론계 용어로는 '동타'라고 부른다. 대개 그날 속보부터 런다운에 배치하고 여유가 생기면 기획물을 집어넣는다.

영미권 방송들은 그보단 긴 호흡으로 내보내는 게 일반적이다. 당일 제작보다는 2~3일 이상 취재한 기획 기사가 많은 것도 특징이다.

일반인 시각에서 보면 1분 30초 정도야 아무것도 아닐 듯싶다. 하지만 1분 30초를 위해 방송기자들은 하루를 온전히 바쳐야 한다.

기자들은 아침에 부서별로 메모를 넣고 채택되면 리포트 제작에 들어간다. 영상 편집을 위해 저녁에 회사에 들어가기 전까지 필요한 준비를 마쳐야 한다. 팩트를 취재하고 현장 영상을 찍고 관련자 인터뷰도 해야 한다. 취재 동선이 긴 경우엔 시간 맞추기가 빠듯하다. 게다가 취재 도중 새로운 속보가 나올 수 있고, 회사에서 다른 방향으로 취재 지시를 하기도 한다. 리포트 준비를 하는 동안 다양한 변수를 염두에 두지 않으면 이른바 '멘붕'에 빠질 수 있다. 유능한 기자일수록 상황 변화에 기민하게 대응한다. 취재 계획을 잡을 때부터 각종 변수를 계산에 넣기 때문이다.

취재가 느슨해지면 현장 영상이나 인터뷰 없이 자료 화면으로 채우는 상황이 벌어진다. 회사 쪽에서 혼나는 건 둘째 치고 기사의 신뢰도에 금이 간다. 리포트는 텍스트와 영상의 결합이 단단할수록 전달력이 높아지고 완성도가 좋아진다. 신문기자 시절 방송사 기자들이 출입처에서 일찍 사라지는 걸 보고 속으로 비판을 많이 했다. 방송 쪽은 취재를 열심히 안 하는구나 하고. 시간이 흘러 방송사에서 일을 하면서 리포트 제작을 위해 불가피하다는 걸 알게 됐다. 그 시간에 방송사 기자들은 영상을 확보하려 하고 취재원 인터뷰를 별도로 하고 있었다.

신문과 방송을 두루 경험한 필자들에게 사람들이 자주 묻는 질문이 있다. 신문 쪽 일이 더 힘드냐, 방송 업무가 더 힘드냐는 것이다. 난감한 질문이지만 대개 "완성도를 더 높이려는 쪽이 힘들다"고 답하곤 한다. 신문기자로선 경쟁사보다 팩트 하나를 더 확인하는 작업이 쉽지 않다. 필자(이상복)도 예전에 그랬지만 출입처 쓰레기통을 뒤져 종잇조각을 맞추는 일도 흔했다(지금도 그런지는 모르겠다. 꼰대 소리를 들을까 봐 후배들에게 묻지는 않았다). 방송에선 차별화된 영상과 인터뷰 내용을 확보하는 게 관건이다(현장 CCTV를 구하는 전쟁은 예나 지금이나 마찬가지라고 들었다). 누가 더 완성도 높은 기사를 쓰느냐에 달린 거지, 어느 한 매체의 업무가 특별히 더 힘든 건 아니다.

텍스트로만 보면 신문 기사나 방송 기사나 담고 있는 내용은 유사해 보인다. 하지만 접근법은 전혀 다르다. 취재를 시작할 때부터 매체별로 구상이 달라야 한다.

사건·사고가 발생했을 때 신문은 사고 원인을 앞세울 수 있고 방송은 현장 상황을 리드(기사 앞부분)로 세울 수 있다. 어떤 얼개를 구상하느냐에 따라 취재 내용과 방식도 달라진다. 그중 리포팅은 말이 기본이 되고, 귀로 들었을 때 즉시 이해할 수 있어야 한다. 전달력이 중요하다는 얘기다. 뉴스 리포팅을 잘한다는 건 구어체를 활용하는 방송 말하기의 핵심을 깨닫는 것과 같다.

말하듯 쓴다

제목 그대로다. 말하듯 쓰는 건 신문 글쓰기와의 가장 큰 차이점이다. 하나의 리포트는 6~7개의 짧은 문장으로 구성된다. 그 사이

사이 인터뷰 사운드 바이트가 들어간다.

방송 뉴스를 구성하는 문장들은 짧고 쉬울수록 좋다. 방송 기사는 귀로만 들어도 충분히 이해할 수 있게 작성돼야 한다. 그러려면 문장이 구어체로 구성돼야 한다. 글을 쓰면서 반드시 입으로 소리를 내고 호흡과 리듬까지 고려한다. 기사 문장이 문어체로 바뀌는 대표적인 경우가 보도자료를 그대로 인용했을 때다. 보도자료의 핵심 내용을 옮길 때에도 반드시 구어체로 변형해야 한다. 때로는 시간이 부족해서, 때로는 경험 부족으로 그런 오류를 범한다.

필자들처럼 신문기자가 방송기자로 변신했을 때 '말하듯 쓰는' 부분이 가장 힘들기 마련이다. 신문기자는 본능적으로 문장에 팩트를 많이 집어넣으려고 한다. 팩트도 구체적으로 써야 안심한다. 그렇게 훈련받아 왔기 때문이다. 예를 들어 방송에선 '약 천만 원'이라고 말하지만, 신문에선 998만 5760원이라고 쓴다(가끔은 신문에서도 개략적인 수치를 쓴다. 여기선 일반론을 얘기한 것이다). 신문기자가 방송 기사를 쓸 때 주의하지 않으면 기사 내용이 어려워질 수 있다.

말하듯 쓴다는 건 두 가지 의미를 함축한다. 하나는 앞에서 말한 대로 구어체로 쓰는 부분이다. 둘째는 실제 발음하면서 쓴다는 얘기다. 말하면서 글을 쓰면 자동으로 리듬을 살릴 수 있다. 호흡 훈련과 끊어 읽기도 습관이 된다. 다만 실제 말하는 것처럼 글을 쓰고 읽어야 효과를 볼 수 있다. 문장을 다 읽지 않고 필요한 부분만 발췌해서는 안 된다.

말하면서 쓰면 발음이 어려운 단어들도 걸러낼 수 있다. '민주주의의 의의'(민주주의에 으이) 같은 경우 발음이 어려우면 다른 어휘로 교체하면 된다. 물론 발음 연습을 많이 하다 보면 이런 단어도 쉽게 발음할 수 있게 된다.

말하듯 글을 쓰는 법은 전달력이 필요한 모든 종류의 말하기에 적용할 수 있다. 귀에 박히는 말하기 스타일을 익히려면 글을 쓰는 단계부터 주의가 필요하다. 글과 말은 한 덩어리로 연습할 때 효과가 배가된다.

그림 그리듯 말한다

예전에 방송기자들을 교육할 때 글이 아니라 병풍에 그려진 그림을 상상하라고 주문했다. 양궁 선수들이 이미지 트레이닝을 하듯 일종의 상상 훈련을 요구한 것이다. 방법은 간단하다. 병풍의 왼쪽부터 오른쪽까지 글과 그림이 흘러가는 걸 연상한다. 머릿속에서 명확하게 병풍이 구현될 때 영상과 텍스트가 제대로 결합했다고 볼 수 있다.

훈련이 익숙해지면 나중엔 글을 쓰면서 바로 영상을 떠올릴 수 있게 된다. 군이 병풍이란 도구를 빌릴 필요도 없다. 기사를 쓸 때부터 영상의 흐름을 생각해야 완성도 높은 방송물이 나온다. 이 과정을 잘 익히면 눈앞에 영상이 떠오를 정도로 생생한 글쓰기와 말하기가 가능해진다.

그림 그리듯 말할 수 있게 되면 언어 표현이 풍성해지고 오감을 자극할 수 있다. 청중이나 시청자에게도 같은 영상을 떠올리게 할 수 있다. 언어의 힘은 그만큼 강하다. 그 시작은 그림을 그리듯 글을 쓰는 데서 출발한다.

　아래는 필자가 워싱턴 특파원이었을 때 볼티모어 흑인 폭동을 취재한 리포트 물이다. 도시 곳곳을 다니며 약탈당한 한인 상점 내부를 영상에 담았다. 시위 현장 한복판에도 들어가 봤다. 아슬아슬한 경험도 했다. 위협이 느껴지는 상황이었지만 덕분에 기사의 완성도를 높일 수 있었다.

　가게 내부에 깨진 유리병만 나뒹굴고, 곳곳에 약탈의 흔적이 가득합니다.
　한인업소는 이렇게 완전히 불에 타서 앙상한 폐허만 남았습니다. 이 안에도 불에 탄 물건들만 가득히 놓여 있습니다.
　볼티모어에서 주류 공급업을 하는 이창훈씨는 사흘 전 폭동으로 거래하던 한인업소들이 초토화됐다고 전했습니다.
　[이창훈/주류 공급업체 운영 : 볼티모어 구역에서만 42군데가 당했고요. 이 동네만 제가 맡은 가게 중에서 15군데가 피해를 봤습니다.]

자료: JTBC '뉴스룸' 화면 캡처

한인들이 입은 피해는 생각보다 심각합니다.

재산 손실을 입은 건 말할 것도 없고, 가게를 지키려다 몸싸움 끝에 부상을 당한 경우도 상당수입니다.

AP 등 미국 언론들도 폭동이 집중된 지역에 한인 업소들이 몰려 있다 보니 피해가 유독 컸다고 보도했습니다.

지옥 같은 밤을 겪은 대다수 한인 접주들은 영업 자체를 포기했습니다.

이곳은 피해를 입은 다른 한인업소인데 추가 공격이 우려된다며 이렇게 완전히 문을 걸어 잠근 상태입니다.

한풀 꺾인 듯했던 소요 사태는 다시 불붙을 조짐을 보이고 있습니다.

경찰에 체포됐다 숨진 흑인 청년 프레디 그레이가 자해를 시도했다는 경찰 측 보고서가 공개된 게 불씨가 됐습니다.

오늘 볼티모어에선 경찰이 사건을 조작하려 한다며 격렬한 시위가 벌어졌습니다.

이곳 시청 앞은 시위대들로 뒤덮여 마치 전쟁터를 방불케 하고 있습니다.

주말에도 대규모 시위가 예정돼 한인 사회는 초긴장 상태입니다.

_2015.5.1. JTBC '뉴스룸'

공저자 정용환도 베이징 특파원 시절 중국 내 여러 현장을 가봤다. 아래 기사는 그가 스모그 발생 지역을 취재한 내용 일부다. 르포기사에 맞게 현장 상황을 충실하게 전하려 애썼다. 내용만 들어도 영상이 떠오르도록 글을 썼다. 특히 단문으로 리포트를 구성해 긴박감을 높였다.

시내를 벗어난 지 1시간 반.

베이징의 서남부 외곽, 허베이성과 인접한 펑타이·스징산구 일대의 시멘트 공장 지역이 나옵니다.

공장을 분주하게 오가는 대형 트럭들.

시멘트를 싣고 나오거나 각종 자재를 나르는 차량에선 검은 연기가 뿜어져 나옵니다.

공장 주변에는 시멘트 가루가 눈이 내린 것처럼 사방을 덮고 있습니다.

직접 확인해보니 석회 가루가 가득 묻어나옵니다.

바람이 불면 이 가루들이 하늘로 올라가 스모그를 일으키는 겁니다.

주변의 식물들이 잿빛 석회 가루를 뒤집어쓰고 죽은 지 오래입니다.

_2013.11.11. JTBC '뉴스룸'

자료: JTBC '뉴스룸' 화면 캡처

오디오의 중요성

뉴스를 정확하게 전달하려면 발음과 발성이 중요하다. 기본이 튼튼하지 않으면 더 성장하기 어렵다. 이 내용은 3장 기본기 훈련에서 다시 언급할 예정이다.

리포팅에선 대화할 때보다 목소리 톤이 올라가야 한다. 뉴스 속성상 긴박한 상황을 전달하는 경우가 많기 때문이다. 분위기를 살릴 때 자연스럽게 메시지 전달력도 높아진다. 어느 정도가 적당할까. 방송사에선 음계로 치면 '솔' 정도에 맞추라는 주문을 많이 한다.

오디오 훈련을 위해선 많이 읽는 것만이 능사가 아니다. 자칫 잘못된 습관을 고정시킬 수 있다. 가장 안전하고 효과적인 방법은 따라 읽기. 방송기자나 앵커 중 목소리 톤이 비슷하고 발성이 좋은 모델을 찾아 그 사람을 흉내 내는 것이다. 팬심까지 가진 사람이면 금상첨화지만 목소리 결이 다른 방송인을 벤치마킹하지는 말자.

요령은 해당 인물이 방송한 내용을 교재로 삼아 자기가 녹음한 것과 비교하는 것이다. 제3자에게 모니터링을 부탁하면 더 좋다. 요즘엔 방송사들이 텍스트를 제공하니 편리하게 이용할 수 있다. 다만 일정 기간 이후엔 자기만의 스타일을 개발해야 한다는 점을 명심해야 한다. 다리를 건너고 나면 그 다리를 없애야 한다,

좀 더 고급과정으로 가면 기사와 어울리는 목소리 톤을 구현하는 데에도 신경 써야 한다. 기사마다 그 내용에 걸맞은 목소리와 분위기가 있게 마련이다. 사건·사고를 전할 때, 부고 소식을 전할 때,

K팝 뉴스를 전할 때 목소리 톤이 변화해야 한다. 표정과 몸짓도 마찬가지다. 이럴 때 호소력과 전달력이 달라진다.

TV 오디션 프로그램에서 어떤 참가자는 가사를 정확히 이해하고 불렀다는 평을 받는다. 노래 기술은 나무랄 데 없는데 가사를 이해하지 못했다고 혹평을 듣는 참가자도 있다. 글쓰기와 말하기라고 다를까. '영혼 없이' 보도하는 것과 기사 내용을 완전히 소화하는 경우는 다를 수밖에 없다. 그런 점에서 뉴스 리포팅은 연기와도 통하는 점이 많다.

기억할 건 기사에 감정과 분위기를 담는 건 고급과정이란 점이다. 말하기의 기본이 안 된 상태에서 감정만 부각되면 어색할 뿐 아니라 뉴스의 본질과도 멀어진다. 다소의 파격이 허용된다 해도 뉴스는 뉴스일 뿐 예능이 될 수 없다.

좋은 리포팅의 요건

좋은 리포팅이 무엇이냐에 대해선 여러 가지 답이 가능하다. 말하기와 관련한 내용을 꼽자면 다음과 같은 요소들을 포함할 수 있다. 2장과 3장에서 보다 구체적인 내용을 다룰까 한다.

• **표준어와 표준 발음** : 일상 대화에서는 사투리가 더 듣기에 좋을 수 있다. 그러나 방송에선 표준어를 쓰는 게 원칙이다. 발음 역시 국어사전에 적힌 대로 정확하게 소리 내야 한다.

- **이해하기 쉬운 문장** : 문장은 짧을수록 좋다. 한 문장 안에는 가급적 하나의 팩트만 담는다. 주어도 하나면 된다. 시청자가 쉽게 이해할 수 있게 글을 쓰고 말해야 한다. 한자어는 최대한 우리말로 바꿔 쓰자.

- **자연스러운 억양** : 책 읽는 것처럼 말하지 말자. 음성의 고저와 장단을 조절해 리듬과 억양을 살려야 한다. 문장의 어미 음을 조금씩 다르게 하고, 말끝을 길게 늘이지 않는 것도 하나의 방편이다. 문장 뒷부분을 지나치게 늘리면 "찹쌀떠~억"을 외치는 소리처럼 들릴 수 있다.

- **정확하게 끊어 읽기** : 앵커들은 원고에 // 표시로 끊어 읽을 부분을 표시한다. 앵커가 수정한 원고가 프롬프터에 노출된다. 끊어 읽기는 메시지를 효과적으로 전달하게 해 준다. 지나치게 자주 끊어 읽으면 내용을 파악하기가 어렵다. 집중하기도 쉽지 않다. 너무 긴 호흡으로 가도 시청자는 숨이 막힌다. 문맥에 맞춰 적당히 끊어 읽어야 하는데, '적당히'가 어느 수준인지는 일률적으로 답하기 어렵다. 핵심은 의미 단위를 잘 구분하는 것이다. 자신의 호흡 역량이 10이라고 한다면 6~7 정도에서 멈추는 게 자연스럽다.

현장 중계

뉴스 현장을 생생하게 보여줄 수 있는 게 라이브^{Live} 중계다. 뉴스 앵커가 현장에 나가 있는 기자와 대화하는 형식이다. 메인뉴스나 특보에서 흔히 보는 장면이다. 일반적으로 앵커가 3~4가지 질문을 던지고, 기자가 현장에서 벌어진 일을 설명한다. 예를 들어 태풍이 몰아치거나 대형 산불이 발생한 경우, 주요 인사가 검찰청에 출두한 경우 현장을 연결한다.

국회와 행정기관 역시 단골로 등장하는 무대다. 정치권 상황이 시시각각 변하고 있으면 리포트를 만드는 게 불가능하다. 현장 연결을 선택하면 무리 없이 속보를 반영할 수 있다.

중계차나 MNG(무선통신망 송출 장비) 장비를 현장에 갖추면 실시간 중계가 가능하다. 종합편성채널이 등장한 이후 MNG 연결은 가장 보편적인 중계 방식이 됐다. 특히 JTBC가 변화를 선도했다. 그 이전엔 기술적 문제가 있을 수 있다 해서 폭넓게 사용되지는 않았

자료: JTBC '뉴스룸' 화면 캡처

다. MNG가 보편화되면서 기동성이 달라졌다. 중계차로는 하루에 뉴스 1꼭지를 겨우 커버하지만 MNG는 여러 현장에 동시 투입될 수 있다.

순발력 있게 말하기

현장 연결에는 변수가 많다. 중요한 속보가 갑자기 나오거나 현장 상황이 급변하는 일이 허다하다. 현장 연결을 준비할 때는 항상 돌발 변수를 염두에 둬야 한다.

언제 현장을 연결할까. 먼저 자연재해나 사건·사고처럼 현장 자체가 뉴스의 본질일 때다. 이럴 경우 최대한 현장을 보여주는 게 파급력이 크다. 영상이 주가 되고, 기자는 현장 상황을 충실히 설명하면 된다.

다음으로 뉴스 시간까지 쟁점이 이어지는 경우다. 노사가 최저임금 협상을 시작했는데 뉴스 시간 직전에도 결론이 안 났다면 방법이 없다. 영상 편집이 필요한 리포트 제작엔 시간이 많이 소요되기 때문이다.

기자 입장에서 가장 당황스러운 일은 말하는 도중에 속보가 나오는 경우다. 노련한 앵커는 "지금 막 새로운 뉴스가 나왔는데요"라며 자연스럽게 방향 전환을 유도한다. 핵심은 기자의 답변이다. 충분히 취재돼 있고 예상했던 방향이라면 제대로 말할 수 있다. 그렇지 못하다면 더듬대거나 얼버무릴 수밖에 없다. 기자라면 전문가급인데 과연 그럴까 싶겠지만, 생방송이란 특수성 때문에 평정심을 잃기 쉽다.

이런 일을 막으려면 무엇보다 기민한 판단력과 순발력이 필수다. 사전에 변수를 예측하는 능력이 일단 필요하다. 예상치 못한 상황이 벌어졌어도 태연하게 받아칠 수 있는 멘탈 관리도 요구된다. 애매한 상황이라면 단정적으로 말하지 않는 것도 필요하다. 특히 순발력을 키우려면 평소 훈련이 중요한데 2, 3장에서 자세히 설명할 예정이다.

일목요연하게 말하기

현장 연결 전에 기자가 원고를 쓰고 방송사에서 데스킹까지 마치는 게 기본이다. 현장에서 기자가 즉흥적으로 말하는 건 드문 일이다. 정확하게 정보 전달을 하고 방송사고를 막기 위해서다. 예전엔 종이, 요즘엔 휴대전화를 들고 중계 원고를 읽는 게 낯설지 않은 풍경이 됐다. 원고 일부는 외우고 일부는 휴대전화를 보면서 말한다. 능숙한 기자는 원고를 보면서도 마치 즉석에서 말하는 듯한 솜씨를 보인다.

현장 상황을 파악해 조리 있게 말하는 능력은 기자마다 천차만별이다. 굳이 현장에 나오지 않아도 알 수 있는 뻔한 팩트들은 앞세우지 말자. 현장 상황을 생생하게 전달하되 배경지식과 잘 버무리는 게 핵심이다. 현장 얘기만 하다 보면 전체적으로 알아야 할 중요한 부분을 놓칠 수 있기 때문이다. 태풍 소식을 전할 때 비바람 상태를 보여줘야 하지만, 태풍의 진로나 주의 사항도 충분히 전해야 한다.

일목요연하게 상황을 설명하려면 글을 쓰는 단계부터 신경을 많이 써야 한다. 조리 있게 말하려면 글과 말의 호환이 잘돼야 한다. 신문 기사처럼 두괄식으로 쓰는 게 효율적이지만 때론 형식의 변화가 필요하다. 현장 상황(스케치 기사)을 비중 있게 담아야 하기 때문이다.

앞에서도 얘기했지만 현장 상황엔 늘 변수가 따른다. 돌발적인 상황에 항상 대비해야 한다. 어떤 연습을 하면 좋을까. 무엇보다 키워드 위주로 정리해 말하는 훈련을 하면 효과적이다. 키워드가 있으면 초점 없이 장황하게 말하는 걸 통제할 수 있다. 키워드 몇 개로 흔들리지 않고 말을 이어갈 수 있다면 숙련된 방송인으로 불러도 좋다.

현장 연결 얘기가 나왔으니 취재의 중요성도 함께 강조하고 싶다. 필자가 JTBC 보도국장이었을 때 현장 취재는 되도록 2명이 나가도록 유도했다. 한 명은 취재하고 한 명은 방송 준비를 해야 밀도

특파원 시절 필자들의 중계 장면. 자료 : JTBC '뉴스룸' 화면 캡처

2부_ 앵커의 말하기

있는 뉴스 전달이 가능하다. 뉴스는 계속 흐르기 때문에 가장 업데이트된 정보를 전해야 한다. 제대로 말하려면 말할 거리가 정확하고 충분해야 하는 건 당연한 일이다.

질문 정확히 듣기

현장 상황은 여러모로 스튜디오 안에서보다 열악하다. 현장 소음이 크면 앵커의 질문이 들리지 않는다. 비가 많이 오면 중계 원고를 보는 일이 고역이다.

소통이 어려울 정도라면 앵커도 무리하게 돌발 질문을 던지지는 않는다. 그러나 일반적인 경우엔 기자는 추가 질문에 대비하고 있어야 한다. 어떤 진행자는 집요하게 후속 질문을 던져 기자를 당황하게 한다.

대표적인 인물이 JTBC 손석희 전 앵커다. 손석희 앵커는 사전에 약속되지 않은 질문을 던지는 걸로 유명했다. 제대로 답변하지 못한 기자를 다그쳐 생방송 중 얼굴이 벌게게 한 때도 많았다. 몇몇 장면은 아직도 인터넷에서 '짤'로 돌아다닌다.

기자들은 괴로워도 시청자 입장에선 좋은 일이다. 예상치 못한 질문을 받을 수 있어 취재의 밀도는 더 높아지게 마련이다. 긴장과 안도가 오가는 상황을 겪다 보면 기자들의 순발력도 좋아진다. 무엇보다 듣는 힘이 강해진다. 결과적으로는 윈-윈이다.

모든 과정의 출발점은 정확히 듣는 일이다. 상대의 질문을 정확히 듣고 이해하지 못하면 알맞은 답변을 할 수 없다. 그런데 의외로 질문의 핵심을 제대로 이해하지 못하는 방송인들도 많다. 생방송 분위기 때문이기도 하겠지만 평소 상대의 말을 제대로 경청하는 습관이 없어서이기도 하다.

필자는 토론 프로그램을 여러 번 진행한 경험이 있다. 처음엔 출연자의 말이 귀에 들어오지 않았다. 내가 다음에 무슨 말을 해야 할지, 어떻게 진행할지를 생각하다 패널들의 말을 놓치는 경우가 많았다. 경험이 충분히 쌓인 뒤에야 여유 있게 상대의 말을 들을 수 있었다. 메시지 전달이 중요한 대화에선 듣기가 출발점이고 그 훈련은 일상에서 이뤄져야 한다는 점을 기억해야 한다.

스탠드업^{Stand-up}

스탠드업은 리포트를 제작할 때 현장에서 마이크를 잡고 상황을 설명하는 걸 말한다. 짧게는 10초에서 길게는 1분 이상 기자의 얼굴이 나온다. 한 리포트에서 기자가 2~3번 등장하기도 한다. 현장을 보여줘 리포트 내용을 더 생생하게 만들어 준다.

주의할 건 스탠드업을 위한 스탠드업은 곤란하다는 점이다. 기사 내용에 부가가치를 더할 수 있어야 의미가 있다. 기자의 얼굴을 등장시키기 위해 형식적으로 스탠드업을 해서는 안 된다는 얘기다. 의외로 그런 경우가 많다.

스탠드업을 할 때는 영상 편집 과정도 고려해야 한다. 스탠드업 때의 목소리 톤이 너무 높거나 낮으면 리포트의 밸런스가 무너지

필자들의 스탠드업 모습. 자료 : JTBC 화면 캡처

게 된다. 리포팅 때의 목소리 음계와 크게 차이 나서는 안 된다. 기본에 해당하는 내용이지만 실제로 이를 지키지 않는 방송기자가 많다.

스탠드업에는 여러 종류가 있다. 한 장소에서 말을 이어가는 고정 스탠드업, 걸어 다니면서 현장을 보여주는 '워크 앤 토크'walk and talk, 기자 2명이 번갈아 발언하는 '투맨 스탠드업' 등이다.

인터뷰

인터뷰는 기자 활동의 핵심이다. 방송 인터뷰는 리포팅이나 현장 중계에 그대로 삽입되기 때문에 중요하다. 기사의 질을 좌우하는 핵심 요소다. 특히 특종을 원하는 사람이라면 인터뷰 기술을 제대로 익혀야 한다. 뉴스는 취재원 입에서 나오는 게 일반적이기 때문이다.

같은 인물을 인터뷰해도 중요한 팩트를 잘 뽑아내는 기자가 있고, 겉핥기 취재에 그치는 기자도 있다. 그만큼 인터뷰는 가능성의 예술이다. 인터뷰는 준비가 철저할수록 좋은 성과를 얻을 확률이 높아진다.

앵커에게도 질문 능력이 핵심 역량이다. 유능한 앵커일수록 인터뷰 대상자에게서 유용한 정보를 끌어낸다. 상대의 허를 찔러 날 것 그대로의 답변을 얻는다. 인터뷰가 늘어지지 않게 끌고 가는 것도 앵커의 능력이다. 인터뷰하는 걸 보면 실력이 어느 정도인지 바로 평가할 수 있다.

인터뷰 말하기의 핵심은 질문을 간단하게 하면서 상대의 말을 최대한 끌어내는 것이다. 경청과 질문이 인터뷰의 양대 축이다.

인터뷰의 시작

인터뷰는 시간과 장소의 제약을 받는다. 정교하게 기획된 체크리스트가 필요한 이유다. 방송 인터뷰의 경우 카메라가 동원돼야 해 더 복잡하다. 카메라 몇 대가 필요한지, 어떤 앵글로 찍을 건지, 현장 상황은 어떤지, 몇 명을 인터뷰할지…… 고려해야 할 요소들이 많다.

인터뷰 대상자를 사전 조사하는 건 필수다. 다다익선, 더 많은 TMI[Too Much Information]를 알수록 눈길을 끄는 정보를 빼낼 가능성이 크다. 무엇보다 인터뷰 대상자의 최근 발언은 꼼꼼히 챙겨두자.

인터뷰 말하기의 핵심

인터뷰의 요체는 잘 듣는 데 있다. 앵커 경험이 많은 필자 입장에서 볼 때 가장 무능한 진행자는 대본을 그대로 읽는 사람이 아닐까 한다. 그렇게 할 거면 AI 진행자를 갖다 놔도 상관없지 않을까. 인터뷰 대상자와의 대화 과정에서 새로운 궁금증을 찾아내고 그걸 파고드는 게 진행자의 역량이다.

질문을 잘하려면 대화에 집중해야 한다. 예정 원고에 적힌 다음 질문을 생각하고 있으면 안 된다. 상대의 말에서 빈틈을 찾아내 파고들어야 한다. 티키타카가 잘될수록 좋은 인터뷰다. 밀고 당기는 '밀당'이 이뤄져야 긴장감 넘치는 인터뷰가 된다. 그게 가능해지려면 경청이 필수다.

잘 들어야 비판적인 자세를 유지할 수 있다. 대충 들으면 상대의 말에 현혹될 수 있다. 상대 또한 철저한 준비를 해 인터뷰에 임하기 때문이다. 미담이나 화제성 인터뷰가 아니라면 대부분 비판적인 내용도 포함되게 마련이다. 상대는 약점을 감추려 하고 진행자는 그 틈을 파고들어야 한다, 그렇지 않으면 상대에게 면죄부만 주는 맹탕 인터뷰가 될 수 있다. 불필요하게 공격적인 입장을 취할 필요는 없지만, 적어도 상대에게 놀아나지 않게끔 단단히 마음먹어야 한다. 그러려면 상대의 말, 제스처, 호흡까지 살펴 가며 듣는 게 기본이다.

인터뷰 내용이 충실해지려면 시청자가 궁금해 할 걸 물어야 한다. 앵커 자신의 취향을 드러내거나 지식을 과시하는 건 최악이다. 논쟁을 통해 인터뷰 대상자를 꺾어 보겠다는 쓸데없는 만용도 부려

문재인 전 대통령의 퇴임 전 마지막 인터뷰. 자료 : JTBC 화면 캡처

선 안 된다. 철저하게 시청자 눈높이에서 무엇이 궁금한지 생각해
보고 그 질문을 대신 던져야 한다. 시청자들이 인터뷰를 보면서 시
원하게 느끼는 게 이런 경우다. 노련한 앵커일수록 시청자의 시각에
서고, 아마추어 앵커일수록 겉멋에 빠진다.

　때로는 사전 약속이 돼 있지 않은 인터뷰를 할 때도 있다. 순발
력이 필요한 순간이다. 낯선 사람을 만나도 대화를 잘하는 사람이
좋은 인터뷰어가 될 수 있다. 그보다 더 중요한 건 지식과 관점인데,
평소 뉴스를 잘 챙겨봐야 급할 때 당황하지 않는다.

　전화로 인터뷰하게 될 땐 일단 녹음하는 걸 권한다. 다만 사전에
당사자의 동의를 얻지 않고 목소리를 써서는 안 된다. 법적인 문제
로 비화할 수 있으니 주의가 필요하다. 녹음해 놓은 파일이 있으면
인터뷰 대상자가 말을 바꿀 때 압박 용도로 쓸 수 있다.

인터뷰의 종류

인터뷰를 분류하는 방법은 기준에 따라 다양하다. 여기선 크게 리포팅용 인터뷰, 현장 라이브 인터뷰, 스튜디오 인터뷰로 구분해 보려 한다. 인터뷰의 쓰임새에 따른 구분이다.

먼저 리포팅에 들어갈 인터뷰에선 기사의 흐름을 고려하는 게 가장 중요하다. 리포트 내용과 맞지 않는 인터뷰라면 아무리 중요한 인사를 만났다 해도 소용이 없다. 리포트는 문장과 사운드 바이트가 번갈아 배치되는 구조이기 때문에 연결성이 무엇보다 필요하다. 좋은 리포트는 기승전결의 흐름이 잘 짜인 구조물이고, 인터뷰 역시 그 흐름에 기여해야 한다.

리포트에 들어갈 인터뷰를 하려면 기사의 방향을 고려해 질문지를 만들어야 한다. 중요한 건 기사 방향 또한 바뀔 수 있으므로 다양한 유형으로 준비해야 한다는 점이다. 리포트에 들어갈 인터뷰는 분량이 짧기 때문에 어느 부분을 잘라낼지도 생각하면서 인터뷰를 진행해야 한다. 사전에 세밀하게 설계하지 않으면 영상 편집 과정에서 낭패 볼 수 있다. 막상 쓸 말이 없을 수도 있고, 인터뷰 내용을 다시 듣느라 편집 시간을 맞추지 못할 수 있다.

현장 라이브용으로 인터뷰하게 될 때도 있다. 시간 여유가 있으면 사전에 인터뷰 영상을 편집하면 된다. 시간이 빠듯하거나 극적 효과를 원한다면 라이브 때 취재원을 등장시킬 수도 있다. 이때는 사전 준비를 잘해야 한다. 취재원이 어떤 말을 할지 어느 정도 확인해야 한다. 생방송 때 예민한 발언을 하거나 자칫 방송사고로 이어질 행동을 할 수 있어서다.

간혹 준비 없이 현장 인터뷰를 하게 될 경우도 있는데 취재 기자의 판단력과 순발력이 필요한 순간이다. 뉴스의 흐름에 맞게 질문을 던지고 상대의 말이 핵심에서 벗어나지 않도록 조율해야 한다. 방송에 적합하지 않은 발언이 나오면 바로 말을 끊는다. 모두 경륜이 필요한 일인데, 실전 경험이 어렵다면 잘 진행된 인터뷰를 자주 접하면 된다. 보는 것만으로도 학습 효과를 얻을 수 있다.

스튜디오에서 진행되는 인터뷰는 비교적 통제된 조건에서 진행될 수 있다. 스튜디오 인터뷰는 대부분 앵커가 주도하지만, 가끔 동석한 기자에게도 발언권이 주어진다. 앵커는 사전에 질문지를 만들어 인터뷰에 응하지만 답변을 들으면서 후속 질문을 던지기도 한다. 꼬리에 꼬리를 무는 질문이 많을수록 인터뷰는 박진감 넘치게 진행된다. 단 뉴스에선 시간 관리가 중요하기 때문에 한두 가지 질문에 시간을 너무 많이 써서는 안 된다.

취재원과의 교감

인터뷰가 지루하지 않으려면 진행자와 인터뷰 대상자 간 교감과 케미가 필수적이다. 다소 적대적인 분위기에서 진행되는 인터뷰여도 마찬가지다. 최소한의 감정 소통이 이뤄지지 않으면 대답은 단답형으로 흐르게 되고 대화의 맥이 툭툭 끊기게 된다.

취재원과의 공감을 위해선 사전 토크를 활용하는 방법도 있다.

인터뷰 대상자들은 대개 분장 등을 위해 일찍 방송사에 도착한다. 분장실이나 대기 장소에서 가볍게 얘기하는 것만으로도 최소한의 교감을 이룰 수 있다. 다만 인터뷰 대상자를 강하게 추궁해야 하는 인터뷰라면 선을 넘지 않는 선에서 대화하는 게 좋다.

인터뷰가 진행되는 과정에선 표정 등 비언어적 신호에도 주의해야 한다. 원고만 보고 상대를 쳐다보지 않는다든지, 냉소적인 웃음을 짓는다든지 하면 분위기는 금방 얼어붙는다. 좋은 질문을 던지는 것도 중요하지만 비언어적 표현 역시 중요하다는 걸 잊어선 안 된다.

논쟁적 인터뷰

상대를 당황하게 할 정도로 몰아치는 인터뷰. 많은 사람이 손석희식 인터뷰를 떠올리지 않을까. 과거 시사 라디오 '시선집중'을 진행할 때 손석희 전 앵커는 이렇게 말한 바 있다.

"길어야 10~15분의 짧은 인터뷰다. 탐색전 거치고 기승전결 따질 새 없다. 곧장 본론으로 직행해야 한다. 10여 분 동안 상대의 말에 엄청난 강도로 집중하고, 말꼬리를 잡는다는 시비가 나올 만큼 즉각 대응을 한다. 중요한 얘기들은 이처럼 사전에 준비되지 않은 즉각 대응, 상대의 빈틈을 곧바로 파고드는 데서 많이 나온다. 공격적 인터뷰를 많이 해야 하니까 잠재적 인터뷰이들과 개인적 관계를 맺어두지 않는 것도 내 나름의 원칙이다."

_2003.11.6. 문화일보

인터뷰 대상자를 섭외할 때 작가들이 주제나 질문 개요 정도는 알려주는 게 보통이다. 그런데 유능한 앵커라면 마지막 한 방은 남겨둬야 한다. 돌발적인 질문, 이른바 훅 들어가는 질문에서 뉴스거리가 나오는 경우가 많기 때문이다. 인터뷰 대상자도 대비하지 못한 질문을 받았을 때 속내를 털어놓을 가능성이 높다.

집요한 인터뷰는 저널리스트의 덕목이기도 하다. 예의는 갖추되 궁금증이 풀릴 때까지 묻고 또 물어야 한다. '손석희의 시선집중'에는 이런 인터뷰의 전형이라고 할 만한 사례들이 많다. 그중의 하나는 '다케시마의 날' 제정을 추진하는 일본 시마네현 의원모임 조다이 요시로 간사와의 인터뷰였다.

다음은 인터뷰 내용 중 일부다.

손: 하나하나 따져보도록 하죠. 우선 긴 세월을 이용했다고 하는데 언제부터 이용했다는 건지요?

조다이: 에도시대 초기인 1600년 무렵부터 이용해왔습니다.

손: 1600년 무렵부터 어떻게 독도를 이용했다는 건지요?

조다이: 일본 국민이 독도에서 전복이나 물개를 잡았다는 기록이 있습니다. 그 당시엔 울릉도라는 섬이 조선의 영토라고 확실히 정해져 있지 않았기 때문에 일본 국민들은 울릉도에 가서 여러 가지 어업을 행

했죠. 그때 울릉도에 가기 위한 중개지로서 독도를 이용했던 것입니다.

손: 그럼 이쪽에서 역사적 사실을 다시 한 번 말씀드리죠. 아까 1600 년대라고 말씀하셨는데, 여기에서는 이미 신라시대인 512년에 우리 영토로 기록이 돼 있습니다. 즉 일본 측에서 1600년대를 얘기하고 있 는데 이미 그보다 1000년 앞서 있는 512년에 우리의 역사적 기록에 서는 신라영토로 기록이 돼 있단 얘기죠.

조다이: 역사적인 논쟁을 하자면 끝이 없습니다.

손: 역사문제는 조다이 의원이 먼저 제기했기 때문에, 또 일본 쪽에서 독도문제를 거론할 때 늘 역사적인 문제를 거론했기 때문에 제가 대 응차원에서 말씀드렸던 것인데, 그 부분에 대해서 논쟁을 피하시겠다 면 저희로서는 더 논쟁할 생각은 없습니다.

조다이: 한국은, 공해상에 있는, 일본의 영토가 확실한 영토를 1926년 부터 불법점거하고 있습니다.

손: 1952년에 일본의 마이니치신문사가 샌프란시스코 평화조약 설명 서를 실으면서 지도를 실은 게 있습니다. 이 지도 안에는 분명하게 울 릉도와 독도가 일본식으로 죽도로 표기가 돼 있습니다만 일본 영토가 아니라 한국의 영토인 것으로 분명하게 표시가 돼 있습니다.

조다이: 마이니치신문 기사에 대해서 말하자면 이건 일개 신문사의 기 사 아닙니까? 정부가 성명을 낸 것이라면 나름대로 의의가 있겠지만 일개 신문사의 기사라면 의미를 둘 필요가 없다고 생각합니다.

_2005.2.25. MBC '시선집중' 조다이 요시로 의원과의 인터뷰

방송 출연

방송기자 생활을 하다 보면 뉴스 프로그램에 출연할 기회를 얻게 된다. 방송사마다 상황이 다르긴 한데, 어떤 곳은 전문성 있는 고연차 위주로 출연을 시킨다. 상대적으로 저연차 기자들은 현장 중계에 활용하는 식이다.

JTBC는 되도록 사안을 직접 취재한 기자들을 출연시키는 걸 원칙으로 해 왔다. 필자가 보도국장이던 시절에도 특별히 고연차, 저연차를 구분하지는 않았다. 해당 이슈를 가장 잘 아는 기자가 출연하는 게 맞다고 본다.

방송 출연에도 여러 가지 종류가 있다. 역시 분류 방법은 많지만 프로그램 유형에 따라 뉴스, 시사 프로그램, 유튜브 출연 등으로 구분할 수 있겠다.

뉴스·특보 출연

생방송 뉴스에 출연하면 대부분 앵커 옆에서 해설 역할을 맡는다. 파장이 큰 사안이 일어났을 때 방송사는 리포트와 함께 출연 코너를 잡는다. 뉴스의 맥락을 자세하게 설명하는 건데, 대부분 3~4분 이내에서 앵커와 질의응답을 가진다.

핵심은 일대일 대화처럼 자연스럽게 진행하는 것이다. 앵커의 질문을 잘 듣고 말하듯 답하면 된다. 원고를 읽기만 할 거면 군이 출

생방송 뉴스 출연 때의 모습. 자료 : JTBC '뉴스룸' 화면 캡처

연 형식을 택할 필요가 없다. 또 목소리 톤이 너무 높거나 낮으면 어색해진다. 과하게 힘이 들어가면 경직돼 보인다. 차분하게 조목조목 말하는 게 좋다.

실제 뉴스를 보면 앵커의 시선과 기자의 시선이 다른 경우가 자주 발견된다. 앵커는 기자를 쳐다보고 있는데 기자는 프롬프터(대본 제공 장치)를 바라보기 때문에 빚어지는 일이다. 수치가 많고 내용이 복잡하면 프롬프터를 활용할 수 있겠지만, 이왕이면 앵커에게 시선을 고정하는 편이 좋다. 원고 내용을 완전히 숙지해 출연하고 중간중간 원고를 참고하면 된다. 그게 훨씬 자연스럽다. 방송은 앵커나 기자가 아니라 시청자 입장에서 생각해야 한다.

뉴스 출연은 시간 관리가 중요하고 메시지에 혼선이 있어선 안 된다. 그래서 애드리브성 질문은 자주 하지 않는 편이다. 가끔 예외적으로 앵커가 질문을 던지기도 하는데 모르는 걸 아는 것처럼 답해선 안 된다. 애매한 부분은 추후 확인하겠다고 답하고 넘겨야 한다.

TV 토크 프로그램 출연

지상파 방송과 종합편성채널 등 방송사마다 시사토크 프로그램을 운용 중이다. 필자는 7년 6개월 동안 '정치부회의'란 이름의 시사 프로그램을 진행했다. 2023년 6월 종영할 때까지 종합편성채널 최장수 시사 프로그램으로 자리매김했다.

방송사 시사 프로그램엔 주로 외부 패널들이 출연하지만 자사 기자들을 등장시키는 경우도 많다. TV조선 '보도본부 핫라인', MBN '프레스룸' 같은 경우 기자들의 비중이 절반 이상을 차지한다. 패널 중심의 프로그램에도 가끔 기자가 출연하는데 대부분 속보를 정리하는 역할을 맡는다.

시사 프로그램에 출연하는 기자들은 고정이냐 비고정이냐로 일단 구분이 가능하다. 비고정이라 해도 자주 출연하는 기자가 대개 정해져 있게 마련이다. 생방송 출연이라는 난도가 있기 때문에 어느 정도 검증이 된 기자들을 선호한다. 출연 기자를 거쳐 앵커가 되는 빈도도 높다. '정치부회의'에서도 양원보, 오대영, 신혜원 등 여러 명의 JTBC 앵커를 배출했다.

뉴스든 시사 프로그램이든 기자 출연의 본질은 비슷하다. 개인 의견을 비교적 자유롭게 밝힐 수 있는 외부 패널과 달리 기자들은 팩트 위주로 말해야 한다는 제약점이 있다.

뉴스에서의 출연은 대개 5분을 넘지 않지만 시사 프로그램에선 30분 이상 발언을 이어가는 경우도 많다. 따라서 시사 프로그램 출연이 잡히면 충분한 양의 토크 자료를 준비해야 한다. 더 중요한 건 자료의 양이 아니라 이슈를 폭넓게 파악해야 한다는 점이다. 대화는 준비해 놓은 원고대로 흘러가지 않는다. 외부 출연진과 얘기를 주고받는 과정에서 이슈들이 동시다발적으로 건드려질 수 있다. 어떤 주제로 대화가 진행돼도 내용을 거들 수 있을 정도의 지식을 갖춰야 한다.

시사토크 프로그램에 출연하면 뉴스 때보다 좀 더 유연한 태도를 보이는 게 자연스럽다. 아무래도 대화 중심으로 끌고 가는 형식이라 기자 혼자 경직된 모습을 보이면 어색하다. 주거니 받거니 티키타카로 대화가 이뤄져야 역동적인 토크가 된다. 과하지만 않으면 유머 실력을 발휘해도 좋다.

주의할 점은 자기 눈에만 자연스럽게 보여선 안 된다는 것이다. 자기 딴에는 편하게 하려고 하는데 시청자 눈엔 유치하고 난삽하게 보일 수 있다. 그 차이를 줄이려면 동료들로부터 모니터링을 받는 게 좋다. 최대한 냉정하게 평가해 달라고 부탁하자. 본인도 화면을 여러 번 돌려보며 세밀한 부분까지 분석해야 한다.

절제된 말과 세련된 태도는 충분한 노력이 뒷받침돼야 가능하다. 하지만 현실적으로 그런 기회를 얻기가 어려우니 눈으로라도 연습해야 한다. 능숙하게 대화를 이끌어가는 앵커, 기자를 선택해 그 방송인의 과거 출연 영상을 분석하면 큰 도움을 얻을 수 있다.

유튜브 출연

언론사가 만드는 유튜브가 늘면서 기자와 앵커의 유튜브 출연도 증가했다.

채널A는 2023년 9월부터 유튜브용 라디오 '정치 시그널'(오전 8시)을 방송 중이다. 정치인 등 외부 패널이 많이 나오지만 정치부 기자도 수시로 얼굴을 비친다.

JTBC도 2023년 11월 유튜브용 정치쇼 '장르만 여의도'(오전 11시)를 선보였다. 역시 화제의 인물을 주로 부르지만 보도국 기자도 등장해 뉴스를 전하는 역할을 맡는다.

메인 뉴스나 시사토크 프로그램에 비해 유튜브는 더욱 편안하게 대화할 수 있는 공간이다. 기자의 품위를 지켜야 한다는 강박관념은 일단 내려 놓자. 다들 웃고 있는데 혼자 굳은 얼굴로 앉아 있는 건 TPO를 잘못 이해한 것이다.

그렇다고 기자와 유튜버를 동일시하는 것도 바람직하지 않다. 기자는 뉴스와 팩트를 전하는 역할을 한다는 사실만 잊지 말자. 본질만 잊지 않으면, 전달 방식은 얼마든지 자유로워도 된다.

유튜브에 출연할 때는 자기의 개성을 맘껏 드러낼수록 좋다. 이른바 캐릭터를 잡는 일이다. 캐릭터가 만들어지면 유튜브에서 영향력을 키울 수 있고, 결국 매체 영향력에도 긍정적 영향을 미친다. 한번 캐릭터가 잡히면 바꾸기가 쉽지 않아 초반에 제대로 설계하는 것도 필요하다.

방송 진행

갓 입사한 방송기자들에게 장래 희망을 물으면 앵커가 되고 싶다는 답변이 많이 나온다. 뉴스와 시사 프로그램을 이끌어가는 앵커는 분명 매력적인 직업이다. 앵커를 경험하면 방송기자의 역할에 대해서도 시야가 더 넓어진다. 이래저래 앵커는 선망의 대상이지만 그 기회가 소수에게 돌아간다는 게 한계다. 방송사에선 오디션 등 다양한 장치를 통해 앵커를 선발한다. 희망자 누구나 오디션에 응할 수 있는데 보통 20~30명 이상의 지원자가 몰린다. 앵커 선발 때는 화면에 비친 이미지, 발음과 발성, 캐릭터, 순발력 등을 종합적으로 평가한다.

앵커링(진행)도 여러 분류가 가능하지만 프로그램 속성에 따라 뉴스 진행, 토크 프로그램 진행, 특보 진행 등으로 구분할 수 있다. 토론과 관련해선 다음 항목에서 설명할 예정이다.

뉴스 진행

앵커는 뉴스를 시청자에게 전달하는 최종 관문 역할을 맡는다. 앵커란 배의 닻을 말한다. 닻처럼 중심을 잡고 뉴스를 진행해야 한다는 의미가 담겨 있다.

앵커에는 크게 두 가지 유형이 있다. 뉴스와 뉴스를 연결하는 조율 역할에 그치는 경우가 있고, 보도 제작 전반을 총괄하는 예도

자료 : JTBC '뉴스룸' 화면 캡처

있다. 이른바 앵커 시스템으로 불리는 방식이 있는데 JTBC 손석희 전 앵커의 사례가 대표적이다. 손 전 앵커는 당시 보도 부문 책임자를 겸하면서 앵커뿐 아니라 뉴스 전체를 담당하는 역할을 맡았다.

2016년 9월 12일 경주에서 규모 5.8의 지진이 발생했다. 당시 JTBC 메인뉴스인 '뉴스룸'이 방송 중이었는데 손석희 전 앵커는 준비된 리포트를 다 물리고 뉴스 중간에 특보 체제로 전환했다. 앵커가 곧 보도 책임자였기 때문에 그런 신속한 의사결정이 가능했다. 결국 전 방송사 중 지진 속보를 가장 충실하게 전할 수 있었다.

손석희 전 앵커 외에 2023년 12월까지 TV조선 메인뉴스를 진행한 신동욱 전 앵커도 비슷한 케이스다. SBS 출신인 신동욱 전 앵커는 보도본부장과 앵커를 겸하다가 뉴스 총괄 임원을 지냈다. 후임 앵커도 윤정호 보도본부장이 맡았다.

저연차 기자가 앵커로 선발되면 이런 파격을 기대하기는 쉽지 않다. 그보단 진행을 매끄럽게 하고 안정된 이미지로 시청자의 신뢰를 얻는 쪽에 주력하게 된다.

시청자들은 앵커를 통해 해당 방송사 뉴스에 대한 이미지를 갖는다. 각종 조사에서 시청자들은 앵커의 신선함보다는 신뢰도를 우선으로 평가하는 것으로 나타나고 있다.

방송사마다 앵커 관리 방식에 다소 차이는 있다. 한번 앵커를 맡기면 오랜 기간 그대로 놔두면서 인지도를 높이는 전략을 택하기도 한다. 뉴스 개편 때마다 앵커를 바꾸면서 분위기 전환을 꾀하는 곳도 있다. 앵커를 교체하면서도 그냥 하차시키는 게 아니라 다른 프로그램으로 이동시키는 방송사도 있다. 어떤 전략이든 나름의 의미는 있겠지만 알아야 할 건 앵커 한 명을 키우기가 쉽지 않다는 점이다. 시청자에게 각인된 앵커가 있다면 적극적으로 그 가치를 활용하는 게 효율적인 전략이 아닐까 싶다.

시사 프로그램 진행

앞서도 잠시 언급했지만 필자는 '정치부회의'란 시사 프로그램을 7년 넘게 진행했다. '정치부회의'는 기자가 출연하는 시사 토크쇼의 원조 격으로 최고 시청률이 6%에 달할 정도로 인기를 끌었다. 오후 5시대 여의도에 가보면 국회의원실마다 정치부회의를 틀어놓고 있다는 얘기도 유명했다. 정치부회의 성공 이후 다른 방송사들도 비슷한 포맷의 프로그램을 잇달아 시작했다.

자료 : JTBC '정치부회의' 화면 캡처

정치부회의팀도 전형적인 앵커 시스템으로 운영됐다. 진행자인 필자가 아이템과 보도 내용을 총괄하는 역할을 맡았다. 생방송 중에도 끊임없이 제작진과 소통하면서 방향을 결정했다.

앵커에게 부담이 집중되긴 하지만, 앵커 시스템은 효율성 면에서 우수하다. 정치부회의는 시사 프로그램 중 속보 대응이 가장 빠르다는 평가를 들었다.

정치부회의팀의 하루 일정은 어땠을까. 앵커인 필자가 오전 7시~8시 출근하는데, 조간신문 뉴스와 밤에 들어온 속보를 챙기기 위해서다. 굵직굵직한 뉴스를 추리고 있으면 기자들과 작가, PD들이 차례로 출근한다. 제작진, 출연진과 협의해 아이템을 정하고 발제를 맡은 기자들이 세부 내용 준비에 들어간다.

앵커는 오후 5시 방송 전까지 원고 내용과 편집, 인터뷰 대상자 등을 계속 체크하면서 혹시 발생할지 모르는 사고에 대비한다. 태풍의 북상 등 돌발 변수가 예상될 때는 특보 준비도 하면서 본방송에 대처해야 한다. 하지만 무엇보다 중요한 일은 팩트체크 역할과 정치적 균형을 유지하는 부분이다. 프로그램의 신뢰와 존립에 영향을 주는 요인이기 때문이다.

실제 방송에 들어가면 앵커가 할 일은 더 많아진다. 진행 PD와 수시로 소통하면서 시간을 관리하고 속보 반영 여부를 결정해야 한다. 방송 중에도 뉴스가 계속 나오는데 어떤 걸 반영하고 어떤 걸 뺄지 정하는 것이다. 예상치 못한 말실수가 나오거나 자막, 그래픽 오류 등이 등장해도 뒷수습은 앵커의 몫이다. 시청자에게 사과할 사안인지, 방송 후 온라인 수정만 거치면 되는 사안인지 판단해야 한다. 진행자는 방송을 끌어가는 기본적 역할 외에도 75분 내내 프로그램 제작에 관여한다. 물론 '정치부회의'는 전형적인 앵커 시스템이기 때문에 그렇다. 앵커가 진행 역할에만 충실할 경우 PD와 작가들이 제작을 관리하는 게 일반적이다.

앵커의 자질

앵커 시스템이라면 말할 것도 없지만 그렇지 않다고 해도 앵커의 영향력은 매우 크다. 방송사 편집회의 중에 앵커에게 의견을 물어보는 일은 익숙한 풍경에 속한다. 필자가 보도국장이던 때도 그랬다. 특히 현장 연결이나 출연 등을 잡을 때엔 앵커의 의견을 많이 참고한다. 앵커가 주도적으로 끌고 가야 하는 코너이기 때문이다.

앵커에게 자율권을 줄수록 준비를 철저히 하고, 뉴스에 더 적극적으로 몰입하게 마련이다.

앵커는 제작에 영향을 미치는 것 외에도 뉴스 이미지의 핵심으로 작동한다. 시청자들은 누가 뭐라 해도 앵커를 통해 해당 방송사의 이미지를 추출한다. 엄기영, 손석희, 신경민, 박영선 등 앵커의 이름을 들으면 자연스럽게 MBC의 이미지가 드러난다.

앵커로 이름을 날리려면 필요한 요소가 많다. 기자나 작가가 써 준 원고대로 읽을 거면 발성과 발음만 좋으면 되겠지만, 현실은 녹록지 않다. 메인뉴스 시간에는 대형 속보가 나오지 않을 거라는 기대는 환상이다. 뉴스가 끝나고 자정 전까지는 메인뉴스 앵커가 주요 속보를 커버하는 일도 흔하다. 2020년 7월 박원순 전 서울시장이 극단적 선택을 했을 때 방송사들은 자정 전후까지 속보를 내보냈다. 많은 방송사에서 메인뉴스 앵커를 특보 앵커로 내세웠다. 앵커가 뉴스의 흐름을 정확히 꿰고 있어야 비상 상황에서 능력을 발휘할 수 있다.

종합적으로 볼 때 앵커는 풍부한 현장 경험과 취재 제작 능력, 인터뷰 기술, 순발력 등을 두루 갖출수록 좋다. 기자 출신일 수도 있고 아나운서 출신일 수도 있지만, 앵커라면 공통으로 가져야 할 자질들이다. 평소 연습이 필요한 영역이기도 하다.

나라마다 앵커 스타일이 다를까? 그렇다. 일단 미국은 앵커 개인의 이미지와 능력에 크게 의존하는 형식이다. 앵커의 인기가 시청률에 직접적인 영향을 끼치고 일부 앵커는 할리우드 배우 못지않은 인기를 누린다. 방송사마다 다소 차이는 있지만 뉴스 편집권까지 주는 경우도 많다. 앵커가 현장에 나가 상황을 진두지휘하며 직접 취재하는 것도 미국 스타일이다. 뉴스채널 CNN을 보면 앵커를 육성하는 시스템이 체계적이다. 전달력이 좋은 기자들을 일찍부터 선발해 현장에서 충분히 트레이닝을 시킨다. 스튜디오 앵커로 발탁되면 다양한 프로그램을 경험하게 해 좋은 앵커로 성장할 수 있게 돕는다. 앤더슨 쿠퍼 등 간판 앵커들은 다 그런 과정을 거쳐 현재에 이르렀다.

미국식 앵커 시스템은 장점이 많지만 단점도 있다. 이른바 앵커 리스크가 크다는 부분이다. 앵커의 능력에 따라 시청률이 춤을 추고, 앵커의 정치 성향에 따라 뉴스 선호도가 갈리기도 한다.

반면 독일이나 영국 등 유럽 쪽에서 앵커는 주로 진행자 역할만을 맡는다. 앵커에게 뉴스 편집권을 주는 경우는 많지 않다. 개인 의견을 잘 내지 않아 객관성을 유지할 수 있다는 장점이 있지만, 개성이 부족하다는 평을 듣기도 한다.

일본의 경우는 공영 방송과 민영 방송사별로 차이가 있는데, NHK 같은 경우는 뉴스를 안정적으로 전달하는 데 방점을 찍는다. 반면 민영 방송사들은 다양한 형식을 통해 뉴스의 혁신을 이끌고 있다.

한국은 일종의 절충형 모델을 택하고 있다. 뉴스 선정과 배열은 보도국장이 맡지만, 앵커의 의견도 뉴스 큐레이션에 비중 있게 반영한다. 앞에서 설명한 앵커 시스템을 택하는 경우는 앵커의 발언권이 가장 커진다.

토론 패널

방송기자가 TV 토론에 패널로 참여하는 경우는 많지 않다. 앵커라고 무조건 토론과 친숙한 것도 아니다. 앵커도 토론을 진행해 본 경험이 있는 사람과 그렇지 않은 사람으로 구분된다.

토론은 종합예술이다. 앵커든 출연자든 경청, 논리, 판단력, 단호함 등 종합적인 자질을 선보여야 한다. 토론에선 평소의 내공이 그대로 드러난다. 방송사별 대선 토론을 비교하면 어떤 진행자가 능숙한지 바로 알 수 있다. 앵커에게 토론은 기회의 장이자 망신으로 가는 지름길이기도 하다. 어느 쪽이 될지는 평소의 연습에 달려 있다.

토론은 어떤 주제에 관해 주장하는 말하기다. 찬성과 반대, 또는 서로 다른 두 주장이 있고 이를 논쟁을 거쳐 검증하고 결론을 내는 것이다. 대안까지 찾아내면 최선이지만 현실에선 쉽지 않다. 감정싸움으로 치닫지 않고 논리와 논리가 잘 부딪치기만 해도 절반의 성공이다. 그 역할의 절반 이상은 진행자가 지게 된다.

필자는 2023년 7월 JTBC에서 일본 오염수 관련 토론을 진행했는데, 1주일 이상 전문 용어들을 공부했다. 앵커가 용어를 모르면 프로그램 신뢰도가 떨어지게 마련이다.

아래는 당시 토론에서 진행자가 한 모두발언이다.

여러분 안녕하십니까, 일본 후쿠시마 오염수 방류가 초읽기에 들어갔습니다. 국제원자력기구 IAEA가 안전에 문제없다는 최종 보고서를 냈고 그로시 사무총장이 곧바로 우리나라를 찾았습니다. 우리 정부도 일본의 방류 계획이 국제 기준에 맞다고 판단했습니다. 물론 "계획대로 지켜진다면"이란 단서도 붙였죠. 하지만 IAEA 발표 이후에도 혼선은 이어지고 있습니다. 안전에 대한 논쟁은 끝났다, 아니다, 보고서의 신뢰성을 인정할 수 없다, 정치권은 서로 다른 주장을 쏟아내고 있고 국민의 불안은 가시지 않고 있습니다. 오늘 JTBC가 '긴급토론'을 마련했는데요, 오염수 방류와 관련된 정확한 사실관계를 차근차근 따져보겠습니다. 국민이 이 사안을 판단하는 데 실질적인 도움이 됐으면 합니다.

_2023.7.12. 모두발언

당시 여야 국회의원 2명과 전문가 2명이 참석했는데 예상대로 전문 용어와 학술적 주장이 난무하는 토론이었다.

패널로 토론에 참여한다면 차분하게 논리를 드러내야 한다. 장황하게 말하는 게 최악이다. 대답할 때는 결론부터 말하고 근거를 정확히 대야 한다. 주제에서 벗어나는 이야기를 하는 것도 금물이다. 근거는 철저하게 팩트 중심이어야 하고 흥분하거나 감정적인 주장을 해서는 안 된다.

흥분하면 목소리 톤이 높아지는 스타일이라면 오히려 평소보다 톤을 낮추도록 하자. 예민한 논점에서 목소리가 높아지는 건 일반적

자료 : JTBC 화면 캡처

이다. 차분함을 유지할수록 더욱 논리정연하게 들리고 자신도 논리
에 집중할 수 있게 된다.

　토론 진행을 맡게 된다면 준비할 게 많다. 특히 정책 토론의 경
우 사전 지식을 충분히 익혀야 한다. 지식이 부족하면 토론 중재 자
체가 어렵다. 토론 중간중간 출연자들의 말을 요약하는 건 거의 불
가능하다. 내용을 정확히 알아야 간결하게 쟁점을 정리하고 다음
쟁점으로 넘어갈 수 있다.

2장

앵커의 말하기
7가지 원칙

앞 장에서 방송기자와 앵커 말하기의 종류와 특징, 유의할 점을 언급했다. 이번 장에선 각 유형에서 뽑아낸 말하기의 핵심을 다룬다. 미디어 글쓰기와 말하기는 굳이 따지자면 커뮤니케이션 고급 단계라고 볼 수 있다. 고급 수준을 정복하면 모든 종류의 말하기를 다 잘할 수 있다. 이 책이 그 고지로 가는 나침반 역할을 하길 기대한다.

방향성이 모호하면 길 중간에서 헤맬 수 있다. 어떤 말하기가 좋은 것이고 수준이 높은 건지 정확히 알아야 한다. 본질을 정확히 이해하지 못하면 발전도 더디다. 여기선 고급 말하기의 요점을 짚고, 다음 장에서 구체적인 훈련법을 소개할 예정이다.

자연스럽게 말하기

방송기자 선발 과정이나 앵커 오디션에 들어가 본 경험이 꽤 있다. 시험과 오디션이란 특성 때문이겠지만 많은 도전자가 비슷한 스타일로 말을 한다. 물론 어느 정도 기본기가 갖춰진 후보들 얘기다. 장단음도 잘 지키고 띄어 읽기도 완벽한데 뭔가 부자연스러운 느낌이랄까. 학원에서 일률적으로 만들어진 발성이 아닌가 생각했던 적이 많다.

방송에서 말하기는 꾸미지 않는 대화체에 가까울수록 좋다고 생각한다. 발성과 발음 원칙을 지키되 그 틀에 갇히면 안 된다. 일상 대화를 생각하면 쉽다. 과하게 장음^{長音}을 늘이면 어색할 수밖에 없다. 문장의 처음부터 끝까지 너무 또박또박 말해도 뭔가 이상하다. 주변 사람들로부터 "갑자기 왜 그래?"란 소리를 듣기 십상이다. 방송이라고 다를 게 없다. 시청자 입장으로 볼 때 바로 눈앞에서 대화를 보듯 느껴지는 게 최선이다.

대화체라면 더 쉬운 것 아닌가? 많은 사람이 이렇게 생각하겠지만 실제로는 그렇지 않다. 이른바 '뻣뻣한' 과정을 지나야 자연스러운 단계에 진입할 수 있다. 생방송이란 특수한 환경 때문이다. 생방송과 속보 상황에 충분히 익숙해져야 얼어붙지 않은 모습이 나온다.

문제는 방송 경험이 충분한데도 유창하게 말하지 못할 때다. 대부분은 자기가 어떻게 하고 있는지 모르는 경우가 태반이다. 영상을 꼼꼼히 검토하고 주변의 평을 들었다면 상황이 달라졌을 것이다.

2015년 12월 필자가 딱 그랬다. 시사토크 프로그램 '정치부회의' 진행을 맡았는데 로봇이나 다름없었다. 이미 워싱턴에서 3년 넘게 방송 특파원 생활을 했지만, 진행은 다른 영역이었다. 표정은 굳어 있었고 말은 딱딱했다. 발음도 발성도 나쁘지 않았지만 대화처럼 느껴지지 않았다. 그냥 원고를 읽는 듯했다. 시선은 프롬프터에 꽂혀 있었다. 첫 방송을 보던 손석희 당시 보도부문 사장이 "편안하게 해"라고 문자를 보냈지만 전혀 편안해지지 않았다. 긴장할수록 목에 힘이 더 들어갔다.

당시 방송을 돌려볼 때마다 얼굴이 후끈거려 견딜 수 없다. 그런데 정치부회의 후배 기자들은 그 흑역사를 여러 번 소환해 방송에서 활용했다. 부끄럽기도 하지만 이젠 유머로 넘길 정도가 됐다는 생각에 안도감도 든다. 다시 강조하지만 말하기는 자연스러울수록

2015년 12월 14일 '정치부회의' 첫 방송 때 모습. 긴장한 기색이 역력하다. 자료 : JTBC 화면 캡처

좋다. 어떤 장르도 마찬가지다. 대통령과 인터뷰한다고 해서 원칙이 바뀔 이유는 없다.

구어체 말하기

여러 번 강조하고 있지만, 방송언어는 구어체라는 걸 잊어선 안 된다. 구어체는 일상생활에서 대화로 사용되는 문체다. 음성 표현을 전제로 하고 있다는 점에서 문어체와 구별된다. 방송언어는 말하기 편하고 이해하기 쉬울수록 좋다. 아무리 멋진 수사법이 동원됐어도 문장이 길고 발음이 어렵다면 효용성이 떨어진다.

구어체는 최대한 자연스러워야 한다. 눈으로만 보지 말고 문장을 직접 읽어보면 알 수 있다. 구어체는 생략도 가능하다. 아니, 생략해야 한다. 짧은 시간에 많은 정보를 전달하기 위해 효율성을 중시한다. '~하여'는 '~해'로 쓴다. 마찬가지로 '~되어'라고 쓰면 안 된다. '~돼, ~됐습니다'로 적어야 한다. '보도입니다'는 '보돕니다'로 발음한다. 줄일 수 있는 건 최대한 줄인다.

살아 있는 구어체가 되려면 박자와 리듬에도 신경을 써야 한다. 같은 박자와 톤으로 말하면 지루하게 느껴진다. 말은 장단고저^{長短高}^低의 변화가 있어야 생동감 있게 느껴진다. 강조하고 싶은 말 앞에선 잠시 숨을 고르고 좀 더 높고 강한 어조로 말할 필요가 있다.

복잡하게 설명했지만 대부분 일상에서 그렇게 하고 있다. 생방송이나 연설 같은 긴장된 상황에서 리듬이 깨지는 게 문제다. 특별히 주의하지 않으면 어색하고 단조로운 말하기가 되기 쉽다.

방송사에서 흔히 '쪼'라고 부르는 게 있다. '쪼'는 곡조, 성조, 명령조 등에 쓰이는 '조'調를 뜻한다. 문장의 끝을 계속 올린다든지, 내린다든지, 일정 음으로만 끝나면 쪼가 느껴진다. 수습기자들이 보도국에 배치되면 '쪼'에 대한 지적을 많이 받게 된다. 누구나 말 습관이란 게 있기 때문이다. 쪼를 없애는 건 방송 말하기에서 중요한 부분이다. 쪼가 느껴지면 시청자가 거기에 신경 쓰게 되고, 결국 전달력이 떨어진다. 리포트에선 원고에 표시를 해놓아 교정할 수 있지만, 토크 프로그램에선 개인의 각별한 노력이 요구된다.

보도 프로그램이라고 해서 지나치게 형식에 얽매일 필요는 없다. 아래 뉴스를 보면 구어체 스타일이 그대로 느껴진다. '~요'라는 표현만 봐도 그렇다.

<꺼내주이소年>

물길을 헤치고 이동하는 소들, 그 뒤로 안전봉을 저으며 소들을 안내하는 형광옷 보이시죠?

그제 밤, 경북 안동에 폭우가 쏟아졌습니다.

"우사에 물이 차요", "소 40마리가 다 죽게 생겼습니다" 신고가 들어왔고요.

비상근무 중이던 안동경찰서 신성우 경위가 곧장 현장으로 향했습니다.

영상 보면 무릎 위까지 물이 찼어요, 흥분해서 막 날뛰던 소들을 순

자료 : JTBC 화면 캡처

간 기지를 발휘해 순찰차로 동선을 확보하고, 안전한 고지대까지 무사히 구출 성공했습니다.

이거 잘못하면 소들도 위험하고, 사람도 위험할 수 있는 상황인데 정말 고생하셨습니다.

_2023.7.20. JTBC '뉴스5후'

말 습관 없애기

자연스러운 말하기를 위해서는 자신의 말 습관부터 파악해야한다. 수없이 많은 녹음을 해보고 주변 사람들에게도 모니터링을 부탁해야 한다. 가장 먼저 할 건 자신의 목소리에 익숙해지는 일이다. 누구나 녹음을 해놓고 들어보면 자신의 목소리에 놀라게 된다. 평소 본인 목소리는 공명이 큰 상태에서 듣기 때문이다. 울림이 크니 소리가 풍성하게 들린다.

　녹음해 놓고 들으면 자기 목소리에 실망하는 건 당연하다고 믿고, 그 목소리에 익숙해지도록 하자. 아무리 부인하고 싶어도 사람들이 실제 듣는 건 녹음된 목소리 톤이다.

　누구에게나 독특한 말투가 있다. 유독 자주 쓰는 단어와 표현도 있다. 당사자가 이런 습관을 아는 때도 있고 모르는 경우도 있다. 이 책을 읽는 독자라면 지금부턴 무조건 알아야 한다. 변화는 아는 데서 출발한다.

　자신의 말 습관을 찾으려면 녹음이나 촬영을 해놓고 분석하는 과정이 필요하다. 녹음만 해도 "그게, 사실은, 음, 그냥, 그니까" 같이 반복적으로 쓰는 단어들이 발견된다. 속어를 많이 쓰거나 줄임말을 과하게 사용하는 예도 있다. 문장을 제대로 끝맺지 못하고 얼버무리거나 뭉개는 사례도 있다. 마이크에 반복적으로 "쓰~읍"이란 소리가 잡히는 일도 있다. 긴장 때문에 거칠게 호흡하면 그렇다.

　남 얘기 같은가 싶어 녹음하고 나면 충격을 받을 수 있다. 이왕 충격 받는 김에 동영상으로 촬영하면 훨씬 더 많은 정보를 얻을 수 있다.

　필자는 생방송 중 '아무튼'이란 단어를 많이 써 시청자 항의까지 받았다. 쟁점을 정리하고 빨리 다음 뉴스로 넘어가려는 강박에서 나온 습관이었다. 어떤 날은 스무 번 넘게 '아무튼'을 외친 적도 있었다. '~했습니다만은'이란 말도 자주 했는데 JTBC '시청자의회'에서 다뤄진 적도 있다. 한 시청자가 지속해서 항의한 것이다.

시청자외회   시청자 둘러보기   JTBC

5시 정치부 회의 (남/60대/010●●●●1686)

이상복 앵커가 '했습니다마는'이라는
말을 반복적으로 사용하는데요.

자료 : JTBC '시청자의회' 화면 캡처

말하기 전에 꼭 "네"라고 하는 사람들도 있다. 앵커 중 이런 습관을 지닌 경우가 많다. 필자도 그중 하나였다. "네" 없이 말을 시작하면 괜히 어색했다. 이 말투를 없애는 데 꽤 오랜 시간이 걸렸다. 방송 시작하기 전에 원고 윗부분에 큼지막하게 '네 X'라고 써놓았을 정도였다. 말 습관 하나를 잡으면 새로운 습관이 생길 수 있으니 주의해야 한다. 말에도 일종의 풍선효과 같은 게 존재한다.

방송에 등장하면 튀고 싶거나 좀 '세게' 말하고 싶은 욕구도 들게 마련이다. 호들갑을 떠는 때도 있다. 내용과 목소리 톤 모두 마찬가지다. 여기서 다시 한 번 강조하지만 자연스러운 말하기가 좋은 말하기다. 흥분하면서 얘기하지 말자. 과장도 하지 말자. 가장 중요한 부분. 확인되지 않은 팩트를 얘기하는 건 망하는 지름길이다.

말은 무조건 빨리 해야 한다거나 느리게 해야 한다는 법칙은 없다. 말할 때는 완급조절이 중요하다. 그래야 상대방을 집중시킬 수 있다. 빨리 말해야 하는 상황에서는 빨리 말하되 중요한 부분을 전달할 때는 잠시 숨을 고르자. 밀당을 잘할수록 말하기의 고수가 될 수 있다.

일상과 방송의 경계 허물기

필자가 진행했던 '정치부회의'는 기자가 주도하는 시사 프로그램의 원조 격이었다. 나머지 프로그램은 대부분 정치평론가의 무대였다. '정치부회의'는 2023년 6월 30일 종영 때까지 최장수 시사 프로그램의 명성을 이어갔다. 시청률과 영향력, 완성도 면에서 좋은 평가를 받았다. '정치부회의'는 종영했지만 이젠 기자가 출연하는 프로그램을 여기저기서 찾아볼 수 있다.

'정치부회의'가 시청자들에게 어필한 요인 중 하나는 출연자 간의 '케미'였다. 제작진과 출연진은 철저하게 대화식으로 방송을 끌어갔다. 평소 사무실에서, 회식 자리에서 대화하는 것처럼 실제 방송에서도 말하는 게 목표였다. 그러다 보니 유머 코드도 적지 않게 들어갔다. 일상과 방송의 경계를 허물었다고 할까. 3장에서 설명하겠지만 일상에서의 연습이 말하기 실력을 늘리는 가장 좋은 방법이다.

'정치부회의'에서 어떤 방식으로 대화가 이뤄졌는지 실제 예를 보도록 하자.

[이상복 앵커] 그러면요, 이번 6·13 과정에서 있었던 여러 가지 상황들을 키워드로 정리를 좀 해봤는데 반장들한테 한마디 할 기회를 줄게요. 본인들이 생각하기에 화제의 말·말·말, 기억나는 말·말·말 하나씩만 꼽아볼까요.

[신혜원 반장] 저는 어렸을 때 인천에 잠시 거주한 적이 있었거든요. 그래서 '이부망천'이 잊을 수 없는 말이 될 것 같습니다. 앞으로도 응용이 가능한, 무궁무진한 유행어가 될 거라고 확신합니다.

[최종혁 반장] 저는요, "제 옆에는 양 반장이 있다." 이것은 따라 한 것이고요. "제 옆에는 아내가 있다!"로 하겠습니다. 민주당 이재명 후보가 여배우 스캔들 문제에 대한 질문을 받자 이렇게 대답했었잖아요. "내 옆에 아내가 있다" 그리고 또 김혜경 씨는 이렇게 또 얘기했죠. "참지마" 이렇게, 저는 기억에 남더라고요.

[앵커] 고민하는 듯한 자세를 보여야 하는데 바로바로 답을 하니까 제가 미리 얘기한 것 같잖아요. 정 반장은 어때요?

[정강현 반장] "아무리 내가 옳더라도 많은 사람이 틀렸다고 하면 내가 틀린 것으로 받아들이겠다. 정말 용서해 달라" 누구 말이겠습니까. 홍준표 자유한국당 대표가 지난 9일 부산 유세를 하던 도중에 큰절 올리면서 했던 말입니다."

_2018.6.13. '정치부회의' 방송 중

내용만 봐도 출연진이 어떤 분위기로 방송을 만들었는지 짐작할 수 있다. 그냥 편안하게 대화하는 느낌으로 방송을 진행했다. 그런 분위기 때문에 '정치부회의'를 좋아한다는 애청자들이 많았다. '정치부회의'는 크게 기자의 프리젠테이션(PT)과 출연진 토크로 구성돼 있었는데, PT에서도 수시로 대화의 묘미를 살렸다. 아래는 양원보 전 국회반장(현 JTBC '사건반장' 앵커)의 발제 내용 중 일부다.

[양원보 기자] 네, 그렇습니다. 방금 이 영상은 우리 이상복 부장께 바치는 헌정 영상입니다. 저 지금 진심으로 반성하고 있습니다. 지난주만 해도 부장을 '야근 대마왕'이라고 놀리고, 야근시킨다고 투덜댔었죠.

그런데 부장께 이 자리를 빌려서 진심으로 죄송하고 감사하다는 말씀드립니다.

[이상복 앵커] 아, 양 반장이 야근 얘기만 하면 심장이 벌렁벌렁하는데…… 아니 뭐가 감사하다는 거예요?

자료 : JTBC '정치부회의' 화면 캡처

[양원보 기자] 어제 제가 사는 아파트 7월분 관리비 고지서가 왔지 뭡니까. 제가 솔직히 퇴근하고 집에 오면 너무 더워서 '에라 모르겠다' 하고 에어컨 좀 틀었습니다. 당연히 조마조마한 마음으로 관리비 고지서 딱 열어봤죠! 그랬는데…… '동일 면적 평균 대비 30% 적게 사용했습니다'라고 나온 겁니다. 세상에 이럴 수가, 정말 깜짝 놀랐습니다.

[이상복 앵커] 아이고 축하합니다! 거봐요. 부장 말 들어서 손해 보는 거 없다고 했잖아요. 야근 열심히 해서 부장한테 사랑받죠, 당장 전기요금 안 들어서 가계에도 보탬 돼…… 얼마나 좋습니까??

출연진이 휴가 가면 보도국에 부탁해 대타로 뛸 기자를 받곤 했는데, 가장 당부한 것도 '케미'였다. 기자 대부분이 처음 오면 리포팅 하듯 말하곤 했다. 기존 출연진은 말하고 있는데 혼자 글을 읽고 있는 것처럼 느껴지는 것이다. 긴장 때문에 그렇겠지만 프롬프터에 의존하려는 경향도 강했다. 놀랄 일은 아니다. 자연스럽게 말한다는 건 생각보다 쉽지 않다. 각별히 신경 쓰지 않으면 말하기보다 읽기에 가까워지는 현상이 일어난다.

애드리브의 미학

애드리브는 연극이나 영화에서 배우가 대본에 없는 대사나 행동을 즉흥적으로 추가하는 걸 말한다. 보도에서도 애드리브는 자주 활용되는데 속보를 다루는 경우가 많기 때문이다. 메인뉴스에선 애드리브가 상대적으로 드물지만 시사토크 프로그램에선 수시로 사용된다. 애드리브를 하면 생생한 뉴스를 전하는 느낌이 든다. 분위기를 부드럽게 만들고, 자연스러움을 부각하는 역할도 한다. 장점이 많으니 두려워하지 말자. 제작진은 방송사고를 우려해 애드리브를 기피하는 경향이 있지만 그럴 필요 없다. 때론 매끄럽지 않게 진행돼도 시청자들은 충분히 이해한다. 돌발 상황이기 때문이다. 급하게 현장을 연결했는데 현지 사정으로 화면이 끊긴다고 해서 시청자들이 분노하지는 않는다. 솔직하게 설명만 잘하면 된다.

'정치부회의'는 시사 프로그램 중에서도 애드리브가 가장 활발했던 쪽이다. 속보가 들어오면 거의 자동반사적으로 내용에 반영했다. 준비했던 아이템을 절반 이상 내보내지 못하는 일도 잦았다. 그래도 종영 때까지 이런 기조를 이어갔다.

애드리브를 잘하려면 사전에 도상 훈련이 잘돼 있어야 한다. 한마디로 사인이 맞아야 한다. 앵커나 출연진이 속보를 전하면 제작진이 자막과 함께 영상을 내보낸다. 반대로 제작진이 먼저 자막을 내보내면 앵커가 바로 감을 잡고 속보를 전해야 한다. 영상을 보면서 토크를 이어가야 할 경우엔 출연진 간의 역할 분담이 중요하다. 핵심적인 내용은 SNS나 인이어(이어폰)로 소통하지만, 나머진 눈치로 맞춰야 한다. 평소의 훈련이 중요한 이유다. 결국 속보 대응 능력이 그 팀의 실력이 된다.

애드리브의 또 다른 형태는 이른바 '캐주얼 토크'다. 가벼운 대화와 유머를 말한다. '정치부회의' 출연진도 그런 식의 애드리브를 많이 했다. 물론 가끔은 애드리브 같은 연출도 있었다는 걸 고백한다. 분위기를 부드럽게 만들기 위해 사전에 입을 맞추는 식이다. 하지만 대부분은 즉흥적으로 진행됐다. 사전에 기획된 애드리브는 티가 나게 마련이다. 어색한 연기 같다고 할까. 시청자의 눈은 매서워 곧바로 실시간 댓글에 연기 아니냐고 지적하는 글이 올라온다.

애드리브를 잘 하면 시청자에게 어필할 수 있다. 친근하고 자연스러운 분위기가 드러나서다. 하지만 잘못 쓰면 독약이다. 사람들을 불쾌하게 하거나 맥락과 관계없는 애드리브는 안 하느니만 못하다. 개그맨들이 툭툭 던지는 유머의 상당수는 실제로는 준비된 말이라고 한다. 애드리브도 충분한 연습이 바탕이 돼야 실전에서 효력을 발휘한다. 무엇보다 절제가 필요하다.

애드리브를 잘하려면 말하려는 주제를 정확히 알고 있어야 한다. 중요한 키워드나 핵심 내용을 알아야 응용할 수 있다. 광범위한 지식을 갖고 있을수록 애드리브에 유리하다. 방송 전에 머릿속으로 다양한 상황을 시뮬레이션해 볼 수도 있다. 반대로 잘 모르는 주제를 언급하려면 무리하지 말고 대본에 의지하는 편이 낫다.

앞에서 애드리브도 연습이 중요하다고 했다. 생방송에서 자유롭게 말하는 게 쉬운 일은 아니다. 평소에 조금씩 훈련해야 자연스러운 애드리브가 가능해진다. 프롬프터를 보지 않고 말하기, 대본의 내용을 조금씩 바꿔 말하기, 유머러스하게 말하기 등 훈련 방법은 다양하다. 방송 출연 기회가 있을 때마다 대본에 집착하는 데서 벗어나 보자. 처음엔 어려워도 틀을 깨야 발전할 수 있다.

쉽게 말하기

방송언어는 최대한 쉬운 말로 표현하는 게 좋다. 이건 예나 지금이나 진리다. 보통 중학교 2학년생 정도가 너끈히 이해할 수 있게 하라고 한다. 초등학생이 이해할 수 있으면 더 좋다. 한자어나 외국어를 활용할 때도 쉽게 풀어서 사용해야 한다. 전문 용어를 쓰면 지적으로 보일 거라는 건 자신의 착각이다. 전문 용어를 쓰더라도 꼭 필요할 때 최소한으로 사용해야 한다. 방송 말하기는 기본적으로 메시지 전달력을 핵심으로 한다. 잘 전달하려면 쉬워야 한다. 쉬워야 듣는 순간 바로 이해할 수 있다.

단문으로 말하기

쉽게 말하려면 일단 문장이 짧아야 한다. 문장이 길고 복문으로 돼 있으면 단번에 이해하기 어렵다. 글로 읽어도 어려운데 소리로 흘러가는 방송은 말할 것도 없다. 한 문장엔 하나의 이야기만 담자. 글쓰기나 말하기나 이 원칙은 다를 게 없다.

유의어가 많을 땐 제일 쉬운 단어를 고르면 된다. 반대로 하는 경우가 많아서 문제다. 지식을 과시하는 건 하수의 행동이다. 고수일수록 쉽게 얘기한다는 걸 알아야 한다.

주어도 길게 쓰지 않는 게 좋다. 주어가 길면 문장 전체에 집중하기 어려워진다. 말하기는 철저하게 수용자(시청자)에 초점을 맞춰야 한다.

아래는 JTBC 박성태 전 앵커의 '다시 보기' 중 일부다. '다시 보기'는 뉴스룸의 앵커 코너였다. 읽어보면 알겠지만 문장이 단문으로 구성돼 있고 내용도 어렵지 않다. 시청자에게 말을 걸듯 구어체 성격이 강한 것도 특징이다.

저에게도 종종 시청자 의견이 메일로 옵니다.

틀린 발음을 교정해 주시는 분도 있고요, 고맙습니다.

어떨 때는 응원도, 어떨 때는 비판도 해 주십니다, 모두 고맙습니다.

답장을 다 하지는 못하지만, 이 자리를 빌어 감사드리고요.

접** 님께서는 "양쪽에서 험한 말을 듣다 보니, 중립적이다"라는 의견을 보내주셨는데, 특히 감사드립니다.

제일 신경 쓰는 부분이어서요.

답장을 못 보내는 의견도 있습니다.

자료 : JTBC '뉴스룸' 화면 캡처

2부_ 앵커의 말하기

읽어보면, 몇 달 전에 받은 의견인데요.

전할 수 없는 욕설로 돼 있는 메일입니다.

뭐 때문에 화나셨는지, 구체적으로 안 적으셔서 모르겠지만 제가 멘탈은 강하지만 그래도 사람인지라, 인적 드문 밤길에는 뒤에서 들리는 발소리가 왠지 불안합니다.(이하 생략)

_2023.3.1.

2023년 12월 21일 제1회 Q저널리즘상 시상식이 열렸다. 이 상은 젊은 기자 120여 명으로 구성된 '저널리즘클럽Q'가 만든 새로운 언론상이다. 기사의 품질 등을 기준으로 삼아 총 5개 보도물을 수상작으로 결정했다. 그중 JTBC 이희령 기자의 '밀착카메라' 시리즈가 피처 부문에 선정됐다. 그 내용 일부를 소개할까 한다.

이곳은 인천국제공항에 있는 교통센터입니다. 공항 시설인데 여행객보다 노인분들을 쉽게 찾아볼 수 있습니다. 제 뒤에 있는 평상을 보면 비닐, 돗자리를 깔고 식사를 해결하는 분들을 볼 수 있습니다.

혼자 의자에 앉아 믹스 커피를 마십니다.

잠시 뒤 친구가 왔습니다.

익숙한 듯 장기를 둡니다.

저녁 6시까지 이곳에서 시간을 보냅니다.

이곳은 인천공항 전망대입니다. 앉아서 바깥 구경을 하는 분들이 많은데요. 대부분 노인분들입니다. 비행기가 뜨고 내리는 게 잘 보여서

여기를 찾아온 겁니다.

서울, 경기, 인천. 지역도 다양합니다.

이들이 공항을 찾는 건 눈치볼 필요가 없어섭니다.

젊은 사람들 신경 쓸 필요도 없습니다.

잠시나마 고단한 현실을 잊을 수도 있습니다.(이하 생략)

_2023.8.25.

문장이 간결하고 속도감 있게 전개되고 있다. 내용의 전달력이 좋은 기사. 중간중간 기자가 등장해 현장 상황을 친절하게 설명 하기도 한다.

방송 뉴스는 정색하고 보는 게 아니다. 띄엄띄엄 봐도 알 수 있 게 쉽고 친절해야 한다. 출연이나 토론 등에서 발언할 경우는 더 그 렇다. 쉽고 간결하게. 이 원칙을 잊지 말자.

유명한 연설가들이 공통으로 지킨 원칙을 정리한 말이 KISS^{Keep} It Simple, Stupid(단순하게, 머리 나쁜 사람들도 알아듣게)이다. 후대에 기억되는 연설들은 평이하고 단순한 표현을 썼다는 사실을 기억하자. 연설에만 적용되는 원리가 아니다.

군더더기 표현 없애기

쉽게 말하려면 간결할수록 좋다고 했다. 구체적으로 정리하자면 우선 접속어나 지시어, 지칭어는 되도록 쓰지 않을수록 좋다. '그리고, 그러나, 그런데' 등 접속어는 말의 긴장도를 떨어뜨리기 때문에 꼭 필요한 경우에만 써야 한다. '이것, 저것, 그것' 등 지시어도 마찬가지다. 지시어 때문에 메시지가 더 모호해지는 경우도 많다. 될 수 있으면 구체적인 대상을 직접 언급하자.

미디어에서 '이에 대해' '이와 관련해'란 말도 자주 들을 수 있다. 기자들이 자주 쓰는 표현인데 절제가 필요하다. 무엇과 관련한 건지 더 헷갈릴 수 있다. 글이든 말이든 명확한 게 좋다. 분위기 전환을 위해 사용되는 '한편'이란 단어도 최대한 쓰지 않는 게 매끄럽다. 애써 고조시켜 온 말과 글의 긴장을 허물어뜨리는 느낌이 든다.

방송 말하기에선 최대한 줄일 수 있는 건 줄인다. 1장에서 간단히 언급했던 대로 '~하여'는 '~해'로 말한다. '밤새 철야 조사를 벌였습니다'는 '밤새 조사했습니다'면 된다. '밤새'와 '철야'는 동어반복이다. '역대 최고 수준을 기록했습니다'는 '가장 높았습니다' 정도면 된다.

피동(영어의 수동태) 표현은 줄일수록 좋다. 각종 말하기 책에서도 강조하는 부분이다. 특히 '~에 의해'라는 표현은 가급적 쓰지 말자. '국회의장에 의해 어느 정도 질서가 잡히고 나자 의사당 안이 조용해졌다'란 문장이 있다고 하자. '국회의장이 나서면서 어느 정도 질서가 잡히고 의사당 안이 조용해졌다'로 바꿔 말하는 게 자연스럽다.

비유에 강해지기

쉽게 말하기 위해선 비유에 익숙해지는 게 좋다. 비유는 말을 잘 이해하게 하고 감정과 분위기까지 생생하게 전달해 준다. 설득력을 높이는 장점도 있다. 종교 경전에 수많은 비유가 등장하듯 비유는 메시지를 전하는 효과적인 수단이다. TV 토론에서 주가를 올린 인사들을 생각해 보면 대부분 비유의 달인들이다. 유시민 작가나 노회찬 전 의원, 가수 신해철 씨 같은 경우가 대표적이다.

효과가 큰 만큼 역효과도 크다. 진부한 비유는 화자話者의 가치를 오히려 깎아내린다. 낯 뜨거운 비유는 분위기를 썰렁하게 만들 수 있다. 사안이 일치하지 않는데도 무리하게 비유를 들어서도 안 된다. 원론적인 얘기지만 비유는 원관념과 보조관념이 유사성을 가져야 한다.

자신만의 참신한 비유를 개발하자. 평소에 비유를 자주 쓰면 자연스럽게 능력이 좋아진다. 비유를 통해 창의적이고 독창적인 사고를 발전시킬 수도 있다.

논리적으로 말하기

말하기의 핵심은 화자(말하는 사람)의 의도를 청자(듣는 사람)에게 정확히 전달하는 데에 있다. 특히 방송 말하기는 그 정점에 있다고 볼 수 있다. 약 1분 30초의 리포트, 출연, 인터뷰 등을 통해 뉴스의 핵심을 오류 없이 전달해야 하기 때문이다.

전달력이 그렇게 중요하다면 어떤 요소가 더 필요할까. 앞에서 언급했던 대로 자연스럽게 말하고 쉽게 말하는 게 일차적으로 중요하다. 여기에 논리력이라고 하는 핵심 자원이 받쳐줘야 한다. 아무리 눈길 가는 영상을 구했다 해도 시청자가 내용을 이해하지 못하면 소용없다.

논리적으로 말하려면 몇 가지 뼈대가 필요하다. 일단 생각의 흐름이 논리적이어야 한다. 생각을 말로 정확하게 꺼낼 수도 있어야 한다. 어떤 사람은 논리적으로 생각하지만, 막상 말할 때는 내용이 왔다 갔다 하기도 한다. 반대로 논리가 부족해도 말을 잘하는 사람이 간혹 있는데 장기전으로 가면 반드시 실체가 드러난다.

원론적으로 말과 글은 다르지 않다. 이 책의 핵심 메시지다. 글이 늘어지는 사람은 분명 말도 늘어질 가능성이 높다. 스스로 생각

정리가 안 된 상태이기 때문이다. 생각, 글, 말은 한 덩어리로 움직인다. 당연히 훈련도 한 묶음으로 해야 한다.

말이 논리성을 갖추려면 기-승-전-결, 또는 서론-본론-결론 등 구성을 고려해야 한다. 그래야 말이 주제에서 벗어나지 않고 일관성 있게 진행된다. 구성을 생각한다는 건 스토리로 만든다는 얘기이기도 하다. 드라마적 요소가 들어가니 설득력도 훨씬 높아진다.

스토리 구성은 몸에 완전히 익어야 한다. 글을 쓰면서 논리적 구조를 머릿속에 새기고, 그 구조에 기반한 말을 입 밖으로 내보내야 한다. 처음엔 논리 구조를 종이에 그려보면 효과가 더 크다. 이런 과정이 반복되면 자연스럽게 논리력이 좋아진다.

중요한 건 평소에도 논리적으로 생각하고 말하는 데 익숙해지는 것이다. 사안의 핵심을 키워드로 적은 뒤 말하는 훈련을 하면 좋다.

일상에서 일일이 글을 쓴 후 말하는 건 비현실적이다. 그러나 휴대전화 메모장에, 종이 한 귀퉁이에 키워드를 적은 뒤 말하는 건 크게 어렵지 않다. 키워드를 생각하고 순서에 따라 말하는 연습만 해도 말하기 수준 자체가 달라진다. 말하기에서 가장 핵심적인 요소가 논리이기 때문이다.

익숙해지면 키워드를 적지 않고 머릿속으로만 생각해도 충분히 논리적 흐름이 이어진다. 그 단계까지 함께 가보자.

논리 구조화

어떤 종류의 말하기든 "네가 하고 싶은 말이 뭔데?"라는 얘기를 자주 듣는다면 구조화에 신경 쓸 필요가 있다. 왜 이런 비판이 나올까. 핵심 주제가 드러나지 않는다는 지적이기도 하고, 말이 왔다 갔다 정신없다는 얘기이기도 하다.

이 경우 결론부터 제시하고 근거와 사례를 드는 구조를 택하면 훨씬 나아질 수 있다. 대표적인 게 프렙^{PREP} 구조다. 프렙은 Point, Reason, Example, Point의 줄임말로 주장 – 근거 – 예시 – 강조로 이뤄진 공식이다. 주장^{Point}이 앞뒤로 2번 등장하기 때문에 메시지 전달력이 좋은 장점이 있다. 프렙 구조는 즉석 말하기에도 바로 적용될 수 있어 활용도가 넓다. 프렙 구조는 뉴스 보도에서도 광범위하게 사용되는 방식이다.

P : 핵심 메시지

R : 주장의 이유(근거)

E : 주장을 뒷받침하는 사례나 근거

P : 핵심 메시지 다시 강조

논리 구조화 과정엔 여러 가지 형식이 있다. 구조화란 결론, 이유, 근거를 체계적으로 표현하는 과정이다. 프렙(PREP) 외에도 피라미드 구조, MECE 원칙, SCQA 모델 등이 있다.

피라미드 구조는 정보를 중요도에 따라 나열해 핵심 내용을 섭

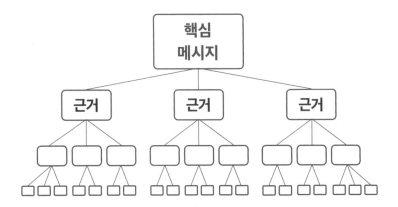

게 파악하게 해 준다. 최상단에 핵심 정보^{Main Point}를 놓고 그 아래에 세부 정보^{Supporting Details}와 부가 정보^{Additional Details}를 위치시킨다. 피라미드 구조를 만들 때는 3가지 원칙이 있다. 먼저 어떤 계층에 있는 메시지든 하위 그룹의 메시지를 요약해야 한다. 또 그룹 내의 메시지는 항상 동일한 종류여야 한다. 셋째로 그룹 간의 메시지는 연역적이거나 귀납적인 관계여야 한다.

MECE 원칙은 'Mutually Exclusive Collectively Exhaustive'의 약자다. 서로 중복되지 않으면서도 전체적으로 빠짐없이 정보를 분류하고 정리하는 방식이다. 정보를 그룹으로 분류하는 방법은 요소별, 단계별, 대조 개념 등 크게 3가지 방법이 있다.

SCQA 모델은 Situation(상황), Complication(문제), Question(질문), Answer(해답)의 약자로, 글의 도입부에 이러한 요소들을 순서대로 배치하는 방식이다.

마인드맵^{Mind Map}을 즐겨 쓰는 사람도 많다. 꼬리에 꼬리를 무는

만다라트 양식

	세부목표1			세부목표2			세부목표3	
			세부목표1	세부목표2	세부목표3			
	세부목표4		세부목표4	핵심목표	세부목표5		세부목표5	
			세부목표6	세부목표7	세부목표8			
	세부목표6			세부목표7			세부목표8	

생각을 그림으로 정리한다. 마인드맵은 생각을 확장해 나가는 데 유용한 방식이다.

'만다라트'라고 하는 유형도 있다. 논리적인 사고를 키우는 것 외에 아이디어 발상 도구로도 유명하다.

중요한 건 방법론을 맹신하는 게 아니라 구조화 과정이 필요하다는 걸 인식하는 것이다. 자신의 글쓰기, 말하기 구조를 인식하고 개선하면 연설 방식이 근본적으로 바뀐다. "네가 하고 싶은 말이 뭔데?"라는 소리는 안 듣게 될 것이다.

짧은 말하기 연습

반복적으로 짧은 말하기를 연습하면 논리성을 키우는 데 큰 도움이 된다. 아래는 '정치부회의'를 진행할 때 클로징 코너에서 했던 말들이다. 문장의 완성도가 특별히 높아서 가져온 건 아니다. 짧은 시간에 어떻게 글을 쓰는지 예를 들고 싶었다. 매일 75분간의 생방송을 커버하려면 순간순간 여유를 부릴 새가 없다. 마라톤 거리를 100m 전력 질주하듯 달리는 것과 같다. 한 코너를 준비하는 데 많은 시간을 할애하기는 어렵다. 클로징의 경우 대부분 10분 이내에 글을 쓰고 거기에 영상과 사진을 붙인다. 필자 같은 경우는 주제를 정한 뒤 첫 문장과 마지막 문장을 먼저 결정했다. 그다음은 일사천리로 써야 한다. 고치고 싶은 문장이 생기면 방송 중에 애드리브로 처리했다.

대선에도 출마했던 미국 정치권의 거물 존 매케인 상원의원이 오늘 의회에 나왔습니다. 의원이 의회에 나타난 건 당연하죠. 그런데 이게 뉴스가 된 건 그가 지난주 혈전 제거 수술을 했고, 그 과정에서 뇌종양 진단까지 받았기 때문입니다. 오늘 그의 왼쪽 눈썹 위에는 수술 자국이 도드라져 보였습니다. 의원들은 기립 박수로 80살 노정객을 맞았습니다.

지역구 병원에서 요양 중이던 매케인 의원이 이날 힘든 걸음을 한 건 정부 여당이 중요시하는 법안 관련 표결을 위해서였습니다. 그는 오늘 연설에서도 의회의 초당적인 역할을 주문했고요, 표결엔 상원의원 100명 전원이 참여했습니다. 최근 추경안 표결 과정에서 정족수도 채우지 못했던 우리 국회의 모습이 왠지 부끄러워지는 순간이었습니다.

_2017.7.26.

금배지는 국회의원의 상징입니다. 배지 뒷면엔 고유번호도 있어서 함부로 모방할 수도 없습니다.

백재현 국회 윤리특위 위원장이 이 금배지를 없애자는 주장을 했습니다. 의원 배지가 특권과 예우의 상징이 됐으니 내려놓고, 일반 회사원들처럼 국회의원증을 출입증으로 쓰자는 겁니다.

오죽하면 이런 제안까지 나왔을까 충분히 이해됩니다. 하지만 정작 필요한 건 배지보다는 현실에 존재하는 과도한 의원 특권을 줄이는 것 아닐까요.

금배지 자체는 6g, 3만 5천 원짜리에 불과하지만, 희생과 봉사라는 막중한 무게를 지니고 있습니다. 배지를 없애는 것보다 그 의미를 알고 실천하는 게 훨씬 더 중요해 보입니다.

_2016.6.20.

오늘 저희가 밑줄 친 한 줄은 <"국민의, 국민에 의한, 국민을 위한">입니다.

링컨 대통령이 남긴 명연설로 오늘날까지 민주주의의 귀감이 되고 있죠. 민주주의의 상징으로 여겨지던 미 의회가 폭력에 유린당한 모습이 많은 이들을 안타깝게 하고 있습니다. 분열과 대립도 민주주의 안에서 융합되고 정반합을 이룰 수 있을 거란 기대가 무너졌기 때문은 아닐까요? 국민의, 국민에 의한, 국민을 위한 정부를 수호하자. 공교롭게도 트럼프 대통령 역시 시위대를 향해 대선 불복 연설을 하던 도중 이 말을 인용했습니다. 저마다 지키고자 하는 민주주의는 무엇일까. 그 정신은 잘 지켜지고 있는 걸까. 우리도 되돌아보게 되는 질문들입니다.

_2021.1.7.

오늘 저희가 밑줄 친 한 줄은 <#정인아 미안해>입니다.

생후 16개월 만에 양부모의 학대로 세상을 떠난 정인 양을 추모하는 물결이 뜨겁습니다. SNS 상에는 '정인아 미안해'라는 해시태그 챌린지가 펼쳐지고 있는데, 분노와 함께, 우리 모두 방관자였다는 미안함도 들어있다고 봅니다. 새해를 울린 안타까운 소식은 올 한 해 우리가 가야 할 길을 고민하게 합니다. 그래서일까요? 많은 이들이 '정인아 미안해' 뒤에 '우리가 바꿀게'란 문구를 달았습니다. 더 이상 방관자가 되지 않겠다는 다짐, 정치부회의도 그 마음을 무겁게 받아들입니다.

_2021.1.4.

오늘 저희가 고른 한 컷은 <"늦어서 죄송합니다" 사의 표한 영국 부장

관>입니다.

지금 깍지를 끼고 있는 이 인물이요. 오늘 세계적인 화제를 모은 영국의 마이클 베이츠 부장관입니다. 왜 화제냐면요, 의회 질의에 단 몇 분 늦었다는 이유로 공직에서 물러날 뜻을 밝혔기 때문입니다.

지각이라는 결례를 범한 것은 너무나 부끄러운 일이라는 이유입니다. 그가 사임 의사를 밝히고 의사당을 떠나자 앉아 있던 의원들이 "안 돼" 이렇게 소리를 쳤다고 하네요. 우리한테는 너무나 낯선 모습이 아닐 수 없습니다. 잘못이 있어도 기억이 안 난다, 모른다는 변명만 듣게 되기 때문입니다. 오늘 공직자의 덕목에 대해서 한 수 배운 느낌입니다.

_2018.2.1.

영하의 날씨에 반팔 옷을 입고 도망친 일명 빠삐용 소녀는 어른 엄지 손가락만 한 작은 트리를 그렸습니다.

소녀는 집도 그렸는데요, 트리처럼 작은 가로 2cm, 세로 3cm의 작은 집이었습니다.

이 집엔 가족은 없고 고양이 3마리만 살고 있다고 소녀는 말했습니다.

아버지의 학대를 견디다 못한 아이가 탈출할 때까지 그 누구도 도움을 주지 않았습니다. 혼자 빠져나오지 않았다면 소녀의 미래는 어땠을까요?

경기도 부천에서 또 하나의 비극이 있었습니다.

오랫동안 학교에 나오지 않았던 초등학생 남자아이는 결국 숨진 채 발견됐고 시신마저 훼손됐습니다. 아이가 장기 결석하자 학교 측이 출석독려문을 보냈지만 반송됐고 동사무소로부터도 답을 얻지 못했습니다.

전국에 초등학생 220명이 장기 결석 상태이고 이 중 13명은 소재 파악조차 되지 않고 있습니다. 국회에 계류된 아동학대 방지 관련법만 70여 개. 그러나 이 법들은 국회에서 낮잠을 자고 있습니다.

2cm만 한 집안에 아이들을 방치한 건 바로 어른들, 그리고 이 사회 아닐까요?

_2016.1.18.

한 표가 세계 역사를 바꾼 사건들이 많습니다. 1793년 유럽에 혁명 시대를 알린 루이 16세의 처형은 단 1표가 결정했습니다. 1875년엔 한 표 차이로 프랑스가 왕정 체제에서 공화국으로 바뀌게 됐습니다. 1923년 독일의 히틀러가 나치당 총수로 선출된 것도 한 표가 결정했죠.

우리나라에서도 예를 찾아볼 수 있는데 이승만 정권 시절의 그 유명한 사사오입 개헌은 한 표가 부족해 생긴 일입니다.

내일은 20대 국회의원을 뽑는 날입니다. 한 표 차로 정권을 잡은 히틀러는 "사람들이 생각하는 걸 좋아하지 않는 게 정부로선 행운"이라고 말했습니다.

나쁜 정치는 무관심을 좋아하는 법이죠.

내일 선거에서 더 많은 사람이 투표에 참여해 유권자의 힘을 보여줬으면 합니다.

_2016.4.12.

이 정도 분량으로 매일 글을 쓰고 말한다면 말과 글이 종합적으로 좋아질 수 있다. 큰 부담은 아닐 테니 일정한 시간대에 습관처럼 해보는 건 어떨까. 실전처럼 한다면 방송 표현 능력도 한꺼번에 키울 수 있다.

상투적 표현 줄이기

방송기자나 앵커가 습관적으로 쓰는 표현들이 있다. '~알려졌다', '~관측이다', '~전망이다' 등이다. '~전망이다' 같은 경우는 주어

자료 : JTBC '정치부회의' 화면 캡처

가 없는 비문非文일 때도 적지 않다. 누가 관측하고 전망했는지 도저히 알 수 없는 문장도 많다.

상투적인 문장들은 말하기의 격을 떨어뜨린다. 그만큼 아껴 써야 한다. 꼭 필요한 경우에만 쓰고 반드시 어법에 맞게 사용해야 한다.

앵커들은 할 말이 없을 때 "앞으로 지켜봐야겠습니다" 같은 표현을 즐겨 쓴다. 정말로 관찰해야 할 사안일 수도 있지만 습관적으로 내뱉는 말일 수도 있다.

최근엔 많이 줄었지만 "귀추가 주목됩니다"란 문장도 자주 만나게 된다. '귀추'까지는 몰라도 '~인지 주목됩니다'는 방송에서 여전히 광범위하게 사용되고 있다. 문장의 마무리가 고민되면 습관적으로 '주목'을 꺼낸다. '눈길이 쏠린다', '가슴이 먹먹하다'는 표현도 너무 자주 사용돼 참신함을 잃었다.

방송인들은 새로운 표현을 고민하고 창의적인 문장을 만들기 위해 노력해야 한다. 말하기의 기본 중 어휘력이 중요한데, 어휘를 늘리는 방법은 다음 장에서 설명할 예정이다.

색다른 관점으로 말하기

출연이나 진행, 토론 등에 임할 땐 '시각'이 중요해진다. 그런데 기자들은 대개 제 생각을 공개적으로 드러내는 데에 익숙지 않다.

중립성과 객관성을 내세운 저널리즘 원칙 때문이다. 초년병 시절부터 되도록 개인 의견을 내비치지 않게끔 훈련을 받는다. 특히 방송 같은 공적 공간에선 더 그렇다.

생방송에서 기자들과는 긴 시간 자유롭게 말하기 어렵다. 반면 외부 패널들과 1시간 정도 보내는 건 크게 어렵지 않다. 앵커 경험이 있다면 이런 의견에 대부분 동의할 것이다. 기자들은 팩트가 아니면 잘 얘기하지 않으려 하지만, 패널들은 자기 생각도 부담 없이 밝히기 때문이다. 앵커는 패널에게 질문만 적절히 던지면 된다.

나만의 시각 찾기

저널리즘 원칙은 아날로그 시대에나 디지털 시대에나 다 소중하다고 생각한다. 다만 유튜브 저널리즘의 약진 등 미디어 환경의 변화를 고려할 필요가 있다. 현재 유튜브에선 전통 미디어 때보다 훨씬 더 자유로운 토크가 가능하다. 기자나 앵커도 자신의 시각을 세련되게 표출하는 게 경쟁력이 되는 세상이 왔다. 여기서 중요한 건 '세련되게'다. 노골적으로 정파성을 드러내는 건 용납되지 않는다. 정치적 중립성 같은 기본 철학은 여전히 지켜져야 한다.

방송 말하기에서 최대 무기 중 하나는 독창성이다. 자신만의 논리로 만들어진 주장, 개인적 일화, 공감을 끌어내는 아이디어 등이 높은 가치를 가진다. 팩트와 주장이 조화를 이룰수록 설득력도 높아진다. 문제는 생각하는 훈련을 하지 않으면 사고력 개발로 이어지지 않는다는 점이다. 관찰과 사고, 표현의 삼박자 훈련이 지속돼야 한다.

손석희 전 JTBC 앵커의 '앵커브리핑', 신동욱 전 TV조선 앵커의 '앵커의 시선' 등은 앵커의 시각이 잘 드러난 코너다. 작가가 원고 초안 작성에 관여하지만 결국 앵커가 최종적으로 글을 고치고 자신의 시각을 담는다. '앵커브리핑' 같은 경우는 손석희 전 앵커가 전적인 책임을 지고 운영했다. 보도국장도 아이템 선정에 개입하지 않았다.

논리적인 말하기를 배우고 싶은 사람이라면 이런 류의 코너를 자주 접하는 게 도움이 된다. 신문으로 치면 사설이나 칼럼을 공부하는 것과 마찬가지다.

손석희 전 앵커의 '앵커브리핑'은 2권의 책으로도 출간됐다(역사비평사, 2022). 본방송에서 언급하지 않은 단상과 뒷얘기까지 들어 있어 흥미롭다. 워낙 주옥같은 앵커브리핑이 많았지만 저널리즘과 관련된 일부 내용을 가져와 봤다.

언론은 언론학자들 사이에서 흔히 개에 비유되곤 합니다, 그중 가장 많이 등장하는 것은 워치독Watchdog과 랩독Lapdog입니다. (중략) 우리는 어떤 언론인가. 그리고 우리 시민들은 지금 어떤 언론을 통해 세상을 보고 있는가. (중략) 또 한 가지가 있긴 합니다. 매우 중요한 이슈가 발생했음에도 불구하고 그냥 눈을 감고 있는 언론, 슬리핑독sleeping dog도 있습니다.

_2016. 4.27. '워치독, 랩독, 가드독… 그리고'

자료 : JTBC '뉴스룸' 화면 캡처

(전략) 언론의 자유를 억압한 사람은 없다고 모두가 입을 모으는데, 그 지수는 왜 자꾸 추락하는가. 이쯤 되면 홍보수석이 전화를 할 곳은 공영방송이 아니라 국경없는기자회여야 하는 것이 아닌가. "다시 집계해달라, 빼달라" 이렇게 말입니다.

_2016.7.4. '이상한 방송… 홍보수석이 전화를 할 곳은'

JTBC 뉴스는 잘못이 있다면 주저 없이 정정해야 하며, 당장 알지 못했다면 161년 뒤에라도 사과해야 한다는 것. 그리고 무엇이 저널리즘의 본령인가를 고민해야 한다는 것. 그렇게 해서 훗날 "JTBC 뉴스가 그렇게 말했으니까……"라는 말을 들으면 참 좋겠습니다.

_2016.7.25. '루쉰이 그렇게 말했으니까'

앵커 코너뿐 아니라 앵커 멘트도 마찬가지다. 길지 않은 글 속에 앵커의 시각이 담긴다. 앵커가 뉴스를 소개할 때 뻔한 얘기로 말을 걸면 어떨까. 시청자들 입장에서도 뉴스를 별로 보고 싶지 않을 것이다. 앵커 멘트는 흥미로워야 하고 구체적이어야 한다. 도발적이어도 상관없다. 애매하고 뻔하고 공문서 같은 앵커 멘트는 곤란하다.

방송사별로 다양한 앵커 멘트를 비교해 보자. 같은 뉴스를 다루면서도 앵커의 말하기 방식은 천차만별이다. 멘트만 훑어봐도 앵커의 역량을 알 수 있다.

앵커가 묻고 기자가 답할 때도 마찬가지다. 뻔한 질문과 대답은 하지 말자. "보다 근본적인 대책이 필요합니다" 같은 모호한 해결책을 말하는 건 바람직하지 않다.

질문의 중요성

질문은 색다른 관점을 드러내는 유용한 수단이다. 질문이 정확해야 답이 정확해지고, 질문이 다양해야 풍성한 대화가 가능해진다.

기자 생활 30년을 돌아볼 때 기자를 '질문하는 사람'으로 정의하고 싶다. 질문은 대화의 핵심 요소다. 질문만 잘해도 대화가 끊기지 않는다. 기자에게는 본질 자체라고 해도 무방하다. 뉴스거리도 질문을 통해 얼마든지 끌어낼 수 있다. 방송인이 논리력과 순발력을 갖추려면 질문 능력을 키우는 게 가장 확실한 방법이다. 어떤 질문을 던지느냐만 봐도 그 사람의 지식 수준과 실력을 간파할 수 있다.

'프로 질문러'가 되기 위해선 멘탈 관리부터 중요하다. 좋은 게 좋은 거라는 생각으로는 날카로운 질문을 던지기 어렵다. 상대가 말하고 싶어 하지 않는 것도 과감히 질문할 수 있어야 한다. 빙빙 돌리지 말고 핵심을 바로 찔러야 한다. 예의는 갖추되 궁금한 게 생기면 반드시 물어야 한다. 그게 질문을 던지는 자의 숙명이다.

질문 능력을 키우는 구체적인 훈련법은 다음 장에서 알아보도록 한다.

순발력 있게 말하기

앵커와 방송기자 말하기의 중요한 특징 중 하나는 순발력이 강조된다는 점이다. 현장 중계 과정에서 돌발적인 사건이 벌어지면 즉석에서 원고를 고쳐 말해야 한다. 생방송 진행 중 지진 같은 대형 속보가 들어오면 바로 특보로 전환하기도 한다.

앞에서 잠시 언급했던 2016년 경주 지진이 대표적이다. 당시 JTBC 손석희 전 앵커는 준비했던 리포트를 다 날리고 지진 특보로 나머지 시간을 채웠다. 앵커가 지진을 경험한 시민들과 통화해 생생한 현장 소식을 전했다. 타 방송사와는 전혀 다른 편성이었는데, 속보 대응을 두려워하지 않는 앵커가 있었기에 가능했다. 아래는 손석희 전 앵커의 당시 발언이다.

시청자 여러분, 뉴스룸은 지금부터 지진 관련 특보로 전환하겠습니다. 아무리 봐도 지금 현장 상황이 심상치 않아서요. 물론 너무 크게 불안감을 느낄 필요가 없을지는 모르겠습니다만 지금까지 상황을 보면 간단치 않은 상황임에는 틀림이 없고 또 많은 분이 공포감을 많이 느끼고 계셔서…… 지금부터 뉴스룸은 특보 체제로 전환해서 지진 소식만 전해드리겠습니다.

_2016.9.12 '뉴스룸'

필자도 '정치부회의' 진행 중에 다양한 상황을 경험했다. 준비했던 방송을 끊고 특보로 바꾸는 건 흔한 일이었다. 지진, 태풍 같은 자연재해는 물론이고 북한의 도발이란 변수도 있었다.

이런 일이 벌어지면 당황하지 않는 게 제일 중요하다. 긴장하면 목소리 톤이 올라가고 불안해 보인다. 시청자들은 앵커의 상태를 바로 알아챈다. 최대한 침착하게 천천히 말을 하는 게 좋다.

가장 먼저 할 일은 팩트를 정리하는 것이다. 지금까지 드러난 사실이 무엇인지 체크하고 목격자나 전문가를 연결해 자세한 얘기를 들어본다. 보도국에서 추가로 확인한 사실이 있으면 기자를 연결해 알아본다. 단, 시간을 끌겠다고 아직 확인되지 않은 사실을 얘기하면 안 된다. 아무 말 대잔치를 해놓으면 제대로 속보가 확인됐을 때 수습이 안 된다.

순발력 넘치게 말하려면 평소 실력을 갖춰야 한다. 시시콜콜한 내용까지는 몰라도 주요 이슈들을 전반적으로 알아야 한다. 핵심 키워드를 꿰뚫고 있어야 살을 붙여 말하는 게 가능하다. 이슈를 파악하고 분석하는 일은 벼락치기가 잘 안 된다.

질문 능력을 키우면 순발력 향상에 도움이 된다. 급할 땐 시민이나 전문가를 전화로 연결해 시간을 끌어야 한다. 그때는 말이 끊어지지 않게 계속 질문을 던져야 하고, 핵심 정보도 끌어내야 한다. 어떤 시민은 단답형으로만 말을 해 인터뷰 하는 데 어려움을 겪기도 한다. 일부 전문가는 어려운 용어만 남발한다. 어떤 상황이 와도, 누구와 얘기하게 되더라도 능수능란하게 끌어갈 수 있도록 하자. 평소 만나는 사람들이 다 인터뷰 대상자다. 충분히 연습하자. 질문을 잘하면 덤으로 인간관계까지 좋아진다.

영상 보며 말하기

앵커든 방송기자든 최고의 순발력을 발휘해야 할 때가 속보 상황이다. 중요한 속보가 들어오면 기존에 준비했던 내용을 덮고 가야 한다. 따끈따끈한 속보일수록 뉴스 가치가 높다. 경쟁사에서 시꺼멓게 속보 자막을 내고 있는데 우리만 한가하게 지난 뉴스를 얘기하고 있을 수 없다.

위에서 얘기한 대로 속보 국면에서 능력을 발휘하려면 평소에 철저한 준비를 갖춰야 한다. 쟁점을 정확히 알면 질문과 대답으로 방송 시간을 채울 수 있다. 물론 그 전에 생방송에서 긴장하지 않고 말하는 훈련이 돼 있어야 한다.

자료 : JTBC '정치부회의' 화면 캡처

　실전에선 영상을 잘 다루는 게 핵심이다. 속보 영상을 제대로 설명만 해도 특보의 완성도가 올라간다. 문제는 당황하면 영상이 눈에 잘 안 들어온다는 점이다. 평소 영상의 세세한 부분까지 살피는 연습이 그래서 필요하다.

　2018년 4월 27일 판문점에서 남북정상회담이 열렸다. 남북 정상이 만나는 행사인 만큼 사전에 대체적인 일정이 제공됐다. 특집 '정치부회의'도 그 일정에 맞춰 내용을 준비했다. 그런데 방송 직전 두 정상의 동선이 변경됐다. 생방송 중에도 예상치 못했던 속보가 쏟아졌다. 두 정상이 이른바 '도보다리 회담'을 하고 서명식도 예정보다 일찍 진행하기로 한 것이다. 결국 준비했던 영상과 원고는 없던 셈 치고 새로 들어오는 영상만 보고 방송을 진행했다.

　이럴 땐 영상의 시시콜콜한 부분까지 짚어주는 게 요령이다. 도보다리 주변의 풍경, 두 정상의 표정과 제스처까지 일일이 설명했

자료 : JTBC '정치부회의' 화면 캡처

다. 큰 뉴스는 아니더라도 이런저런 소식이 들어올 때마다 자막을
적극 활용했다. 여기에 중간중간 이번 회담의 쟁점과 전망을 곁들이
며 75분간의 생방송을 잘 마칠 수 있었다. 출연진 입장에선 등골이
서늘해지는 경험이었지만, 방송에 대한 자신감을 더 키우는 계기가
됐다. 난도 높은 방송을 하고 나면 동료 출연진의 실력이 부쩍 좋아
지는 걸 느낄 수 있다.

　박근혜, 문재인 전 대통령이 청와대를 나설 때도 비슷한 상황이
었다. 2017년 3월 탄핵 국면에서 청와대를 나온 박 전 대통령의 행
보는 일거수일투족이 생중계됐다. 전체 방송사가 대통령 차량을 쫓
아가며 중계했는데 대부분 3시간 가까이 특보를 편성했다. 앵커들
은 화장실도 못 가고 순간순간 들어오는 영상에 의지해 방송했다.
방송사별로 실력 차가 그대로 보였는데, 구체적으로 평가하진 않겠
다. 이런 영상들은 앵커 지망생들이 돌발 상황을 연습하는 좋은 교

재가 된다. 음성 없이 화면만 틀어놓고 자기 스타일로 중계를 해보자.

2022년 5월 문재인 전 대통령이 청와대를 나설 때도 방송사들은 특보 형식으로 상황을 전했다. 필자는 '정치부회의'를 진행하다 속보를 반영했고, 편성표 상의 방송 시간보다 30분을 넘겨 끝났다. 문 전 대통령은 당시 지지자들과 인사하고 간단한 연설도 했는데 그 장면들을 모두 라이브로 전했다. 이럴 때 앵커는 당황하지 말고 들어오는 영상을 차분하게 소개하면 된다. 비슷한 장면이 이어지면 정치권의 반응과 향후 일정 등 준비했던 내용을 사이사이 얘기하면 된다.

위트 있게 말하기

방송 말하기에서 유머는 필요할까. 적절할 때 사용되면 유머만큼 효과적인 게 없다. 심지어 생방송 뉴스에서도 그렇다. 다만 절제할 자신이 없으면 안 하는 게 낫다. JTBC는 매주 목요일 '문화초대석'이란 코너를 운용했다. 문화계 인사들을 불러 인터뷰하는 자리였는데, 중간중간 위트가 살아 있는 대화였다.

[손석희 앵커] 인터뷰를 마칠 시간이 됐는데요. 저의 예상은 역시 굉장히 진지하시다라는 생각을 했습니다. 그런데 그게 무척 어울리고 좋다는 생각은 했습니다.

자료 : JTBC '뉴스룸' 화면 캡처

[정우성/배우] 감사합니다. 저는 꼭 뵙고 싶었어요. (그랬나요?) 네. 사실은 여기 출연에 대한 욕심이나 이런 것들은 없었는데 개인적으로 이렇게 뵙고 싶은 분은 별로 없는데 뵙고 싶었어요. 잘생기셨네요.

[앵커] 거기에 대한 답변은 안 드리도록 하겠습니다.

[정우성/배우] 네.

[앵커] 제가 나오기 전에 많은 팬들이 저한테 압박을 주셨습니다.

[정우성/배우] 어떤 압박이요?

[앵커] 정우성 씨께는 곤란한 질문을 하지 말아 달라고.

_2016.1.7. '문화초대석'

[앵커] 처음 뵙겠습니다.

[싸이/가수] 처음 뵙겠습니다. 팬입니다.

[앵커] 그런가요? 고맙습니다.

[싸이/가수] 정말 그냥이 아니라 어마어마한 팬입니다.

[앵커] 그렇습니까? 제가 사실 오시기 전에 뉴스 스튜디오 들어오기 전에 하늘을 계속 쳐다봤습니다. 예전에 어느 예능 프로그램에서 뵈니까 헬리콥터를 타고 나타나시기에. 농담이었습니다. 좀 썰렁한 농담이었습니다.

[싸이/가수] 재미있는데요.

[앵커] 월드스타라고 대개 소개를 하는데, 소개해 드릴 때 월드스타라는 표현은 뺐습니다.

[싸이/가수] 감사합니다.

[앵커] 왜 감사하죠?

[싸이/가수] 사실은 좀 민망하기도 하고 그리고 좀 그 단어 자체가 좀 저한테 틀을 주는 것 같아서요.

_2015.12.10. '문화초대석'

TPO에 맞춰 말하기

말하기도 시간, 장소, 때에 따라 분위기가 달라져야 한다.

일단 가장 중요한 건 시간이다. 자신의 말하기 속도를 정확히 알고 있어야 한다. 내가 원고 한 장을 읽을 때 어느 정도 시간이 걸리는지 파악해 놔야 한다. 철저한 시간 관리를 위해서다. 방송 시간을 초과하면 정작 중요한 얘기를 하지 못하고 끝날 수도 있다. 앵커가

자료 : JTBC '비정상회담' 화면 캡처

상황을 조율하는 게 보통이지만, 출연자가 시간 관리를 잘하면 그만큼 유용하다. 모든 앵커가 노련한 건 아니라서 때로는 앵커가 통제력을 잃는 일도 있다.

장소 역시 중요하다. 사건 현장인지, 국회 본청 앞인지 장소에 따라 말하기의 톤이 달라져야 한다. 현장 중계도 현장 중계다워야 한다. 내용도 구성도 정작 리포트와 별 차이 없다면 굳이 현장에 있을 필요가 없다.

주제와 기사 내용에 따라 말하기의 분위기도 달라져야 한다. 다만 장단음도 지나치면 어색하다고 했듯 감정 과잉 역시 피해야 할 일이다.

방송하다 보면 보도 프로그램 외에도 얼굴을 내밀 기회가 생길 수 있다. 필자 같은 경우는 예능 프로그램 '비정상회담'에 출연한 적이 있다. 워싱턴 특파원 경험을 바탕으로 미국 외교정책에 관한 얘기를 해 달라는 요청이었다. 사전에 대본을 만들면서 주요 질문 몇 개에 대해 답변을 조율했다. 그런데 막상 녹화에 들어갔더니 예상 외의 질문이 많이 나왔고 즉흥적으로 대화가 흘러갔다. 당황하기도 했지만, 티키타카로 대화가 이뤄지니 훨씬 더 자연스러운 분위기가 연출됐다. 예능은 예능답게, 굳이 엄숙한 모습을 보일 필요는 없다고 생각한다. 말하기는 한 형태로 고정된 게 아니라 유연하게 활용되는 게 본질이다.

최근엔 유튜브에 출연할 기회도 자주 생기게 마련이다. 유튜브라고 해서 본질 자체가 방송과 다르진 않다. 방송에서 말을 잘하는 사람이 유튜브에서도 잘하게 마련이다. 발음과 발성, 호흡 등 기본기는 전통 미디어나 유튜브나 마찬가지다. 다만 좀 더 친근하고 자연스러운 어투를 사용하는 점이 다를 뿐이다. 쌍방향 소통이 활성화돼 있다는 점도 차별화 포인트다. 소통만 놓고 보면, 공감 능력이 좋은 사람이 유튜브에서 성공할 가능성이 높다.

공감각적 말하기

방송 말하기에서 가장 중요한 건 언어지만 비언어의 중요성도 간과할 수 없다.

앵커는 카메라를 응시하며 눈빛으로도 메시지를 전한다. 앵커의 미소, 손동작, 몸짓도 하나의 언어로 받아들여진다. 앵커는 목소리의 톤과 템포로도 분위기를 만들 수 있다.

말하기 관련 책에서 많이 언급되는 내용으로 '매러비안의 법칙'이 있다. 메시지를 전달할 때 목소리 38%, 표정 35%, 태도 20% 등 비언어적 요소의 영향력이 93%에 달한다는 것이다. 말하는 내용은 겨우 7%의 비중을 차지한다.

7%라고 해서 중요하지 않다는 건 아니다. 특히 방송 말하기에선 메시지의 신뢰성이 핵심 요소다. 수용자의 선호나 설득 여부로만 가치를 평가할 순 없다. 다만 비언어적 요인이 그만큼 중요하니 함께 고려하자는 차원으로 이해하자. 언어와 비언어 요소를 겸비하게 되면 말하기의 수준이 훨씬 올라가지 않을까.

비언어적 요소엔 여러 가지가 있다. 발음, 표정, 제스처, 자세, 목소리, 몸짓, 말투, 억양, 어조 모두 중요하다. 말할 때는 자세와 동선도 미리 계획해야 한다. 한 예로 앞쪽으로 손을 모으고 싶다면 남자는 왼손이 위에 오도록, 여자는 오른손이 위에 오도록 하는 게 맞다. 손을 어디에 둬야 할지 어렵다면 종이나 펜 등을 드는 방법도 있다. 몸을 움직여야 할 때는 사전에 동선을 정확히 계산해야 한다. 대개는 제작진들이 카메라, 조명팀과 함께 미리 동선을 잡아놓는다.

보디랭귀지에도 여러 유형이 있다. 레벨러[leveller], 블레이머[blamer], 컴퓨터[computer], 플레케이터[placater], 베거[beggar] 등인데, 메시지 내용에 맞게 활용하면 된다.

3장

앵커의 말하기 훈련법

미국의 전설적인 토크쇼 진행자였던 래리 킹은 저서 『대화의 신』(위즈덤하우스, 2015)에서 연습의 중요성을 수없이 강조했다. 말은 잘하든 못하든 무조건 훈련이 최선이라고 말이다. 스스로 말을 못한다고 생각해도 연습하면 잘할 수 있고, 잘하는 경우엔 지금보다 더 잘할 수 있다는 게 그의 지론이다. 어찌 보면 원론적인 얘기일수 있겠지만 그 말에 전적으로 공감한다.

누구나 말 잘하기를 원한다. 하지만 고민하는 만큼 충분한 연습을 하는 경우는 많지 않다. 말하기 연습은 꽤 지루하고 단조롭기 때문이다. 신문기자에서 방송기자와 앵커로 변신한 필자들은 연습과 훈련의 중요성을 몸소 체험했다. 발음, 발성의 기초부터 시작해 고급 단계까지 익혔는데, 이번 장에서 그 노하우를 자세하게 풀어낼 생각이다.

래리 킹의 말처럼 연습하면 누구나 말을 잘할 수 있다. 단 목표는 높게 잡아야 하고 꾸준히 실천해야 한다. 방법론도 제대로여야 한다. 무엇보다 초반에 기본기를 잘 닦아야 성장이 빠르다는 사실을 명심하자.

기본기 익히기

시중에 나와 있는 말하기 책을 보면 발성과 발음의 중요성을 강조하고 있다. 그 이유는 두 가지가 말하기의 기초체력과 같기 때문이다. 스포츠 선수들도 다 개인 종목이 있지만 근력 운동과 체력 훈련은 늘 병행한다. 성악가들도 배우도 발성 연습을 게을리 하지 않는다. 그런데 안타깝게도 말을 업으로 삼는 방송기자나 앵커가 발성 훈련을 매일 한다는 얘기를 들어본 적이 없다. 놀라운 일이다. 발성과 발음은 훈련하면 반드시 좋아지지만, 시간이 오래 걸린다는 한계가 있다. 다행인 건 일정 수준 이상에 도달하면 퇴보하는 경우는 많지 않다. 주변에서 목소리가 달라졌다고 칭찬하니 성취동기도 갈수록 높아진다. 거기까지 가는 게 힘이 들 뿐이다.

최소한 말을 전문적으로 쓰는 사람이라면 지금부터라도 체계적으로 호흡과 발성, 발음 훈련을 해보자. 2011년 한 방송사 예능에 나왔던 배우 박신양은 평소 연습이 얼마나 중요한지 강변했다.

"골프선수는 매일 연습합니까? (네) 피아니스트는 매일 연습합니까? (네) 연습이란 굉장히 단순하고 기본적인 것. 이런 연습을 계속할 수 있는 끈기와 애정이 있나요? 연기를 좋아하고 사랑한다는 건 이런 연습을 사랑한다는 겁니다. 보이스 트레이닝을 안 한다면 결코 연기를 잘할 수 없습니다."

_2011.2. tvN '스타특강쇼'

박신양은 대학 시절 연기연습 도중 녹음된 자신의 목소리를 듣고 구토했다고 한다. 얇고 힘없는 음성이었고, 본인 표현에 따르면 "닝닝닝닝" 소리가 났다는 것이다. 그 이후 매일 새벽 발성 연습을 했는데, 25년 이상 거르지 않았다고 소개했다. 연습도 10년 넘게 하면 운동처럼 습관이 된다는 게 박신양의 지론이다. 그래서 학생들에게도 노래방 가서 마음껏 소리 지르고 발성 연습하라고 권유한다고 한다. 박신양뿐 아니라 류승룡 등 많은 배우가 각종 인터뷰에서 발성 연습의 중요성을 강조했다. 발성 연습으로 목소리 톤을 바꿨다는 배우가 많다. 연기만 그럴까. 연기에서 발성이 중요한 것처럼 방송 말하기에서도 발성은 중요한 역할을 한다.

필자는 2015년 '정치부회의' 진행이 확정된 후 6개월간 보컬 학원에서 교습을 받았다. 주 1회 1시간씩 연습을 했고, 호흡과 성악발성을 배웠다. 발성을 통해 후두를 내리고 흉성을 쓰는 법을 익혔다. 소리를 앞으로 뻗어내는 방법, 공명을 유도하는 법, 고음과 저음을 두루 사용하는 방법도 자연스럽게 배울 수 있었다. 6개월 동안의 트레이닝 이후에도 혼자서 계속 연습했는데, 나 자신의 안정적인 목소리를 찾는 데 큰 도움이 됐다. 나중엔 좀 게을러졌지만 5년간은 하루도 빼놓지 않고 연습했다. 생방송에서 돌발적인 상황이 닥치면 목소리가 위로 뜨는 일이 간혹 있었지만, 경험이 쌓이면서 그런 문제도 극복할 수 있었다. 기본적으로 맑은 중저음의 목소리 톤을 유지하면서 방송 내용에 따라 톤과 분위기를 바꿀 수 있었다. 원래는 목소리 톤이 꽤 높은 편이었다. 발성 훈련을 체계적으로 받지 않았다면 목소리를 분석해 가며 일정 수준 이상 끌어올리긴 어려웠을 것 같다.

좋은 목소리란 어떤 걸까. 기본적으로 호흡이 편안하고 소리의 울림이 많으며, 발음이 정확할 때 듣기가 좋다고 한다. 앵커의 경우는 고음보다는 울림 있는 중저음이 신뢰성을 높이는 데 도움이 되는 걸로 평가되고 있다.

호흡의 중요성

좋은 소리를 내려면 복식호흡이 필요하다는 건 상식이다. 하지만 정확하게 그 방법을 쓰고 있는 사람은 의외로 많지 않다. 동료 앵커들에게 어떻게 소리를 내냐고 물어보니 "뱃심으로 한다.", "배를 내밀고 힘을 준다.", "숨을 깊게 들이마신 뒤 말한다." 등 다양한 답을 들을 수 있었다. 말할 때 배가 들어가지 않게 버틴다는 사람과 말하면서 배를 집어넣는다고 하는 사람 등 유형도 제각각이었다. 유튜브에서 '복식호흡'을 검색하면 많은 영상이 뜨지만, 초보자로선 더 헷갈릴 수 있다. 유튜버마다 다른 방법론을 제시하기 때문이다.

복식호흡과 흔히 비교되는 게 흉식호흡이다. 숨이 얕게 들어와 가슴이 오르락내리락하는 방식이다. 복식호흡은 숨이 깊게 들어와 배가 앞으로 나왔다 들어갔다 반복하게 된다. 그런데 복식호흡이라고 해서 배로 숨을 쉬는 건 아니다. 흉식호흡처럼 폐로 숨을 쉬지만 배를 이용하는 것뿐이다. 중요한 건 배가 아니라 횡격막이다. 횡격막은 가슴과 배를 나누는 근육으로 된 막이다. 횡격막이 상하운동을 하면서 배가 움직이는 건데, 공기가 들어가면 횡격막을 팽창시켜 배가 나오게 된다. 엄밀히 말해 배만 나와서는 바른 호흡이 될수 없다. 배와 더불어 옆구리, 허리 뒷부분도 동시에 팽창돼야 한다. 그 점에서 복식호흡보다는 횡격막 호흡으로 부르는 쪽이 오히려 정확하다. 다만 횡격막을 느끼기 어렵기 때문에 편의상 배의 움직임을 통한 복식호흡으로 훈련하는 게 실용적이다.

복식호흡에 익숙해지면 호흡의 길이가 길어지고 소리에 힘이 실린다. 소리는 들숨과 날숨 중 날숨에 얹어 내보내지는데, 복식호흡을 하면 날숨이 강해진다. 성대에 무리가 가지 않으면서도 큰 소리를 낼 수 있고 목에 힘이 덜 들어가 피로도가 줄어든다. 잘못된 발성으로 성대가 상하면 점점 더 듣기 거북한 소리가 된다. 따라서 호흡이 발성의 기본이라는 생각으로 확실한 기초를 잡아야 한다.

2부_ 앵커의 말하기

그럼 배가 나오고 호흡이 충분히 들어온 상태에서 어떻게 말해야 할까. 쉽게 말해 배가 들어가지 않게(횡격막이 올라오지 않게) 버틴다는 생각으로 말하면 된다. 내가 버틴다고 해도 자연히 배는 들어가게 마련이다. 풍선의 바람이 조금씩 빠지는 걸 상상하면 된다. 버티면서 말하면 배에 힘이 들어가게 되고 호흡의 힘도 세지게 된다. 물론 과유불급은 안된다. 과하게 배에 힘을 주면 호흡이 끊기거나 몸의 긴장이 커질 수 있다. 복식호흡은 장기간에 걸친 연습이 필요하고, 몸이 그 상태를 기억하게 해야 한다. 이론을 배우긴 쉬워도 몸에 익히긴 어려운 게 복식호흡이다.

목소리 톤 조절

듣기 좋은 남자 목소리의 조건으로 '부드러운 중저음에 울림이 풍부한 소리'를 드는 경우가 많다고 했다. 유튜브에 '중저음 내는 법' 같은 콘텐츠가 많이 올라오는 이유이기도 하다. 대부분 후두의 위치를 조절하는 내용이다. 후두는 코의 뒤쪽에서 식도의 입구까지를 말한다. 후두가 더 낮은 위치에 있고 공명관이 길수록 소리는 낮아진다. 하품하면 후두가 내려가는 걸 느낄 수 있는데 그 감각을 잘 기억해두면 된다. 목소리가 지나치게 얇거나 높아 고민 중인 남성이라면 후두를 내리는 훈련을 꾸준히 하면 좋다.

앵커들은 일반적으로 도레미파솔 가운데 미 정도의 음이 적당하다고 여긴다. 차분하고 신뢰감이 느껴지는 목소리를 내기 위해서다. 앵커가 호들갑을 떨면 시청자가 불안을 느낀다. 다만 리포트를 할 경우 '솔' 정도로 올리는 게 좋다고 했듯 상황과 분위기에 따라 목소리 톤이 달라져야 한다. 사람들이 많이 모이는 곳에선 톤을 조금 높게 가져가고, 1 대 1로 설득할 때는 톤을 낮추는 게 바람직하다. 기본이 되는 목소리 톤이 있고, 분위기에 따라 자유자재로 변화시키면 된다.

아나운서나 앵커들은 평소에 목소리 관리에 신경을 많이 쓴다. 목에 좋다는 차를 마시고 약을 먹기도 먹는다. 공통점은 물을 많이 마시는 일이다. 성대의 점막은 항상 촉촉해야 진동이 원활해진다. 좋은 목소리를 내는 원천이기 때문에 수시로 물을 마시는 게 좋다.

발음 연습의 효용

발음이 정확하지 않으면 메시지 전달력이 떨어진다. 메시지 자체보다 발음에 더 신경이 가기 때문이다. 발음 때문에 단어의 의미가 헷갈리는 때도 있다. 다행히 발음은 연습하면 무조건 좋아진다. 방송계에 몸담고 있으면서 그런 케이스를 워낙 많이 봤다.

방송기자나 앵커에만 해당하는 얘기가 아니다. 배우들이 젓가락을 물고 발음 연습을 하는 장면은 그리 낯설지 않다. 발음이 정확하지 않고선 감정 연기를 제대로 펼치기 어렵다. 예전엔 TV에 나오는 외국인들의 발음이 정확하지 않았지만 이젠 한국인 못지않게 또렷하다. 뭔가 교육 방법이 달라진 걸까. 발음 연습은 결과가 어긋나는 일이 없는 정직한 공부다. 당장 표가 나지 않기 때문에 지속하기가 쉽지 않다는 게 유일한 단점이다. 인내력만 가지면 좋은 발음을 얻을 수 있다.

영어권에서도 발음 연습을 위한 훈련 툴^{tool}이 존재한다. 이른바 '텅 트위스터'^{Tongue twister}다. 학생들은 학교에서 다양한 문장들을 따라 읽으며 발음을 교정한다.

She sells sea-shells by the sea-shore.
The shells she sells are sea-shells, I'm sure.
For if she sells sea-shells by the sea-shore.
Then I'm sure she sells sea-shore shells.

Peter Piper picked a peck of pickled peppers.
A peck of pickled peppers Peter Piper picked.
If Peter Piper picked a peck of pickled peppers.
Where's the peck of pickled peppers Peter Piper picked.

발음 연습이라고 하면 입을 크게 벌리고 또박또박 자음과 모음을 발음하는 장면이 연상된다. 실제로 그렇게 가르치는 학원들도 많다. 스피치 학원에서 발음만 배웠다는 학생들도 꽤 만나봤다. 2장에서 강조했듯 자연스러운 말하기가 좋은 말하기다. 발음 연습도 좋지만 작위적이면 우스꽝스럽다. 자연스럽게 말하면서 발음이 정확하게 나와야 한다.

얼굴과 입 주변 근육이 풀려 있으면 좋은 발음을 내는 데 유리하다. 다양한 표정을 지으며 얼굴 근육을 풀어보자. 혀로 똑딱똑딱 소리를 내거나, 푸르르르 입술 떨기를 자주 하는 것도 도움이 된다.

영어의 '텅 트위스터'처럼 어려운 문장을 반복적으로 읽으면 발음에 도움이 된다. 5분도 안 걸리니 아침에 일어나 한 번씩 읽어보는 건 어떨까.

- 뜰의 콩깍지는 깐 콩깍지인가, 안 깐 콩깍지인가
- 간장 공장 공장장은 강공장장이고, 된장 공장 공장장은 공 공장장이다
- 저기 있는 저분이 박 법학박사이고, 여기 있는 이 분이 백 법학박사이다
- 저기 저 뜀틀이 내가 뛸 뜀틀인가 내가 안 뛸 뜀틀인가
- 중앙청 창살은 쌍 창살이고, 시청의 창살은 외 창살이다
- 경찰청 쇠창살 외 철창살, 검찰청 쇠창찰 쌍 철창살
- 신진 상송 가수의 신춘 상송 쇼
- 대한관광공사 곽진관 관광과장님
- 앞 집 팥죽은 붉은 팥 풋 팥죽이고 뒷집 콩죽은 햇콩단콩 콩죽 우리집 깨죽은 검은깨 깨죽인데

  사람들은 햇콩 단콩 콩죽 깨죽, 죽 먹기를 싫어하더라
- 촉촉한 초코칩이 되고 싶어서 촉촉한 초코칩 나라에 갔는데 안

촉촉한 초코칩이니까 안 촉촉한 초코칩 나라로 돌아가라

- 작은 토끼 토끼똥 옆에는 큰 토끼 토끼똥이 있고
큰 토끼 토끼똥 옆에는 작은 토끼 토키똥이 있다
- 한양 양장점 옆에 한영 양장점, 한영 양장점 옆에 한양 양장점
- 검은콩 옆 빈 콩깍지는 강낭콩 깐 콩깍지
강낭콩 옆 빈 콩깍지는 검은콩 깐 콩깍지
- 챠프포프킨과 치스챠코프는 라흐마니노프의 피아노 콘체르토
의 선율이 흐르는 영화 파워트웨이트를 보면서 켄터키 후라이드
치킨, 포테이토 칩, 파파야 등을 포식하였다.

장단음 연습

장단음은 단어의 뜻에 따라 첫음절을 때로는 길게, 때로는 짧
게 발음하는 것을 말한다. 단음의 길이가 1이라면 장음의 길이는
1.8~2 정도가 적당하다. 속도가 빠른 말하기라면 1.5 정도도 충분
하다. 오히려 너무 길게 늘이면 어색해진다. 연습하는 과정에선 다
소 과장할 수 있지만 실제 대화에선 과해선 안 된다.

장단음이 뭐가 중요하냐고 생각할 수 있다. 일상에선 장단음 몰
라도 의사소통에 큰 지장은 없다. 헷갈리면 단어의 뜻을 다시 물어
보면 된다. 하지만 우리가 지향하는 건 고급 말하기가 아닌가. 장단
음을 정확하게 구사하면 세련되고 리듬 있는 언어 활용이 가능해진
다. 단어의 의미가 오류 없이 전달되는 건 물론이다.

명확한 소통을 원한다면 장음으로 의미가 바뀌는 경우를 정확히 알아야 한다. 장음 눈:은 하늘에서 내리는 눈雪이지만 짧은 발음의 눈은 동물의 눈目을 뜻한다. 모:자는 어머니와 아들이지만, 모자는 머리에 쓰는 도구다. 말:(입으로 하는 말)과 말(타고 다니는 말), 공:(축구공)과 공(이바지한 공적) 등 발음의 길이에 따라 의미가 달라지는 말들이 너무나 많다. 사전을 자주 찾아보고 여러 번 발음하면 자연스럽게 입에 익게 된다. 이 책에선 일부 내용만 적었는데, 나머지 장단음은 각자 공부하길 권한다.

〈장단음에 따라 의미가 달라지는 경우〉

- 간: 신체부위 vs **간** 음식의 짠 정도
- 감:자 자본을 줄임 vs **감자** 채소
- 강:도 힘으로 빼앗는 도둑 vs **강도** 센 정도
- 노:상 길에서 vs **노상** 늘 그러함
- 대:중 여러 사람 vs **대중** 대강 어림잡아 헤아림
- 되: 다 반죽이나 밥 따위가 물기가 적어 빡빡하다 vs **되다** 다른 것으로 바뀌거나 변하다
- 말: 다 그만두다 vs **말다** 밥이나 국수 따위를 물이나 국물에 넣어서 풀다
- 묻:다 질문하다 vs **묻다** 가루, 풀, 물 따위가 그보다 큰 다른 물체에 들러붙거나 흔적이 남게 되다
- 미:련 깨끗이 잊지 못하고 끌리는 데가 남아 있는 마음 vs **미련**

어리석고 둔함

- **분:수** 사물을 분별하는 지혜 vs **분수** 물을 위로 내뿜는 설비
- **비:록** 비밀스러운 기록 vs **비록** 아무리 그러하더라도
- **상:품** 아주 좋은 품질 vs **상품** 사고파는 물품
- **제:기** 제사 지낼 때 쓰는 그릇 vs **제기** 발로 차고 노는 장난감
- **요:새** 군사적으로 중요한 곳에 튼튼하게 만들어 놓은 방어 시설 vs **요새** 요사이
- **적:다** 많지 않다 vs **적다** 기록하다
- **고:르다** 여럿 중에서 가려내거나 뽑다 vs **고르다** 비슷비슷하다
- **구:두** 마주하여 입으로 하는 말 vs **구두** 가죽을 재료로 만든 신발
- **굽:다** 익게 하다 vs **굽다** 휘다
- **천:직** 낮고 천한 직업 vs **천직** 더없이 귀한 직업
- **광:주** 경기도 광주 vs **광주** 전라도 광주
- **성:인** 길이 우러러 본받을 만한 사람 vs **성인** 어른

〈숫자의 장음〉

기수 2: 4: 5: 만^萬:

서수 둘: 셋: 넷: 열: 쉰:

〈방송뉴스에 자주 쓰이는 장음〉

방:송 보:도 취:재 경:찰 검:찰 총:리 대:통령

가:능	공:동	교:수	대:비	대:응	대:학	보:건소
대:표	사:건	사:고	병:원	사:망	사:실	긍:정적
여:당	야:당	오:전	오:후	중:요	최:근	게:시판
여:론	선:택	부:담	해:소	보:유	비:교	대:변인
정:의	시:민	교:육	연:구	이:상	이:하	가:처분
누:출	환:자	장:관	시:장	개:입	오:염	변:호사
준:비	진:단	하:락	한:국	현:황	예:정	효:율적
사:람	보:상	말:씀	대:회	소:년	소:녀	시:각화
전:화	전:파	문:제	도:덕	비:용	내:용	보:고서
계:속	노:인	최:초	효:과	자:금	운:동	연:예인
이:념	돕:다	교:훈	감:염	처:분	보:고	대:부분
개:인	정:확	손:해	검:토	보:전	자:세	옛:날에
경:쟁	우:주	헌:법	비:극	개:혁	용:도	청:문회
근:무	현:지	저:항	놀:다	주:민	선:거	위:하다
시:작	세:상	강:조	거:부	봉:사	유:명	숨:지다
없:고	많:은	좋:은	훈:련	강:의	성:격	거:짓말
계:획	모:든	멀:리	예:외	현:재	처:음	소:중한
최:고	숫:자	한:글	다:만	해:상	안:개	도:덕성
대:면	최:후	대:신	주:소	범:죄	대:출	이:례적
토:론	진:행	현:금	회:사	보:궐	유:죄	주:민등록
건:강	담:배	세:포	예:금	냄:새	반:성	만:장일치

경어법 익히기

아는 것 같으면서도 자주 헷갈리는 게 경어법이다. 대학 수능시험에서도 단골 출제되는 영역이다. 우리나라는 예절을 중시해 경어법이 발달한 만큼 정확히 알지 않으면 곤경에 처할 수 있다.

방송에선 기본적으로 시청자 중심의 경어법을 사용한다. 출연자나 제3자에게 지나치게 높임말을 쓰면 경어법에 어긋난다. '대통령께서 경축식장에 들어오고 계십니다'는 '대통령이 경축식장에 들어오고 있습니다'로 표현하는 게 적절하다. 특정 정치인을 지칭하면서 '~하셨다'라고 말하는 것도 정확한 표현이 아니다. 다만 토론 출연자나 인터뷰 대상자에게 높임말을 쓰는 건 문제가 없다.

방송인들은 경어법을 잘 지키고 있을까. 솔직히 그렇다고 답하기 어렵다. 시사토크 프로그램을 보면 제3자에 대해 과도한 높임말을 쓰는 사례를 쉽게 찾아볼 수 있다.

낭독 연습

발성의 기본기를 익히려면 낭독과 녹음을 자주 하는 게 좋다. 우선 자신과 목소리 톤이 비슷한 방송기자나 앵커를 찾는다. 발음과 발성이 좋고, 방송에 자주 노출되는 인물 중에서 고르면 된다. 본인이 롤모델로 삼고 있는 방송인도 좋다. 단 자신은 목소리 톤이 높은데 지나치게 저음인 상대를 고르면 안 된다. 목소리 결이 어느 정도 맞아야 한다.

벤치마킹할 방송인을 찾았다면 이제 당사자가 리포팅하거나 진행한 영상을 찾아 텍스트 자료를 만든다. 요즘엔 텍스트 전문이 제공되는 경우가 대부분이지만 그렇지 않은 경우엔 원고를 만들어야 한다.

텍스트 자료가 준비됐으면 녹음과 모니터링, 재녹음 과정을 반복하면 된다. 먼저 본인이 직접 방송에서 말하는 것처럼 녹음한다. 리포팅, 출연, 진행 등 다양한 장르로 연습할수록 좋다. 그다음이 중요한데 실제 방송됐던 오디오와 비교하면서 자신의 문제점을 찾아야 한다. 호흡 처리는 잘 됐는지, 끊어 읽기에 문제는 없었는지, 특정한 '쪼'가 반복된 건 없는지 살펴야 한다. 일단 귀가 뚫려야 말의 수준이 높아질 수 있다. 문제점을 찾아냈으면 다시 녹음해 문제가 해결되는지 확인해야 한다.

자신의 목소리를 녹음하고 리뷰하고 재녹음하는 과정은 지루할 수 있다. 효과는 100% 확실하지만 말이다. 본받고 싶은 방송인과의 싱크로율을 높여 간다면 어느 순간엔 그 단계를 넘게 된다. 자신의 스타일을 입히게 되는 것이다. 그때까진 힘들어도 녹음, 재녹음을 반복해 보자.

일상 대화의 중요성

'정치부회의'를 진행하던 시절 외부 사람들을 만나면 늘 듣는 말이 있었다. "방송에서와 똑같으시네요." 그럴 수밖에 없던 건 필자가 싱크로율 100%를 지향해 왔기 때문이다. 평소에도 방송하듯 말하고, 방송에선 평소 대화처럼 얘기하는 게 목표였다. 자연스러운 모습을 방송에서 보이기 위해서였다. 7년 넘게 '정치부회의'를 진행하면서 늘 지켜왔던 원칙이었다.

앞에서 발음과 발성, 호흡 얘기를 했지만 따로 시간을 내 연습하기가 쉽지만은 않다. 아침이나 밤에 30분 정도 시간을 뺀다면 최선이 아닐까 싶다. 그러면 나머지 훈련은 어디에서 할까. 바로 일상이 가장 좋은 체육관이다. 평소 대화를 할 때 나의 언어습관이 어떤지 관찰하고 지속해서 문제를 개선해야 한다. 사람들의 피드백을 참고하면서 말하기의 수준을 높여 가는 게 필요하다. 주변에서 말을 잘하는 사람들의 스타일을 배우는 것도 덤이다.

문장을 얼버무리지 말고 깔끔하게 끝맺는 습관을 들이면 말하기에 도움이 된다. 한국말은 중요한 서술어가 마지막에 오는 경우가 많다. 뒤를 분명히 발음해야 메시지 전달이 정확해진다.

왜 그렇게 피곤하게 사냐고 묻는 사람들도 있을 수 있다. 그러나 말하기를 잘하고 싶다면 그 정도의 노력은 감수해야 하지 않을까. 익숙해지면 그렇게 힘들지 않다. 자동차 운전을 처음에 배울 때는 얼마나 어려운가. 운전대가 편해지면 전후좌우 살피며 옆의 사람과 대화하는 것도 크게 어렵지 않다.

평소에는 마이크를 쓸 일이 많지는 않지만 사용법을 알아놓는 건 유용하다. 마이크와 입의 거리는 주먹 하나가 들어갈 정도면 적당하다. 마이크가 앞에 있다면 필요 이상으로 목소리를 크게 낼 필요가 없다. 마이크를 사용했을 때 자신의 목소리가 어떻게 나오는지 관찰해 적절한 톤과 강도를 기억해 둬야 한다. 가끔 숨소리나 "쓰~읍"하는 소리가 마이크에 잡힐 수 있으니 모니터링도 해봐야 한다.

어휘력 키우기

2장에서 쉽게 말하는 게 중요하다고 했다. 중학생이 바로 알아들을 정도가 적당하다고도 했다. 그럼 중학교 2학년 수준의 어휘력만 있으면 되는 게 아닐까. 아쉽게도 현실은 그렇지 않다. 풍부한 어휘력을 가지는 건 남보다 훨씬 많은 물감으로 그림을 그리는 것과 같다. 그림 자체가 다채로워지는 것이다. 어휘가 부족하면 세계관 자체가 좁아진다. 물감 몇 개로만 그림을 그리니 사람들을 감동시키기도 어렵다.

어휘력은 많은 어휘를 알고, 그 어휘를 글과 말로 적절하게 표현하는 능력이다. 어휘를 단순히 많이 아는 게 아니라 자유자재로 활용하는 능력이 중요하다. 어휘력이 좋으면 맥락에 가장 어울리는 단어를 고를 수 있다. 자연히 군더더기 표현이 줄어든다. 핵심을 정확히 짚으니 메시지 전달력도 높아질 수밖에 없다. 커뮤니케이터로서의 기본 역량이 커지는 셈이다.

어휘의 세상은 곧 사고력의 세계다. 생각은 언어를 기반으로 하기 때문이다. 이 책을 읽는 독자들도 어느 정도 공감할 거라고 본다. 어휘력이 풍부한 사람치고 생각의 깊이가 얕은 사람을 찾아보긴 어렵다. 어휘력 자체가 많은 인풋^{input}을 기반으로 한다. 어휘는 저절로 늘어나는 게 아니다. 축적이 필요한 만큼 사고력과 어휘력은 서로 영향을 미친다. 책을 많이 읽고 생각을 깊이 하는 사람은 어휘를 능수능란하게 다룬다. 어휘에 대한 감수성도 좋아진다. 반대로 어휘력이 일단 풍부해지면 사고력 등 뇌의 다른 기능에도 긍정적 효과를 가져온다. 인간의 언어를 학습한 AI 챗GPT의 능력을 보면 언어의 신비로움을 알 수 있다. 언어는 인간이 만들어 낸 가장 위대한 산물일지 모른다.

누구나 학창 시절 영어 단어장을 만들어 본 기억이 있을 거다. 그런데 국어 단어장을 정성스럽게 만드는 사람들은 많이 보지 못했다. 수험생들 빼고 말이다. 적어도 방송에서 말하는 직업을 가졌다면 나만의 국어 단어장을 만들기를 권한다. 필자도 10년 넘게 단어장과 표현 노트를 써 왔는데 아주 유용하다. 책이나 방송에서 좋은 어휘나 표현을 만나면 꼭 메모를 해놓는다. 2~3주 지난 후 다시 펼쳐보는데 상당수 표현은 식상하게 느껴져 가운데에 줄을 긋는다. 참고용으로 놔두고 싶어 아예 지우진 않는다. 시간이 지나도 마음에 드는 단어와 문장은 따로 뽑아내 의식적으로 일상에서 사용해 본다. 자꾸 써야 몸에 익고 자연스럽게 입으로 나온다. 입으로 바로 나오지 않는 어휘는 활용도가 낮다.

국어사전을 가까이하는 것도 좋은 습관이다. 요즘엔 포털의 온라인 사전들을 많이들 쓴다. 어떤 사전이든 자주 보면 된다. 필자는 글을 쓸 때 국립국어원 표준국어대사전을 띄워놓고 작업한다. 공신력 있고 예문도 풍부해 효용성이 높다. 추천할 만하다.

요약하면, 많은 어휘를 접하고 사전과 단어장을 활용하며 일상에서 자주 사용하는 것. 그 이상의 지름길은 없다.

신문 읽기

신문은 어휘력을 기르는 보고寶庫다. 종이신문의 위상이 예전 같진 않지만 적어도 이 명제는 참이다. 정치, 경제, 사회, 문화 분야에서 통용되는 어휘를 신문만큼 종합적으로 습득할 수 있는 곳은 없다. 중2 수준의 단어부터 전문 용어까지 다양한 수준의 어휘가 등장한다. 경제 기사의 경우 용어를 설명하는 책이 따로 나올 정도다. 우리나라에서 말 잘하는 걸로 유명한 사람들은 너도나도 신문 읽기를 권한다. 정파적 논란이 있다는 점만 빼고는, 신문 같은 유용한 종합선물 세트는 드물다.

시간이 허락된다면 신문 전체를 꼼꼼히 읽는 게 제일 좋다. 1면 톱기사부터 시작해 지면을 넘겨 가며 눈길 가는 기사를 읽으면 된다. 신문 전체라고 해서 모든 기사를 다 읽을 필요는 없다. 제목만 봐도 그냥 이해되는 기사가 많기 때문이다. 자신에게 흥미를 유발하는 기사를 골라 꼼꼼히 읽으면 된다.

시간 제약이 크다면 오피니언면 위주로 읽는 방안을 제안하고 싶다. 사설과 칼럼, 외부 기고 등으로 구성된 오피니언면은 어휘력과 사고력, 논리력을 동시에 키울 수 있는 코너다. 필자가 초등학생이었을 때는 사설을 오려놓고 한자 공부를 했던 기억도 난다. 오피니언면에는 사내외 칼럼니스트가 글을 쓰기 때문에 어휘의 다양성도 크다. 장담컨대 오피니언면을 꾸준히 읽으면 어휘력과 사고력 모두를 성장시킬 수 있다. 논조가 다른 신문을 읽는다면 정치적 균형감까지 갖출 수 있다.

자신이 좋아하는 칼럼니스트의 글을 모조리 읽어보는 방법도 추천할 만하다. 예전엔 스크랩북을 뒤져야 했지만, 요즘엔 검색만 하면 과거 글을 다 찾을 수 있다. 칼럼니스트의 글 전체를 본다면, 그가 자주 쓰는 어휘를 통째로 이식받는 효과가 생긴다.

신문은 눈으로만 보는 걸까. 소리를 내 읽어보면 더 좋다. 단순히 글쓰기를 위해서라면 눈으로 보거나 필사하면 된다. 말하기까지 잘하고 싶다면 음독을 해보자. 앞서 말한 오피니언면의 사설, 칼럼을 소리 내 읽어보자. 눈으로만 봐선 말하기 실력이 눈에 띄게 늘지 않는다. 이왕이면 다목적 카드가 좋지 않을까. 오피니언면을 매일 정독하고 필사하고 입으로 읽는 노력을 한다면 어휘력, 사고력, 논리력, 말하기 능력을 한 번에 키울 수 있다.

소설 읽기

어휘력을 늘리기 위해서라면 소설이 유용하다. 재미까지 있으니 더 좋다. 다만 소설 한두 편 읽는다고 갑자기 어휘력이 풍부해지는 건 아니다. 반복과 습관이 중요하다.

무엇보다 소설을 꾸준히 읽으면 어휘력 못지않게 글맛이 좋아진다. 문장이 유려해진다. 스토리텔링에 강해진다. 글이 좋아지면 말하기 역시 윤택해질 수 있다. 이 책에서 계속 강조하는 거지만 말과 글은 동떨어진 게 아니다. 말하기와 글쓰기는 연결돼 있다. 특히 고급 단계로 가려면 완전히 한 몸이 돼야 한다. 그 점에서 소설은 글쓰기와 말하기 양쪽에 긍정적 영향을 줄 수 있다.

앞서 신문 칼럼 부분에서도 언급했지만 소설 읽기도 방법론은 비슷하다. 일단 좋아하는 작가의 작품을 통째로 읽는 방법을 제안한다. 필자도 좋아하는 소설가 7~8명의 작품은 나올 때마다 모두 구매한다. 한 작가의 작품은 전작을 최소 5번씩 읽었다. 마음에 드는 문장이나 단어가 있으면 밑줄을 긋고 메모한다. 따로 노트에도 적어둔다. 그쯤 되면 작가의 작품세계가 빙의되듯 달려든다. 스토리 구조는 물론 작가가 쓰는 언어 세계도 자연스럽게 스며든다. 필자의 경험에 비춰볼 때 이런 방법이 제일 효과가 좋았다.

신문도 마찬가지지만 소설 역시 많이 읽을수록 좋다. 다만 시간의 한계가 있으므로 효율적으로 읽어야 한다. 아무래도 장편보다는 단편 소설을 추천하고 싶다. 자투리 시간만 활용해도 일주일에 3~4편 정도는 무난하게 읽을 수 있다. 추리소설 매니어라면 관련 책을 읽어도 무방하다.

롤 모델 따라 하기

말하는 데 필요한 어휘력은 자신이 닮고 싶은 사람을 따라 하는 게 효과적이다. 롤모델로 여기는 사람의 강연, 토론, 출연 장면을 반복해서 보는 것이다. 영상을 배경 화면 정도로만 틀어놔선 안 된다. '복붙'을 할 수 있는 수준으로 메시지 내용, 시선 처리, 목소리 톤, 손동작 등까지 관찰해야 한다.

이 연습을 꾸준히 하다 보면 롤모델이 자주 쓰는 어휘를 자신도 모르게 흡수하게 된다. 필자는 처음 토론 진행을 맡았을 때 이 방법을 썼다. 토론을 능숙하게 진행하는 앵커 2명의 영상을 모두 뒤졌다. 보름 정도 몰입하니 토론 진행의 요령과 자주 쓰는 어휘를 자연스럽게 체득하게 됐다. 그때는 벼락치기 수준이었고 이후에도 롤모델로 여기는 진행자의 영상을 수시로 찾아보고 있다.

가급적이면 자신과 목소리 톤이 비슷하거나 공통점이 많으면 좋다. 벤치마킹에 적합한 조건들이다. 물론 잊어선 안 되는 게 있다. 롤모델 따라 하기는 과정이지 결론이 아니라는 점이다. 최종 목표는 자신의 개성을 드러내는 일이다. 모창의 한계를 생각해 보면 된다. 이 점을 잊어버리면 방향성을 상실할 수 있다.

언어습관 되돌아보기

조금 번거로울 수 있지만 필요한 과정이 있다. 회의 석상이든 술자리든 일상에서 자신이 말하는 내용을 녹음해 보는 것이다. 자신의 언어습관을 분석하기 위해서다. 어휘의 다양성, 정확성, 유창성 등은 정밀하게 따져보지 않으면 알 수가 없다. 사람들은 대체로 자신에 대해 호의적인 평가를 내리기 때문이다. 녹음해 놓고 나중에 들어보면 대부분 큰 충격을 받는다. 내가 이렇게 횡설수설하고 똑같은 단어만 반복적으로 쓰다니⋯⋯. 단 다른 참석자들에게 실례가 될 수 있으니, 문제가 안 되는 범위에서 녹음해야 한다.

작업이 익숙해지면 반복이 잦은 단어나 구절을 바꿔보는 연습을 해본다. 다음번 녹음에서 문제가 개선됐는지 살피면 된다. 이런 과정을 계속 진행하면 평소 언어습관에 실질적인 변화가 생긴다. 아무 말이나 내뱉는 습관이 없어지고 말하기 전에 생각하는 과정이 끼어든다.

순발력 키우기

2장에서 방송 말하기의 중요한 요소 중 하나로 순발력을 꼽았다. 방송의 특성상 돌발 상황에 대응해야 하는 경우가 많기 때문이다. 앵커들끼리는 내공을 비교할 때 순발력으로 평가하기도 한다. 경력이 오래된 앵커라도 긴급 상황에 대처한 경험이 없다면 속보 처리에 애를 먹곤 한다.

방송 은어 중에 '마가 뜬다'라는 말이 있다. '마'는 일본어로 사이間를 뜻한다. 방송 중 이야기가 중간에 끊겨 말이 없는 상태를 말한다. 진행자 입장에선 최악의 상황이다. 간담이 서늘해지는 경험을 하지 않으려면 평소에 철저한 준비를 해야 한다. 어떤 분위기에서도 말을 길게 끌 수 있는 앵커라면 돌발 상황은 위기가 아니라 기회다. 자기 능력을 맘껏 보여줄 수 있어서다. 방송사 입장에서도 속보 대응 능력이 뛰어난 앵커를 자주 중용하게 된다. 방송에선 무엇보다 안정성이 중요하기 때문이다.

순발력은 어느 정도 타고난 측면도 있다. 성장기의 경험도 큰 몫을 한다. 그러나 대부분은 연습과 훈련의 결과다. 순발력이 좋아지려면 먼저 말할 거리, 즉 콘텐츠를 충분히 갖고 있어야 한다. 중요한 이슈들은 업데이트를 계속 해야 한다. 신문, 방송 뉴스를 꼼꼼히 챙겨보는 일도 필요하다. 평소의 노력이 축적돼 실력으로 쌓인다. 작가가 써준 대본에만 의존하는 앵커는 순발력을 키울 수가 없다.

콘텐츠를 갖고 있어도 말하는 능력이 개발되지 않으면 쓸 수가 없다. 키워드 몇 개만 가지고도 끊기지 않게 말을 이어가려면 연관된 훈련을 해야 한다. 그 얘기를 지금부터 할 텐데 모두 효과가 입증된 방식이니 꼭 따라 하길 기대한다.

스크립트 만들기

방송을 보면 앵커나 사회자들이 한 손에 메모지를 들고 말한다. A4용지 4분의 1 크기의 스크립트다. 앵커 멘트를 문장으로 적는 경우도 있지만 대부분 키워드와 주제, 핵심 단어를 기록한다. 시간순으로 어떤 키워드들이 등장해야 하는지 일목요연하게 정리돼 있다.

스크립트의 용도 중 하나는 프롬프터 사고에 대비하는 것이다. 아주 가끔 생방송 중 프롬프터가 멈추는 일이 있다. 기계 고장이 아니더라도 프롬프터를 운용하는 제작진이 실수할 수 있다. 프롬프터 내용을 업데이트하지 않아 수정 전 원고가 뜨는 일도 있다. 생방송 중 비상 상황이 벌어졌을 때 스크립트가 있다면 큰 문제 없이 방송을 끌어갈 수 있다.

사고가 아니라 아예 처음부터 프롬프터를 쓰지 않는 때도 있다. 그때는 스크립트에 의지해야 한다. 흐름을 숙지하고 있다면 스크립트에 적힌 내용만으로도 충분히 진행할 수 있다. 물론 스크립트에 적힌 내용을 자연스럽게 쳐다보는 것도 처음엔 쉽지 않다. 뭐든지 자연스럽게 하려면 시간과 경험이 필요하다.

스크립트 제작을 말하기에 활용한다면 유용한 도구가 될 수 있다. 우선 일일이 문장을 쓰지 않고 키워드 중심의 사고가 가능하다. 익숙해지면 핵심 키워드를 뽑아내는 훈련도 된다. 이건 말하기에서 강력한 무기가 된다. 키워드를 시간순 또는 주제 순으로 배열하다 보면 스토리 구성에 대한 감각도 생긴다. 서론-본론-결론 순으로 갈지, 결론을 앞에 내세울지, 에피소드 위주로 말할지 등을 순간적으로 판단하게 된다.

많은 사람 앞에서 발표할 기회가 생겼다고 가정하자. 끊어 읽기까지 표시된 완전 원고를 만들고 싶은 욕구가 생길 수밖에 없다. 그 정도의 원고를 가지고 있으면 불안감이 줄어든다. 당황할 일이 생겨도 그냥 원고를 읽으면 되니 말이다. 다만 말하기 실력을 크게 늘리겠다는 욕심은 접어둬야 한다. 대통령의 연설처럼 단어와 문장 하나가 큰 파장을 불러오는 게 아니라면 과감히 습관을 바꿔보는 게 어떨까.

한 장의 스크립트에 말할 거리를 적는 훈련을 하다 보면 응용도 가능해진다. 종이가 없으면 손바닥에 키워드 몇 개만 적어도 된다. 익숙해지면 그것도 필요 없다. 사진을 찍듯 머릿속에 스크립트 영상이 떠오르게 된다. 즉흥적으로 말할 기회가 생겨도 30초만 주어지면 머릿속에 스크립트를 만들 수 있다. 이 단계가 되면 중구난방으로 초점 없이 말하는 단계는 졸업이다. 말하기의 수준이 완전히 달라지는 것이다.

중계 연습

말하기에서 순발력은 여러 양상으로 표현된다. 그중 하나는 달변이다. 말할 거리만 찾으면 얼마든지 길게 말할 수 있다. 말할 소재가 없으면 주변에서 벌어지는 일을 중계라도 한다. 주변에서 이런 유형의 사람을 가끔 만나게 된다. 말을 지나치게 반복만 하지 않는다면 방송인으로선 큰 장점이 있다고 볼 수 있다.

입을 통해 전달하는 것들은 입으로 리허설을 해야 한다. 눈으로만 봐선 안 된다. 소리가 입 밖으로 나오는 연습이 돼야 실전에서도 작동된다. 다시 강조하지만, 평소 연습이 중요하다.

간단한 훈련 방법은 자신의 모든 행동을 중계방송하는 일이다.

"네, 지금 저는 책상에 앉아서 책 원고를 쓰고 있는데요…… 컴퓨터는 S사 제품을 사용 중입니다. 문서 프로그램은 00을 사용 중입니다. 목차 중 '중계 연습' 부분을 설명하고 있는데 방송 초창기에 직접 해보던 경험도 떠오르네요. 아, 지금 SNS 메시지가 하나 왔네요. 내일 오전에 중요한 회의가 있다는 내용입니다. 회의 준비도 해야 하니 책 쓰는 속도를 조금 더 올려야겠습니다……."

이렇게 자기 행동, 생각을 입 밖으로 중계방송하듯 말하면 된다. 지루하더라도 계속 연습하면 입이 풀리고 달변의 기초가 만들어진다. 주의할 점은 주변에서 이상한 시선으로 쳐다볼 수 있다는 점이다. 너무 크게 중얼거리지는 말자.

방송계에서 사용하는 또 다른 방법은 대중교통에서 사람을 관찰하고 거리 간판을 읽는 것이다. 제대로 말하려면 눈도 빨라야 하고 입도 빨라야 한다. 관찰력도 좋아지면서 당연히 말하기에도 도움이 된다.

즉석 스피치

말하기 관련 책들에서 자주 추천하는 방식이다. 돌발적으로 주제를 주고 1분 혹은 3분간 말하게 하는 것이다. 아나운서 이금희의 저서 『우리, 편하게 말해요』를 보면 3분 스피치 경험담이 나온다. 예전에 아나운서 시험에 합격하고 한 달간 매일 트레이닝을 받왔다고 한다. 오후 5시쯤 선배 아나운서들이 동그랗게 모여 앉으면 그 앞에서 주제를 받고 3분간 이야기를 하는 식이다. "커피에 관해 얘기해 보시죠" 주제는 눈앞에 보이는 걸로 즉석에서 정해졌다고 한다. 아나운서마다 다른 주제를 던지니 미리 연습할 수도 없다. 처음엔 1분을 넘기기도 어렵지만 나중엔 유머까지 섞으며 3분을 채웠다는 게 이금희 아나운서의 경험담이다.

즉석 스피치는 순발력을 키우는 효용도가 높다. 시간은 3분이 아니라 1분이어도 좋다. 2분이면 어떤가. 중요한 건 주제를 듣고 바로 말을 하는 것이다.

즉석 스피치를 할 때는 주제에 대한 핵심 포인트를 가장 먼저 떠올려야 한다. 그다음 기본 구조에 맞춰 말하면 된다. 기본 구조는 서론-본론-결론일 수도 있고, 주장-근거-주장(한 번 더 강조)일 수도 있다. 평소에 몇 가지 스토리 구조를 익혀 놓으면 도움이 된다. 2장에서 언급한 논리 구조화를 참고하면 된다. 여기에 몸짓을 활용해 자신감 있게 전달하면 훌륭한 스피치가 된다. 마지막으로 피드백을 받고 개선점을 찾으면 완성이 된다. 능숙한 스피치는 경험에 비례한다.

즉석 스피치는 몇 명이 모여 함께하면 더 효과적이다. 종이에 각종 주제와 단어를 적은 뒤 바구니에 넣어 멤버들이 뽑게 한다. 평소 생각하기 어려운 단어도 적고, 연결성이 없는 어휘 2~3개를 붙여놓기도 한다. 처음엔 생각을 정리하게 시간을 약간 가져도 좋다. 익숙해지면 바로 시작하거나 30초 이내의 시간만 주도록 한다. 그래야 순발력이 빠르게 좋아진다.

여럿이 모이기 어려우면 혼자서도 할 수 있다. 가족 중 누군가에게 주제를 던져달라고 하고 혼자 과정을 밟으면 된다. 되도록 녹음하거나 촬영을 해 리뷰가 가능하도록 하자. 촬영하면 메시지 내용뿐 아니라 표정과 손동작, 말버릇까지 한꺼번에 판단할 수 있다.

프롬프터와의 이별

앞에서 몇 번 언급했던 프롬프터 얘기를 다시 해보자. 프롬프터는 연설이나 프리젠테이션^{PT} 중에 원고 내용을 표시해 주는 장치다. 연사나 발표자는 시선 위치에 있는 프롬프터를 활용할 수 있어 눈을 돌리지 않고 자연스럽게 말할 수 있다. 연설이 길거나 명확한 메시지 전달이 필요한 경우 특히 편리하다. 방송에서도 프롬프터가 적극 활용되는데 정확한 팩트를 전해야 하기 때문이다.

문제는 프롬프터 의존도가 너무 높다는 점이다. 방송은 말하기의 최전선에 있고 당연히 자연스럽게 말할수록 좋다. 프롬프터에 의지하게 되면 아무래도 말보다는 글을 읽는 듯한 분위기가 생긴다. 프롬프터 속 문장을 틀리지 않게 읽으려 하니 그럴 수밖에 없다. 1장에서 언급했던 대로 뉴스에서 앵커와 출연자의 시선이 엇갈리기도 한다. 앵커는 출연자를 쳐다보고 있는데 출연자는 앵커가 아니라 프롬프터를 보고 있을 때다. 개인적으로 이 장면이 굉장히 거슬린다.

'정치부회의'를 진행하던 시절, 의식적으로 프롬프터를 보지 않았다. 처음엔 어색했는데 익숙해지니 훨씬 편했다. 앵커 초창기와 후반기를 비교해 보면 분위기가 확실히 다르다. 시간이 갈수록 자연스럽게 말하고 있다는 느낌이 든다. 그 요인 중 하나는 프롬프터 의존증을 벗어버렸기 때문이라고 본다.

MBN 앵커 김주하는 저서 『안녕하세요 김주하입니다』에서 프롬프터에 얽힌 일화를 소개하고 있다. MBC 시절 손석희 앵커와의 인연인데 한번은 손 앵커가 방송 직전 프롬프터를 끈 적이 있다고 한다. 그러면서 "나 때는 저런 거 없이 했어. 프롬프터 의지하면 발전 못 해"라고 말했다는 것이다. 1999년 손 앵커는 유치원생과 화재라는 두 마디만으로 씨랜드 화재 참사를 보도했다고 한다. 김주하 앵커는 옆에서 당황하고 있던 자신과는 너무 달랐다고 회고했다.

엘리베이터 스피치

1부 신문 글쓰기에서 잠시 언급했던 내용이다. 컨설팅회사 맥킨지에서는 신입 사원들이 입사하면 엘리베이터 테스트를 한다. 경영자를 엘리베이터 안에서 만났다고 가정하고 30초 안에 핵심을 설명하는 것이다. 30초 이내에 PT를 마치지 못하면 본질을 못 보고 있는 걸로 간주된다. 장황하게 설명이 이어지면 곧바로 이런 질문이 날아든다. "그래서 네가 하고 싶은 말이 뭔데?"

엘리베이터 스피치는 간결하고 간명한 표현으로 핵심을 잡아내는 방식이다. 핵심 가치와 유용성이 잘 드러나야 한다. 형식은 다르지만, 신문기자 시절 수없이 들었던 말도 '한 줄로 요약하면'이었다. 핵심을 짧게 말할 수 있다면 길게 말하는 건 일도 아니다. 각자 자신에게 어울리는 방법으로 엘리베이터 스피치를 연습해 보자.

질문 능력 키우기

질문의 중요성은 강조하고 또 강조해도 부족하다. 질문만 잘해도 방송인으로서 입지를 다질 수 있다. 30년 언론인 생활을 해보니 질문하는 실력이 곧 그 사람의 능력이라는 생각까지 든다.

질문은 말하기의 핵심이다. 질문을 통해 대화를 잘 이끌 수 있다. 전문적 지식이 없어도 관계없다. 상대가 설명할 수 있도록 질문만 잘 던지면 된다. 질문은 대화와 토론의 핵심 요소다. 질문을 통해 상대방의 생각과 의견을 알 수 있고, 새로운 정보와 지식도 얻을 수 있다. 문제해결 능력도 발전시킬 수 있다. 질문 능력 하나로 이렇게 많은 걸 얻을 수 있다.

좋은 질문을 던지는 건 생각보다 쉽지 않다. 그동안 우리는 학교에서 주로 한 가지 정답을 찾는 일을 해왔다. 질문보다는 해답에 주목했다. 이제 방향을 바꿔보자. 좋은 질문을 던져야 좋은 답을 얻을 수 있다. 질문이 주가 돼야 한다.

2010년 주요 20개국 서울정상회의가 끝나고 오바마 미국 대통령이 개최국인 한국 기자들에게만 질문 기회를 줬다. 하지만 끝내 아무도 하지 않았다. 한국말로 질문해도 된다고 했지만, 지원자가 없었다. 대신 중국 기자가 마이크를 잡았다. 두고두고 망신스러운 사례로 회자되었는데 지금은 그런 일이 없을 거라고 자위해 본다.

질문과 관련해선 이스라엘의 교육이 유명하다, 어린 시절부터 질문 중심의 교육을 받는다. 학교에서도 가정에서도 마찬가지다. 질문이 대화, 토론, 탐구의 시작이라고 믿는다. 유대인 중 노벨상 수상자가 많이 나온 배경을 교육과 연결하는 시각이 많다. 유대인들은 아이가 학교에서 돌아오면 "오늘은 어떤 질문을 했니?"라고 묻는다고 한다. 과학자 아인슈타인도 수많은 질문을 던지고 그 답을 찾는 식으로 연구를 이어갔다.

필자는 영국에서 미디어 관련 석사 과정을 밟은 적이 있다. 주로 토론 수업으로 이뤄졌는데, 놀라웠던 것 중 하나는 외국 학생들의 질문 세례였다. 쭈뼛쭈뼛하는 필자와 달리 너도나도 손을 드는 모습이 인상적이었다. 사소한 문제도 질문하는 걸 꺼리지 않았다. 미국에서 특파원을 할 때는 미국 기자들의 거침없는 질문 공세에 또 놀랐다. 주제와 관계없는 질문에 어이없던 적도 많았지만, 묻는 걸 두려워하지 않는 자세는 배우고 싶었다.

질문 연습하기

질문은 연습할수록 나아진다. 질문과 관련된 사고력이 좋아지기 때문이다. 그럼 좋은 질문은 어떤 걸까. 당연한 얘기지만 주제와의 관련성이 있어야 한다. 관련 없는 질문은 대화를 엉뚱한 곳으로 이끈다. 말이 안 된다고 생각하겠지만 실제로 주제나 상황과 관계없는 질문을 던지는 경우가 많다. 자신만 모를 뿐이다. 노련한 상대가 곤란한 답을 피하려고 일부러 논점을 돌리기도 한다. 이런 상황을 피하려면 대화가 주제에서 벗어나지 않는지 수시로 확인해야 한다. 경험 많은 앵커는 이 대목을 놓치지 않는다.

질문은 간결할수록 좋다. 질문의 목적을 명확하게 전달하되, 쉽고 짧은 언어로 하자. 문장이 복잡해지면 질문의 진의가 잘 전달되지 않는다. 질문은 개방형일수록 좋다, 단순히 '예, 아니요'로 답하는 폐쇄형 질문은 바람직하지 않다, 가급적 상대의 말을 길게 끌어낼 수 있는 질문을 던지자. 단 뉴스 인터뷰에서 사실관계를 분명히 하기 위해 전략적으로 폐쇄형 질문을 던지는 경우는 예외다.

마지막으로 창의적이거나 색다른 질문에 점수를 주고 싶다. 독창적인 질문을 던지려면 더 많은 고민이 필요하다. 질문 능력을 결정적으로 가르는 건 탐색적이면서 비판적인 시각이라는 점을 기억하자.

CNN의 백악관 출입 기자였던 프랭크 세스노는 『판을 바꾸는 질문들』(중앙북스, 2017)에서 질문의 유형을 진단형, 전략형, 공감형, 가교형, 대립형, 창조형, 사명형, 유희형 등으로 분류하고 있다. 이 중 방송기자와 앵커에겐 주로 진단형 질문과 대립형 질문이 자주 활용된다.

진단형 질문은 문제를 파악하고 상황을 확인하기 위한 질문들이다. 무엇이 잘못됐는가, 그것을 어떻게 아는가, 무엇을 보지 못하고 있는가, 이제 어떻게 해야 하는가 등의 질문들이 포함된다. 진짜 문제는 대개 숨겨져 있고 그걸 찾아내는 게 질문의 역할이라는 것이다. 대립형 질문은 권력자나 사건 관련자에게 책임을 묻는 방식이다. 집요하게 같은 질문을 반복하거나 때로는 저돌적으로 말을 끊는 방식도 동원된다. "왜 침묵합니까", "어떻게 이런 일이 있을 수 있습니까?" 같은 과감한 질문도 때로는 필요하다.

"모두가 '예'라고 말할 때 '아니오'라고 말하는 용기가 필요하다"는 TV 광고가 있었다. 앵커와 기자도 대립형 질문을 할 때는 마음을 단단히 먹어야 한다. 그 순간 인간관계는 잊어야 한다. 철저하게 시청자의 입장에서 궁금한 사실을 물어야 한다. 그 질문으로 인해 악성 댓글에 시달리더라도 할 수 없다. 그게 앵커와 기자의 숙명이니까.

아래는 손석희 전 JTBC 앵커가 한 교회 관계자와 인터뷰한 내용이다. 앵커의 질문 일부만 가지고 왔는데, 주제를 놓치지 않고 집요하게 질문을 던지는 게 인상적이다.

[앵커] 그러면 지금 그 말씀은 개신교의 재정 투명성이 타 종교보다 더 깨끗하다는 말씀이신가요?

[앵커] 그건 타 종교에서 그렇게 안 받아들일 가능성은 꽤 큰데요, 있거나 동의하지 않을 때, 자유롭게 그것을 비판하고 또 그런 부분들이

의도적으로 교회를 싫어하는 분들과의 그것이 합해져서 그런 패러다임이 생긴 것 같습니다.

[앵커] 말씀은 알겠는데요 여기서 타 종교라면 사실 두 종교밖에 안 남습니다.

[앵커] 알겠습니다. 헌금을 받고 그 헌금을 어떻게 사용하느냐가 종교의 본질이라고 말씀하셨는데, 종교의 본질이 헌금을 걷고 사용하는 데 있다고 보시는 건 물론 아니시겠죠?

[앵커] 이 부분은 어떻게 생각하십니까? 대부분의 경우에 이런 것이 세금문제든 모든 문제가 발생하는 것이 흔히들 얘기하기를 이건 그냥 세간에 나오는 얘기로 하자면 지나친 대형화를 지목하고는 합니다. 그 부분에 있어서는 어떻게 생각하십니까?

[앵커] 목사님, 잘 알겠는데요. 타 종교를 말씀하시면 마치 이 문제를 타 종교와의 갈등문제 때문에 법제화할 수 없다라는 것으로 오해받으실 수도 있거든요.

_2014.11.24. JTBC '뉴스룸'

듣기 연습하기

질문은 타이밍이다. 타이밍을 놓치지 않으려면 상대의 말에 100% 집중하고 있어야 한다, 질문을 잘하려면 잘 들어야 한다. 정신은 다른 곳에 팔린 채 듣는 둥 마는 둥 해선 좋은 질문을 할 수 없다. 상대의 말을 잡아채 꼬리 질문을 잘 던져야 대화가 원활하게 이어진다. 경청의 중요성에 대해선 모두가 알지만 제대로 실천하는 사람은 많지 않다. 다음에 자기가 할 말만 생각하는 사람들이 얼마나 많은가. 미국의 토크쇼 진행자인 오프라 윈프리가 가장 잘하는 일은 출연자와 교감하는 것이다. 출연자의 말에 귀를 기울이고 눈을 맞추며 고개를 끄덕인다.

앞에서도 언급했지만, 앵커가 가장 피해야 할 건 원고를 그대로 읽는 것이다. 인터뷰할 때는 상대의 답변을 듣고 부가 질문을 던져야 한다. 미리 준비한 질문을 던지지 못해도 상관없다. 지금, 이 순간 시청자가 가장 궁금해할 질문을 던져야 한다. 그 시작은 정확히 듣는 데서 출발한다.

핵심 쟁점 파악하기

언론사 입사를 준비하던 시절 '이슈 노트'라는 걸 만들었다. 언론 보도에 나오는 이슈들을 정리한 건데, 찬반 쟁점과 내 의견을 적는 형태였다. 예를 들어 '촉법소년 연령 하향'과 관련된 이슈라면 찬성-반대 논리를 최대한 수집한다. 소년 범죄가 증가하고 흉포화되고 있다는 논리, 처벌 강화가 범죄 예방에 큰 효과가 없다는 논리 등이 부딪힌다. 쟁점을 정리한 다음 내 생각을 밑에 적어놓는다. 생각이 바뀌면 바뀐 대로 아래에 추가하는 방식으로 노트를 만들었다.

갑자기 이슈 노트 얘기를 꺼낸 건 알아야 질문할 수 있기 때문이다. 아는 것이 별로 없으면 질문하기 어렵다. 질문을 해도 단편적인 내용밖에 묻질 못한다. 내가 아는 것과 더 알고 싶은 것 사이에서 나오는 게 질문이다. 따라서 평소에 다양한 주제에 대해 쟁점을 정리하고 생각을 가다듬을 필요가 있다.

질문 따라 하기

실전에 앞서 영상을 보면서 충분히 연습해 보자. 교재로 삼을 만한 영상은 얼마든지 있다. 우선 각 방송사 메인뉴스에서 인터뷰 기사만 추려본다. 여러 방송사가 같은 인물을 인터뷰했다면 비교할 수 있어 더 좋다. 앵커들이 어떤 질문을 던졌는지, 출연자가 어떻게 답했는지 텍스트로 정리한다.

그다음은 구체적인 내용 분석이다. 단순히 의견을 묻거나 해설을 요구하는 질문을 빼고 임팩트가 큰 질문을 모아본다. 상대 주장의 허를 찌른 질문, 뉴스거리를 끌어낸 질문, 간결하게 핵심을 찌른 질문 등이다. 질문이 날카롭게 들어가면 인터뷰 대상자가 멈칫하는 게 눈으로 보인다.

나였으면 어떤 질문을 던졌을지 추가 질문도 만들어 보자. 이 과정이 중요하다. 방송사의 뉴스를 그대로 수용하지 말고 비판적인 시각을 가져야 한다. 어차피 질문에 정답은 없다. 방송사 인터뷰보다 더 좋은 질문을 얼마든지 찾아낼 수 있다.

작업을 거듭하다 보면 롤모델로 삼고 싶은 앵커가 생기게 마련이다. 이젠 그 앵커를 따라 할 시간이다. 내가 그 앵커가 된 것처럼 영상을 보면서 질문을 던져보자. 영어의 쉐도잉을 생각하면 된다. 따라 하는 이유는 글로 보는 것과 말로 하는 건 전혀 다르기 때문이다.

방송사 메인뉴스 외에 특집 프로그램도 눈여겨볼 만하다. 필자는 문재인 전 대통령과 손석희 전 JTBC 앵커의 특별 대담(2022년 4월 25~26일 방송)을 5번 이상 시청했다. 내용도 내용이지만 인터뷰 기법과 소통에 더 관심을 두고 봤다. 대통령과의 인터뷰는 아무래도 난도가 가장 높다고 볼 수 있다. 자칫 인터뷰가 아니라 홍보의 장이 될 수도 있다. 그런 한계 속에서 손석희 전 앵커는 특유의 직설화법으로 대통령을 몰아붙였다. 물론 문재인 전 대통령도 호락호락하게 밀리진 않았다. 서로 웃고는 있지만 팽팽한 신경전이 지배했다. 검찰개혁, 남북정상회담, 부동산 문제, 대선 패배……. 하나같이 예민한 이슈들이었다. 그러면서도 중간중간 재미 요소가 들어가 있어 지루하지 않았다.

[앵커] 중국과의 관계도 사실은 많이 도마 위에 오르곤 합니다. 그러니까 미국하고 관계를 생각하지 않을 수도 없는 상황이고. 또 바로 옆에 붙어 있는 중국하고 관계를 생각하지 않을 수도 없고. 그러다 보니까 친중이냐 이런 지적도 많이 있어 왔습니다.

[문재인 전 대통령] 그런데 앞에 뭐 답을 다 말씀하셔놓고 그걸 친중이라고 결론하면 어떻게 합니까?

[앵커] 그럼 답변 안 하실 생각이신가요?

[문재인 전 대통령] 아니요. 딱 말씀하신 그대로죠. 미국은 너무 중요하고 우리 유일한 동맹이고요. 한미동맹은 우리 외교의 근간이죠. 그러나 또 중국은 국경도 이웃하고 있고 우리 최대 교역국이죠. 중국하고도 조화롭게 좋은 관계를 유지해야 되는 것이죠. 그 이상의 다른 답이 없지 않나요?

[앵커] 예전에 노회찬 전 의원이 한 가지 소망이 있다고 했는데 언젠가 한번 자기가 진행하는 프로그램에 손 앵커를 불러다가 마음대로 질문하고 싶다고 한 적이 있습니다. 저하고 이를 동안 이렇게 질문만 받으셨는데 저한테 질문하실 게 혹시 있습니까? 마지막으로?

[문재인 전 대통령] 정말 재밌는…… 질문인데요.

[앵커] 없으신 걸로 알고 마무리 짓도록 하겠습니다.

_2022.4.26. '대담-문재인의 5년'

토론 프로그램을 즐겨보는 것도 좋은 방법이다. 토론은 질문과 질문이 충돌하는 전장이다. 어떤 질문을 던지고 어떻게 방어해야 하는지 정교하게 배울 수 있다. 역시 토론을 잘하는 인물 몇 명을 추려 그 사람들의 발언을 집중적으로 살펴보자.

자신만의 스타일 키우기

정확한 발성과 발음, 절제된 언어와 날카로운 질문……. 이 정도면 방송인의 말하기 요건으로 충분할 것 같지만 하나를 더 추가하고 싶다. 바로 자신의 개성을 드러내는 일이다. 방송인들 사이에선 이른바 캐릭터라고 부르는 요소다. 캐릭터라는 게 참 묘하다. 원한다고 만들어지는 게 아니다. 방송 능력에 비례하는 것도 아니다. 일종의 매력이 있어야 하는데 문제는 객관적으로 설명하기가 어렵다는 점이다.

필자가 7년 넘게 진행했던 '정치부회의'는 앵커와 기자 4명, 아나운서 1명이 끌어가는 형식이다. 내용의 완성도 못지않게 신경을 쓴 게 구성원들 간의 케미, 또 각자의 캐릭터다. 그런데 어떤 기자는 캐릭터가 만들어지고 어떤 기자는 그렇지 못했다. 현재 JTBC '사건반장'을 진행하는 양원보 앵커(당시 정치부회의의 '국회반장')가 캐릭터가 잘 만들어진 경우였다. 필자도 '복부장', '복국장'이란 애칭으로 나름의 캐릭터가 만들어졌다. 위트 있는 잡학박사라고나 할까.

스타일과 캐릭터가 100% 같은 개념은 아니지만 그냥 캐릭터 이야기를 좀 더 해볼까 한다. 경험을 통해 볼 때 캐릭터는 차별화된 스토리텔링, 독특한 행동이나 말투, 전문성, 외모와 의상, 시청자와의 소통 등이 종합되어야 한다. 특히 각각의 요소들이 하나로 일관성 있게 연결돼야 한다.

토크쇼의 여왕 오프라 윈프리는 뉴스 앵커로 첫발을 내디뎠지만 쓰라린 실패를 맛봤다. 윈프리는 고향 내슈빌의 작은 방송사에서 최초의 흑인 여성 앵커가 됐다. 22살엔 대도시 볼티모어로 옮겨 저녁뉴스 앵커가 됐다. 하지만 시청자들의 반응은 좋지 않았다. 요즘 말로 하면 감정 과잉이라고 할까. 윈프리는 뉴스를 전하면서 현장에 있는 피해자와 함께 눈물을 흘렸다. 결국 해고 다음으로 센 좌천을 당하면서 시청률이 낮은 낮 시간대 토크쇼 진행자로 자리를 옮겼다. 그리고 토크쇼에서 그의 진가가 드러나기 시작했다. 캐릭터와 프로그램의 궁합이 맞은 것이다.

캐릭터 준비에 대해 조금 더 깊이 들어가 보자. 먼저 나와 관련한 이야기를 정리해 놓는 게 필요하다. 내가 직접 경험한 이야기는 사람들을 움직이기 쉽다. 스토리 속에 진정성이 담겨 있기 때문이다. 자신의 인생, 실패 경험, 감명 깊게 읽은 책, 롤모델 등 모든 게 주제가 될 수 있다. 이야기의 소재는 매일매일의 생활에 널려 있다. 중요한 건 관찰하고 기록하고 생각하는 일이다. 평소 나의 에피소드를 잘 관리하는 사람이 기회가 왔을 때 자신의 개성을 선보일 수 있다. 무엇보다 중요한 건 내 생각을 말하는 건데, '사고력'과 관련해선 뒤에서 좀 더 자세히 설명할 예정이다.

4장

방송인의
말하기 전략

이번 장에선 방송인의 말하기를 이야기하려 한다. 신문사와 방송사를 거치며 말 잘하고 글 잘 쓰는 언론인들을 수없이 만났다. 스타일은 달랐지만 공통점도 많았다. 2장과 3장에서 언급했던 내용이다.

말과 글은 일정 수준까진 따로 노는 거 같지만, 그 단계를 넘으면 한 덩어리가 된다. 말을 탁월하게 하는 사람은 글도 잘 쓰고 생각도 잘하는 게 보통이다. 말과 글이 시너지 효과를 낸다. 글을 쓰면서 생각을 정리하고 스토리가 다듬어지니 조리 있게 말이 나온다. 다만 글을 잘 쓰는 사람이 꼭 말을 잘하는 건 아닌데, 말하기 훈련이 부족해서 그렇다고 본다. 연습만 제대로 하면 얼마든지 유창하게 얘기할 수 있다.

손석희 스타일

필자가 만나 본 방송계 인물 중엔 손석희 전 앵커를 첫손에 꼽지 않을 수 없다. 국내 방송인 중 언어 구사와 진행 실력에서 비교할 만한 대상이 없다고 본다. 어느 앵커나 호불호가 있을 수 있겠지만, 방송 능력에 대해선 이의를 제기하기 어렵다.

필자와는 보도국장과 앵커로 합을 맞춰봤는데, 혀를 내두른 적이 한두 번이 아니었다. 일단 속보 상황을 전혀 두려워하지 않는다. MBC 시절 24시간 이상 생방송을 진행한 적도 있다는데, 그런 경험 때문일까. 중요한 속보가 나오면 기존에 준비했던 건 다 허물고 가자는 입장이다. 앵커가 자신 있어 하니 제작진은 늘 긴장할 수밖에 없다. 앞에서도 언급했지만, 경주 지진 때는 앵커의 판단으로 뉴스 도중 특보로 전환했다. 게다가 어떤 돌발 상황에서도 목소리 톤에 변화가 없고 여유롭게 받아친다. 필자는 예상치 못한 뉴스를 전할 때 목소리 톤이 올라가는 경험을 많이 했다. 긴장과 부담 때문이다.

인터뷰나 현장 연결에서 원고대로 내용이 흘러가지 않는 건 익숙한 일이었다. 손 전 앵커가 상대의 답변을 듣고 꼬리물기식 질문을 던지기 때문이다. 특히 인터뷰는 키워드 몇 개만 가지고 자유롭게 진행되는 경우도 많았다. 타 방송사와는 완전히 다른 분위기였다.

말하기 수준이 높아지면 모든 종류의 말하기를 잘하게 된다. 손석희 전 앵커를 보면서 든 생각이다. 페이스북과 유튜브에서 진행된 JTBC 소셜라이브에선 또 다른 면모를 보인다. 엄숙한 모습이 아닌, 좀 더 풀어지고 여유 있는 토크 스타일이다. 물론 대본 없는 자유로운 대화다. 게다가 각종 연설은 물론 회의석상에서 하는 말들도 논리적이니 말하기에는 일종의 역치^{threshold}가 있는 모양이다.

토론과 인터뷰는 이른바 '손석희 스타일'이 하나의 교본이 될 만하다. 필자도 앵커 출신이니 자신 있게 얘기할 수 있다. 참고할 영상도 많으니 얼마나 좋은가. 토론 같은 경우 JTBC 홈페이지나 유튜브에서 대선 토론과 신년토론, 긴급토론 등을 검색하면 된다. 논리적 말하기를 배우고 싶은 사람들에게 적극 추천한다.

JTBC '정치부회의'를 거쳐 간 기자들

필자는 JTBC '정치부회의'를 진행하면서 많은 후배 방송인을 만났다. '정치부회의'는 사관학교로 불릴 만큼 다수의 앵커를 배출했다. '정치부회의'를 거쳐 간 앵커는 양원보, 오대영, 신혜원 기자 등이다. 앵커는 아니지만 최종혁처럼 뉴스룸의 중요한 코너를 맡았던 기자도 많다. 강지영 아나운서도 '정치부회의'의 터줏대감이었는데,

2024년 1월 현재 JTBC 주말 뉴스룸을 진행하고 있다. 그 뒤에 온 백다혜 아나운서도 JTBC 여러 프로그램을 오가며 실력발휘를 하고 있는 중이다. 이들뿐 아니라 '정치부회의'를 거쳐 간 모든 출연진이 다 최고 수준의 방송 능력을 선보였다고 생각한다.

'정치부회의'를 통해 노력은 배신하지 않는다는 사실을 다시금 깨닫게 됐다. 경직된 모습으로 진행을 시작한 필자가 나중엔 생방송의 부담을 느끼지 못하는 단계까지 발전한 게 증거다. 출연한 기자들도 처음과 마지막을 비교해 보면 괄목상대란 말이 저절로 나온다. 프리젠테이션 원고를 직접 쓰고 매일 10분 넘게 PT를 했으니 얼마나 많은 경험이 축적됐을까. 쓰고 말하는 일이 반복되면 실력이 늘지 않을 수 없다.

신문사에서 넘어온 기자들도 여럿 있었는데, 모두 성공적으로 방송 능력을 키웠다. 2장과 3장에서 소개한 방법들은 다 검증된 것들이니 안심하고 해보면 된다.

좋아하는 방송인 벤치마킹

타 방송사 앵커나 기자에 대해선 평하기가 조심스럽다. 겉으로 보이는 모습만 알기 때문이다. 앞에서 말했던 대로 독자 개인이 좋아하는 방송인이 있다면 그 사람을 벤치마킹하도록 하자.

일부에 대해서만 말하자면, 우선 토론 프로그램 진행자로는 정관용 국민대 특임교수도 일가를 이룬 인물이다. KBS '심야토론', 국회방송 '정관용의 정책토론' 등 방송 경험이 많아 누구보다 안정감 있게 방송을 이끈다. 좌우에 치우치지 않고 비교적 중립적이란 평가도 받는다. 손석희 앵커와 더불어 토론 진행의 양대 산맥이 아닐까 개인적으론 생각한다. 토론 진행에 관심이 많은 사람이라면 두 방송인의 영상을 집중적으로 찾아보면 좋을 것 같다.

시사 프로그램 쪽은 워낙 인적 풀이 넓으니 골라보는 재미가 있다. 요즘엔 유튜브에도 시사 진행자들이 넘쳐난다. 앵커뿐 아니라 시사평론가도 많아졌다. 시사 프로그램 앵커는 진행 능력 외에도 정치적 중립성이 중요하다고 믿고 있다. 그런데 의외로 정치 편향 논란에서 자유로운 사람들이 많지 않다. 안타까운 현실이라고 생각한다. 외부 패널은 주로 여야를 대표하는 사람이 나오니 굳이 정치적 중립성을 따질 필요는 없겠다. 다만 어떤 경우에도 정확한 근거와 팩트로 공방을 주고받아야 한다. 패널 중에서도 논리력과 순발력이 뛰어난 사람들이 있는데 굳이 실명을 밝히지는 않겠다.

시사 프로그램 진행자 중에선 CBS 김현정 앵커가 눈에 띈다. 부드럽게 진행하면서도 날카로운 질문을 던지는 능력이 뛰어나다. 같은 CBS의 박재홍 앵커도 유연하고 자연스러운 진행이 돋보인다. 매일 저녁 '박재홍의 한판승부'를 진행하고 있는데, 2023년 '한국아나운서 대상'을 받기도 했다.

방송 진행 경험이 풍부한 아나운서들도 최근 말하기 책을 많이 펴냈다. '아침마당'을 오래 진행한 아나운서 이금희는 『우리, 편하게 말해요』란 책을 냈다. 아나운서 한석준도 『한석준의 말하기 수업』이란 책을 출간했다. 이 밖에도 유튜브에서 말하기를 가르치는 전문가들도 많다. 참고할 책이나 영상은 많은데, 중요한 건 행동에 옮기는 거라는 걸 기억하자.

어휘력이든 순발력이든 몸에 익어야 자기의 능력이 된다. 지루해 보이는 발성 연습을 꾸준히 해야 기초가 탄탄해진다. 말하기를 잘하려면 연습과 훈련 외에 왕도가 없음을 다시 한 번 강조하고 싶다.